山东大学基本科研业务费（人文社科类）青年团队项目资助
（项目编号：IFYT15011）

# 文学的疗愈作用

张莉　著

山东大学出版社

# 目录

# 绪论　文学的疗愈作用

什么是文学?

对“文学”概念的界定,学术界一直众说纷纭。一个文本能否被称为“文学作品”,其判断标准并不明晰,总会有那么一个模糊地带,让评论家们也难以判断。所以,本书没有试图去限定文学作品的范畴;相反,笔者认为,凡是具有文学作品通性的文本,都可以纳入阅读疗法的应用范畴。

那么,文学到底有哪些共性?在《中国文学史》的《绪论》部分,钱基博先生将“文”的概念进行了阐释。他认为“文”有三层含义:第一层为“复杂”,与单调相对,因为古人认为“文”就如同相互交错的物体线条。第二层含义为有序性,即有组织、有条理,所以文虽然复杂,却杂而不乱、有条不紊、井然成序,如同经纬纵横。第三层,“文”具有美学特征,是愉悦心灵的美丽之物。文章如锦绣,众字会集而成辞义,犹如众彩会集而成锦绣,因而文学的存在与人类追求美和愉悦之感的目标是一致的。[①] 我们甚至可以说,“文”是为了实现人类对心灵的追求而存在的,并且能够使心灵感悟得到升华。

在文字还未出现、只有古老歌谣口耳相传的时代,文学就已经在对传播它的人进行身心的影响,虽然那时候“阅读疗法”一说还远没有被提出。尽管后来文学以多种体裁(诗歌、散文、剧本、小说等)和题材(叙事、抒情、讽喻、科幻等)呈现,但无论它的内容是欢乐轻松还是悲哀痛苦,都反映了人类追求美好生活、寻求心灵救赎的愿望。

斯大林曾将文学家称为“人类灵魂的工程师”。文学作品中蕴含着丰

① 参见钱基博:《中国文学史》,上海古籍出版社 2015 年版,第 3～5 页。

富的智慧和人生哲理，故而能触动人的心弦。从古至今，文学始终具有广泛的吸引力。即便只是一则短小的故事，我们也可能因此沉迷，从中累积经验并吸取教训。所以，可以这样说，我们用故事治愈自己的心灵。最早的口头文学起源于人们对生活的描述与自我思想的表达，之后出现的古典文学更是注重了人类自身对外部世界的认知。简言之，文学是人类生活的缩影，是人们心灵的家园。

早在2000多年前，亚里士多德在他的著作《诗学》中就已经提到了文学作品与人类心灵的密切关系。他使用"katharsis"一词来说明悲剧的作用。[①] 这一词语具有净化、宣泄等多重含义。简单地讲，它指通过某种手段或有意识地去创设某种情境，把内心压抑的负面情感和情绪宣泄出来，以减轻甚至消除自身的心理压力，从而避免精神崩溃等严重心理症状发生，以更好地适应社会环境。"katharsis"这一概念的提出，为后来阅读疗法理论的构建奠定了基础。当事人成为了读者，阅读以文学作品为代表的书籍成为了释放情绪的重要手段，而净化(宣泄)则成为了后来阅读疗法实施中的重要阶段。后来的学者也一次次地论证过文学对人的思想和行为的引导作用。例如，麦克法顿(George MacFadden)曾在《文学》一文中说道："文学是巨典，是一个社会团体通过自身的历史轨迹来界定自己的语言形式的体现。它包含任何以艺术表现为初衷的作品，也包括那些含有美学特征的被定义为非艺术类的作品，因为读者们会阅读(并批评)它们。"[②]换言之，他认为文学是人类历史轨迹的总结，读者可以从中借鉴有用的经验，并对自己的生活和行为进行反思。

由以上看来，文学的范畴越来越宽泛，读者的选择范围也在不断扩大。保罗·贺楠迪(Paul Hernadi)曾表示，文学可以包含一切假设性的写作形式。而有人甚至认为，任何形式的文本，只要是被文学教育者使用而不适用于大学里的其他专业授课，都可以称之为"文学"。[③]

在信息技术高度发达的今天，文学的呈现形式变得多种多样，当代的阅读疗法则力图使文学的范围最大化。除了文本文字材料之外，它包含

---

① 参见[古希腊]亚里士多德：《诗学》，陈中梅译注，商务印书馆1999年版，第63页。

② George MacFadden, "'Literature': A Many-Sided Process," in Paul Hernadi (ed.), *What is Literature*? Bloomington: Indiana University Press, 1978, pp. 49-61.

③ Hernadi, Paul (ed.), *What is Literature*? Bloomington: Indiana University Press, 1978, p. 20.

其他一切有可能的材料形式，如电子版材料、影音材料等。然而，我们也必须意识到，阅读疗法使用的材料不局限于文学作品——只要是对读者的情绪疗愈有帮助的，专业治疗师和非专业实施者或读者本人就可以选择任何形式的材料来阅读（或观赏）。而文学对读者的帮助尤为明显，所以本书将会探讨文学的阅读疗效。文学是一门艺术，因此，阅读疗法在使用过程中可以扩展到更大的艺术领域，将使用的材料扩大到其他可能的任何艺术形式，例如插画文本或单纯的视觉艺术作品等，即艺术疗法。只要这些创意性作品的使用意图不局限于它的专业研究本身，而是用于读者的心灵体验等，那么它们就可以被纳入文学的阅读疗法范围之中。毕竟，能够给读者（或观看者）带来美学体验、经验借鉴、情绪调节、行为反思甚至思想和行为启发，是使用阅读疗法的真正目的。

# 第一章　阅读疗法概述

## (一)阅读疗法定义与历史回顾

阅读疗法,也称“书目疗法”,它作为专有名词出现已经有一个多世纪之久。1916 年,《大西洋月刊》第 9 期刊登了塞缪尔·麦考德·克洛泽(Samuel McChord Crothers)的一篇文章:《文学诊所》。文章中,克洛泽把希腊语中图书“biblio”一词和疗法“therapy”一词合在一起来命名这个治疗过程(阅读疗法),阐述了图书在治疗中的使用情况。① 后来,多名学者(如阿佛雷安、博斯汀、帕戴克等)都认可克洛泽的文章《文学诊所》是“bibliotherapy”一词的出处。自从克洛泽创造了“阅读疗法”(“bibliotherapy”)这一术语后,形形色色的定义纷至沓来。尽管不是所有的定义都要求必须由医生或治疗师来指导阅读疗法过程,但是至少有一点是相同的,那就是它们都先假设有一个特定问题存在。

和其他概念一样,阅读疗法的定义也随着时间的流逝而产生着变化:

(1)20 世纪 60 年代末,拉罗德·莫塞斯(Harold A. Moses)和约瑟夫·扎卡利亚(Joseph S. Zaccaria)将“阅读疗法”定义为“把图书用作治疗而非教导目的的行为”。②

---

① Sarah J. Jack and Kevin R. Ronan, “Bibliotherapy: Practice and Research,” *School Psychology International*, vol. 29, no. 20 (2008), pp. 161-182.

② Harold A. Moses and Joseph S. Zaccaria, “Bibliotherapy in an Educational Context: Rationale and Principles,” in R. J. Rubin (ed.), *Bibliotherapy Sourcebook*, Phoenix: Oryx Press, 1969, pp. 230-239.

(2)20世纪70年代末,克劳迪娅·科耐特(Claudia Cornett)等提出了利用图书去帮助他人的概念。①

(3)20世纪90年代,摩罗斯基(Cynthia M. Morawski)提出,阅读疗法是引导性地让读者阅读书面材料以帮助其自我意识成长的疗法。②

(4)20世纪初,杰克逊(Josephine A. Jacson)指出,应用适当的阅读材料可以帮助解决情感问题、提高读者的精神健康指数。③

(5)凯莉·赖根(Kelly Regan)和帕提西娅·佩吉(Patricia Page)在《角色塑造》一文中强调,文学作为一种特殊的阅读材料的作用,提倡利用文学促进各个年龄段读者的社会性发展和情感发展。④

除此之外,字典上也对阅读疗法进行了解释,如韦氏在线词典定义阅读疗法为"利用阅读材料帮助解决个人情感问题或进行心理治疗"。⑤

不难理解,这种广泛的定义使人们对到底何为"阅读疗法"产生了相当的困惑。然而,如上所述,假设有一个特别问题的存在是所有阅读疗法的一个共性。在研究中,与"阅读疗法"(bibliotherapy)交替使用的术语也有多个。例如:"阅读辅导"(bibliocounseling),"图书心理学"(bibliopsychology),"图书匹配"(bookmatching),"文学疗法"(literatherapy),"图书治疗学"(library therapeutics),"引导性阅读"(guided reading),"读书指导"(binlioguidance)。⑥ 术语"自助"(self-help)由韦氏在线词典定义为"在没有别人帮助的情况下改善自己或克服自身问题的行动或过程;特别是在没有专业帮助的情况下应对个人情感问题或发展问题"⑦,"自助阅读"也往往替代"阅读疗法"。

也有人对"阅读疗法"这一术语本身表达了不满。例如:有人认为前

① Claudia E. Cornett and Charles F. Cornett, *Bibliotherapy: The Right Book at the Right Time*. Bloomington: Phi Delta Kappa Educational Foundation, 1979, pp. 2-10.

② Cynthia M. Morawski, "A Role for Bibliotherapy in Teacher Education," *Reading Horizons*, no. 37 (1997), pp. 243-259.

③ Josephine A. Jacson, "The Therapeutic Value of Books," *Modern Hospital*, no. 25 (1925), pp. 50-51.

④ Kelly Regan and Patricia Page, "Character Building: Using Literature to Connect with Youth," *Reclaiming Clhildren and Youth*, vol. 16, no. 4 (2008), pp. 37-43.

⑤ https://www.merriam-webster.com/dictionary/bibliotherapy.

⑥ Dale E. Pehrsson and P. McMillen. "A Bibliotherapy Evaluation Tool: Grounding Counselors in the Therapeutic Use of Literature," *The Arts in Psychotherapy*, no. 32 (2005), pp. 47-59.

⑦ https://www.merriam-webster.com/dictionary/self-help.

缀“biblio-”(图书)暗示阅读疗法使用材料为图书,把完全可以用于促进自我成长的各种类型的影音材料拒之门外。也有人指出“therapy”是一个不好的选择,因为阅读疗法不属于心理治疗,没有所谓的“治愈”一说。因此,阅读疗法不局限于医学领域使用,是一种可以普遍使用的参考方法,将文学(或影音材料)应用于一系列相互关联的行为当中,以促进读者的自我理解,实现自我成长或自我疗伤。

从历史角度来看,阅读疗法同其他实践行为一样,一开始没有明确的定义。即便如此,主张用阅读进行治疗的思想和行为的产生也能追溯到百年之前。一些实践过阅读疗法的学者和从业医师都认为阅读是一种值得使用并且非常有效的治疗方法。从实践来看,阅读是十分重要的,对心理健康的提高有帮助。虽然有些人对阅读疗法的有效程度产生过质疑,但鲜有人会反对“阅读有效”这一说法。阅读疗法,一开始是在医院环境下由医生在治疗病患的过程中实施开来的。

早在18世纪末,法国、英国和意大利就有系统地使用书籍来治疗精神疾病的案例。到了19世纪,美国的医生也认识到了书籍的治疗价值,有些医生开始尝试把宗教类的书籍作为处方开给病人阅读。与此同时,精神病医院也逐步建立起图书馆,把它作为病人的情感药房。阅读被当作一种治疗手段普遍使用开来。20世纪初,阅读疗法得到了正式认可。1904年,美国图书馆协会认可了阅读疗法,支持书籍作为一种治疗工具供医生使用,并开始任命一些受过专门训练、有从业资格的图书馆员到精神病医院的图书馆担任主管。后来,阅读疗法的使用范围逐渐发展到医院以外,接受阅读疗法治疗的人群也在逐步扩大。阅读治疗师开始引导青少年犯人、技术移民以及残障人士充分利用图书馆来改善心理状态。心理学家、神职人员、教育工作者也很快认识到阅读疗法的作用。如果选用适合读者专业技能的书籍,就可以实现帮助他们改变思想、感情、情绪和行为的治疗目的。①

以阅读疗法为主题的论文在20世纪初陆续出现。克洛泽(Samuel McChord Crothers)是使用“阅读疗法”(bibliography)这一术语的先驱人

---

① Claudia E. Cornett and Charles F. Cornett, *Bibliotherapy: The Right Book at the Right Time*. Bloomington: Phi Delta Kappa Educational Foundation, 1979, pp. 2-12.

物。[①] 他赞同建立阅读治疗机构，也经常向友人谈及他对阅读疗法的支持。在论文《文学门诊》中，他谈到，阅读疗法的书目选择不受任何限制，根据需要和读者个人情况可以选择任何书籍。例如，克洛泽提到在一次治疗中，有一位治疗师为治疗对象开具的书目竟然是《国会议事录》。所以在论文中，克洛泽也评论道："阅读疗法是一门新兴的学科，无怪乎众多人士就其实际疗效产生错误的怀疑看法。其实，任何书籍都可能有效。"[②]尽管这个观点在如今看来不足为奇甚至太过普通，但在当时来说确实称得上是十分新锐的观点。克洛泽发表论文的同一年，前爱荷华国家机构控制委员会主席罗宾逊(G. S. Robinson)也公开表示自己对图书的治疗作用的认可。像其他支持医院图书馆创建的人士一样，他也认为图书是一种人们"带着能够找到某种答案这种智力上的期待去使用的一种工具"[③]。而图书管理员伊丽莎白·格林(Elizabeth Green)与临床神经学教授西德尼·施瓦伯(Sydney Schwab)则探讨了医院图书馆在临床治疗中的应用。[④]

20 世纪的学者们对以故事讲述和文本阅读为手段，将书籍运用于临床治疗的可能性进行了广泛探讨。如上所述，阅读治疗在最初只是医院图书馆员和医生在医学领域使用，后来又逐渐被推广到一些助人行业。20 世纪早期，美国图书馆协会就积极筹建针对医院和其他治疗机构的图书馆。到 20 世纪 20 年代，阅读疗法得到了很大的发展。新的阅读疗法理念层出不穷，也出现了阅读疗法概念的坚定支持者。美国作家、编辑约翰·肯德里克·邦斯(John Kendirick Bangs)曾表示："如果我是一名医生，我会将书籍当作药材使用，依据病人的不同需要为其开方治病。"[⑤]除此以外，很多作家都表示有同样的感受。例如，查尔斯·威廉·艾略特(Charles William Elliot)有一句名言："书籍是最为安静、同时也是最为永恒的朋友；书籍是随传随到的最富智慧的心理治疗师；书籍也是最有耐心

① Samuel McChord Crothers, "A Literary Clinic," Atlantic Monthly, no. 118(1916), pp. 291-301.

② Samuel McChord Crothers, "A Literary Clinic," Atlantic Monthly, no. 118(1916), p. 295.

③ G. S. Robinson, "Institution Libraries of Iowa Modern Hospital," *Modern Hospital*, no. 6 (1916), pp. 131-132.

④ Elizabeth Green, and Sydney Schwab. "The Therapeutic Use of a Hospital Library." *The Hospital Social Service Quarterly*, no. 1 (1919), pp. 147-157.

⑤ Linda A. Eastman, "Here We Are!" *Modern Hospital*, no. 18 (1922), pp. 359-360.

的老师。"[①]此外，艾略特还表示图书馆在教育环境下的重要作用，认为大学图书馆是大学的心脏。艾略特的论述事实上是对阅读疗法分类使用的探讨。到了20世纪30年代，有些学者提出可以用书籍治疗轻微神经过敏者和酗酒者。在一次图书馆协会的会议上，凯瑟琳·琼斯(Kathleen Jones)阐释了书籍的治疗作用。她把一排排矗立在医院图书馆的经过精心挑选的书籍比喻成药房里摆放的一个个小玻璃瓶，以凸显书籍的疗愈作用。而派瑞·琼斯(Perrie Jones)则在会议上提出应该将书籍当作一种可以独立使用的医疗用药剂对待。

纵观阅读疗法的历史进程，阅读疗法的效果在研究中大致从精神状态变化、艺术效果和科学效果等方面进行描述。例如，有些医生会推荐病患进行诗歌阅读，因为诗歌有着安抚心灵、振奋人心和刺激神经的作用。有关阅读疗法艺术效果的讨论较多，很多作者都肯定了文学作为处方的作用以及精选的阅读材料的治疗学价值。其中，杰拉德·B. 韦伯(Gerald B. Webb)的论文引起了广泛的关注。他在题目为《文学的处方》的论文中介绍了文学作为"处方"的具体使用方法。在肯定了文学有着治疗心灵创伤的作用之后，他指出文学具有诸多功用，其中包括使人忘却不幸，特别是在人们脆弱之时能带来安慰。[②] 所以，在很多情况下，医生会用一首诗或一篇美文来取代药物作为处方为病人治病，并提供了具体的病例作为论证支撑。例如，有些医生用诵读《圣经》中赞美诗的方法使患有失眠症的病人进入梦乡。但在肯定文学的医学价值，并呼吁医生去实践的同时，韦伯也指出这并不是一个简单易完成的任务。但是，不论如何困难，只要是对病人有帮助的事情，医生就有责任去做。因此，医生必须熟知病人的文学阅读兴趣和倾向。然而医生也不必为此感到负担沉重。必要的时候，现学现卖也未尝不可。同时，韦伯也注意到在生活节奏飞快的年代，接受治疗的患者的阅读时间不会如医生期待的那么充裕。面对这种情况，比较实际的做法是把文学处方作为睡前读物，帮助接受治疗者在休息前从紧张压力中解脱。除此之外，韦伯还指出对不同的病人要使用不同的书籍，并详细列举了几种书籍，说明了它们用于处方的适用范围和

---

① https://www.inspirationalstories.com/quotes/books-are-the-quietest-and-most-constant-of-charles-william-eliot-quote/.

② Gerald B. Webb, "The Prescription of Literature," *Transactions of the Association of American Physicians*, no. 45 (1930), pp. 13-30.

使用禁忌。他着重强调了传记文学对病人的激励作用,并依据自己的经验特别推荐了几本传记作品,例如詹姆斯·麦提阁(James Mcteigue)的《渡鸦》(*The Raven*)和立顿·司多奇(Lytton Strachey)的《维多利亚女王时代名人传》(*Eminent Victorians*)等。[1] 韦伯还在论文中解读了医生(doctor)一词的词源来历,认为它最初指代的是人文学科的教师。由此可见,他已经开始考虑阅读疗法在学校环境下实施的可能性。他论文中所阐释的方法和对实践经验的归纳总结对阅读疗法的推广、促进起到了重要的作用。

许多学者对阅读疗法表示密切关注。例如,早在20世纪20年代就有学者研究、探讨阅读治疗师应该具备哪方面的性格特征。20世纪30年代出现一批颇有成绩的阅读治疗师。他们之中有的尝试用《百科全书》之类的书籍作为治疗处方,而有些治疗师开始注意病人每天接受书籍治疗的次数。总之,这个时期的学者开始有意识地把阅读疗法当作一门科学来对待,用科学的方法进行研究和实践。医学界的学者也通过汇编病例并探讨治疗等方式促进着阅读疗法的进程。威廉·毕肖(William J. Bishop)在20世纪30年代初汇编了一份参考书目,供医院图书馆使用,其中也包含几部有关阅读疗法的书籍。[2] 1933年,美国出现了第一份针对阅读治疗的文学书单,其编写者是比兹堡结核病联盟的图书馆员。[3] 而美国图书馆联盟在30年代末出版的凯瑟琳·琼斯(Kathleen Jones)的著作《医院图书馆》(*Hospital Libraries*),在书籍的最后附上了阅读疗法的参考书目,影响也颇为重要。有些学者提出有必要对阅读疗法的疗效作详细记录,也有的学者关注阅读疗法目前的不足之处,甚至已经开始意识到在某些环境下阅读疗法由业余人士实施的必要性。例如,派瑞·琼斯(Perrie Jones)曾评论道:"虽然有些业余人士对阅读疗法的实施有着极大的兴趣和热情,但不幸的是,目前还没有针对非专业人士如何操作而制定有效的指导和规程。"[4]所以,她特别强调有必要针对非专业人士进

---

① Gerald B. Webb, "The Prescription of Literature," *Transactions of the Association of American Physicians*, no. 45 (1930), pp. 13-30.

② William J. Bishop, "Choice of Reading Matter by Neuropsychiatric Patients," *U. S. Veterans Bureau Medical Bulletin*, no. 7 (1931), pp. 779-780.

③ Adeline M. Macrum, "Hospital Libraries for Patients," *Library Journal*, no. 58 (1933), pp. 78-81.

④ Perrie Jones, "Mental Patients Can Read," *Modern Hospital*, no. 49 (1937), pp. 72-75.

行阅读疗法培训，只有这样，记录治疗过程、得到的数据和结果才更加有用、有说服力，阅读疗法才会得到广泛推广。此外，她还一再强调精神病人的思想是可以被解读的，因而可以对他们实施阅读疗法。20 世纪 30 年代的学者观点更加鲜明，他们对阅读疗法的未来抱有更大的期望。他们认为，精神医师和图书馆员要进行合作，强调治疗师在实施阅读疗法的同时一定要做好阅读记录。在那段时期，有的医生已经针对阅读疗法展开了长达数年的研究，也有的学者开始认真探讨如何把阅读疗法当作一门科学来对待。

20 世纪 40 年代前期，阅读疗法研究者开始着手研究阅读疗法的实施前提和实施的基本要素。例如，美国顶尖精神病医院曼宁格诊所(Menninger Clinic)的治疗师围绕“医院图书馆在精神病医院的功能”一题展开了热烈讨论，并探讨了阅读疗法治疗师需要具备的资格，包括其个人生活背景和教育背景等。学者们一致认为，只有足够专业，才能使阅读疗法真正发展成一门科学。另一名研究者，来自波士顿精神病医院的撒楼门・盖宁(Salomon Genning)医生关注了两个问题：一个是保持阅读记录的必要性以及图书馆员和医生如何去使用这些记录；另一个是如何使阅读疗法能够有效实施。他提供了 500 多位病人的阅读诊疗记录作为例证，呼应了“阅读疗法是唯一一种能够让病人自然接受的治疗方法”这一观点。此外，也有一批学者关注文学文本的医学用途，并将之分为四部分：文学的医学应用、文学处方、文学的医学分析和文学反馈研究。和 20 世纪 30 年代的学者一样，他们也提倡要进一步改善对阅读治疗师的培训，加强阅读疗法的科学有效性，以及在治疗的同时要做好精确的阅读记录。其中，做好精确的阅读记录这一项成为了 40 年代研究者的共同心声。例如，作为一名外科医生兼自学成才的精神病治疗师，威廉・S. 萨德勒(Willam S. Sadler)在 1945 年出版的《现代精神病学》(*Modern Psychiatry*)一书中详细探讨了做好阅读记录的方法。他提出了写日记的方法，得到了研究者广泛的认同。他的研究对阅读疗法的发展有着很大的推动作用。[①] 此外，另一位来自曼宁格诊所的医生杰罗姆・史耐克(Jerome M. Shneck)先后列出了两份阅读疗法参考书目供精神病医院的医生使用。40 年代后期到 50 年代是阅读疗法研究进一步繁荣的时期，很

---

① William S. Sader, *Modern Psychiatry*, St. Louis: Mosby, 1945, pp. 780-789.

多人的研究颇具开创性。施罗德(Caroline Shrodes)在论文《心理治疗的暗示》("Implications for Psychotherapy")中提到了阅读疗法实施者所需要的心理机制。这是早期关于阅读疗法重要的论文之一。[①] 另外,爱德华·艾伦医生(Edward Allen)凭借自己在此领域活跃多年积累的经验,就阅读疗法实施者之间如何进行团队协作做了深入的剖析和准确的指导。例如,他倡导发起对阅读疗法体验者进行访谈的工作。在案例研究方面颇有成绩的有路易·高斯萧克(Louis A. Gottschalk)、劳尔·赫驰(Lore Hirsch)等。另外,在此时期,以阅读疗法为研究课题的专业学位论文也开始陆续出现。得益于研究者的广泛参与,阅读疗法的概念也在之后有了进一步的发展。

## (二)阅读疗法的分支和构成

尽管研究人员使用的术语可能会有所不同,但是大都关注了同一个问题,即阅读疗法在不同环境下实践的差别。拜瑞(F. M. Berry)认为阅读疗法有两个主要分支:临床性阅读疗法和发展式阅读疗法。它们的区别在于:临床疗法是心理治疗的一种形式,由包括精神病专家、心理学家、社会工作者、护士和治疗师等在内的精神科健康专家进行,而发展式阅读疗法则是由心理健康专家和教育工作者来实施。根据拜瑞所述,临床性阅读疗法和发展式阅读疗法的特征主要区分如下:

临床阅读疗法实施者扮演的角色是治疗师,实施对象是感到极度不适、需要心理治疗的病人,实施目标是使病人恢复健康;而在发展式阅读疗法实践中,实施者主要扮演着组织者的角色,实施对象变为健康程度良好的在校学生,期待达到的目标则成了促进学生的自我实现或达到某种既定的目标。[②] 此外,阅读疗法研究者如斯坦普斯(L. S. Stamps)、库克(Julia Cook)等也都关注了阅读疗法该如何划分的问题,也区分了临床阅读疗法和发展式阅读疗法之间的差异。

到了21世纪的今天,阅读疗法研究者对阅读疗法的分类和使用表现

---

① Rhea Joyce. Rubin, *Using Bibliotherapy: A Guide to Theory and Practice*, Phoenix: Oryx, 1978, pp. 96-122.

② F. M. Berry, "Contemperary Bibliotherapy: Systematizing the Field," in R. J. Rubin (ed.), *Bibliotherapy Sourcebook*, Phoenix: The Oryx Press, 1978, pp. 185-190.

出了更大的兴趣。现在,许多学者都赞同将阅读疗法分为临床阅读疗法和发展式阅读疗法。赫伯特(T. P. Herbert)和肯特(R. Kent)区分二者为:"临床阅读疗法指的是拥有专门技术的医生使用心理治疗方法来治疗正在经历严重的情感和情绪问题的个体。发展式阅读疗法则是帮助面临发展问题的健康状况良好的学生。"①在这里,赫伯特和肯特暗指发展式疗法主要是由教育工作者实施的,针对的对象是需要帮助的学生。另外,斯坦普斯(L. S. Stamps)等关注了阅读疗法如何帮助学生应对问题和矛盾,麦克米兰(Macmillan)研究文学作为一种治疗方法如何使用,库克(Julia Cook)等学者则具体观察阅读疗法在学校以及临床中的干预和应用效果等。然而,不论研究内容为何,这些学者都赞同将阅读疗法分为临床阅读疗法和发展性阅读疗法两种。目前比较统一的看法是:临床阅读疗法有迫切需要实现的心理健康目标,由受过培训的心理辅导员、治疗师和心理学家对正在经历严重的情绪困扰或行为严重失当的病人进行专业的治疗,治疗师使用文学作品来集中干预或建议精神病患进行指定阅读。而发展式阅读疗法则是在教育环境中实施。学校的相关人员基于认知原理,让学生自行选择书籍进行自助式阅读。学生在阅读发展性书目的过程中可以及时发现自身存在的不当心理情绪和行为。同时,教师要做好监督和指导工作,做到在严重问题出现之前及时识别学生的问题的性质(如社会交际问题、社会适应问题和个人发展问题),为学生提供预期知识和其他人如何成功处理类似心理问题的例子,实现对学生的未来发展进行指导。

简而言之,临床阅读疗法有着特定的心理健康目标。这种阅读疗法是由受过培训的辅导员、治疗师和心理学家与正在经历严重的情绪或行为问题的病人相互配合的治疗过程。而发展式阅读疗法是在教育环境中实施,学校工作人员是用发展式阅读疗法找出学生目前的精神关注点,在问题出现之前及时进行干预,提供恰当有效的案例对学生的处事能力、情绪管理和心理成长进行引导。

阅读疗法的临床应用是阅读疗法最初的实施领域,其目的是治愈身患疾病的病患。从临床数据来看,阅读疗法干预治疗抑郁症以及焦虑性

① T. P. Herbert and R. Kent. "Nurturing Social and Emotional Development in Gifted Teenager's Through Young Adult Literature," *Paper Review*, vol. 22, no. 3 (2000), pp. 167-171.

障碍等症状的效果是乐观的。此外，阅读疗法还被用来辅助治疗失眠、食欲过盛以及周期性偏头痛等疾病，并取得了显著的成效。尽管某些案例显示单纯进行阅读治疗也会实现一些积极的效果，但是，阅读治疗过程中如果伴以读者的阅读反馈和治疗师的积极支持才能达到最佳效果。阅读疗法和一些其他疗法有异曲同工之处，如认知行为疗法、接受和托付疗法、人际关系疗法等。阅读疗法的疗效也在实践中得到了证实。例如，经临床实践证明，阅读疗法可以有效减轻那些被诊断患有精神失调的抑郁症患者的症状，并且疗效能长达数年之久。

在现代社会中，阅读疗法应用已经远远超出了临床范围。正如前文提及的那样，阅读疗法可以大体划分为临床疗法和发展疗法两种。我们可以把这两种疗法看成是阅读疗法的两极，在它们中间也有多种阅读疗法，其实施程度和实施水平有所不同。也就是说，阅读疗法不是指代一种疗法，而是一个由多种疗法组成的连续统一体。不论我们如何使用或使用何种阅读疗法，我们的目的是共通的。海尼斯-拜瑞（Mary Hynes-Berry）和麦卡提 · 海尼斯（A. McCarthy Hynes）就认为，临床阅读疗法和发展式阅读疗法有四个共同的目的：首先，阅读疗法都是通过刺激读者的感觉像[①]和精神概念，并帮助读者对像面产生感觉以提高读者的回应能力。其次，通过帮助读者评估自己的人格来增加他们对自我本身的理解，使读者变得博学多闻，自我感知更加精准。再者，使用阅读疗法提高读者的人际关系意识。最后，改善读者的现实取向。[②]

阅读疗法要关注读者在阅读、提问以及和他人讨论优质文学作品时遇到的情感问题。阅读疗法主要组成部分有：督促者、参与者和文学创作。阅读疗法所使用的文学作品应涵盖所有可能的文学形式和艺术形式以及音频或视频材料。研究者普遍支持卡洛琳 · 施罗德（Caroline Shrodes）在 20 世纪 40 年代末提出的理论，即读者的阅读体验是一个渐进的过程，会经历不同的阶段，包括认同、净化（宣泄）和领悟，这三个认知阶段是阅读疗法过程中读者所经历的信息处理阶段，也就是读者的自我发展

---

① 感觉像：指外部物质世界在个体头脑当中的呈现。

② Mary Hynes-Berry and A. McCarthy Hynes, *Bibliotherapy the Interactive Process: A Handbood*, Boulder: Westview, 1986, p. 11.

阶段。[1] 这三个阶段的主要特征如下：

### 1. 认同

阶段描述：读者将书中（真实的或是虚构的）角色与读者自己或自己身边的人联系起来。换句话说，读者与作品角色产生共鸣。这是读者直面自身问题（不管是私人问题还是工作问题）的重要一步。当读者意识到文本中呈现的生活与他/她所经历的现实生活极其相似的时候，会产生一种强烈的震撼。

我们的绝大部分行为都是思维过程的结果。当然，有些行为看似是不假思索就产生了，可是尽管如此，思维还是对这些行为产生了影响。因此，我们在面对个人问题或工作问题时，"三思而后行"就显得尤为重要。阅读和评价文学作品中与自己具有相似经历的人物角色的过程就是考察另一个人的行为和动机的过程，是之后实现反思自己的看法和行动的过渡阶段。为促进认同阶段的产生，阅读疗法实施者要鼓励读者从阅读训练的早、中期阅读记忆中以及读者自身的学习、生活和工作中回忆相似的事件经历。

### 2. 净化（宣泄）

阶段描述：认同的巅峰。

净化（宣泄）也是相当有价值的一步。在这个阶段，当读者阅读某一个经历过痛苦、实现了自我认知、成功地在人生道路上前行了一步的作者所写下的经验型作品的时候，读者就会进行自我反省。自我反省虽然以运用智力为主，但也很有可能激发读者更深层的情感反应。[2] 如果读者在此阶段思考自己在认同阶段回忆起的相关事件的话，对他/她个人生活或者职业生涯将会有所帮助。读者在安全的环境中宣泄压抑的情绪，并且因为陷入情感困扰或失控状况中的人并非现实中人而是虚构的人物而感到安心，所以不会产生焦虑情绪。读者与虚构的角色有着相似的境遇使读者从书中得到启发，从而从新的角度看待现有的问题。

---

① Caroline. Shrodes, "Implications for Psychotherapy," in Rhea Joyce Rubin (ed), *Bibliotherapy Sourcebook*, *Phoenix*, AZ: Oryx, 1949, pp. 96-122.

② Arthur T. Jersild, *When Teachers Face Themselves*, NY: Teachers College Press, 1955, p. 83.

有些学者将净化(宣泄)阶段界定为通过问题暴露的形式释放自己的紧张情绪,并认为净化(宣泄)是认同的进一步延伸。净化(宣泄)阶段可以使读者在自我反省中获得极其有价值的帮助。但是我们也必须意识到,有时候这个过程也可能使读者遭受更深层面的情感打击。例如,有些颇有成就的教师可能会把他们的学识和工作表现归功于儿时的识字经验,而另一些人可能还记得识字时期自己的恐惧和焦虑的感觉。之所以求助于文学作品,是因为文学作品(或艺术作品)对感情挣扎描述大多是具有同情心倾向的。这样,读者在阅读中经受痛苦的挣扎的同时不会产生抵触心理。相反,他们会更加深刻地了解自己。因此,在选取阅读材料时,阅读治疗师可以从情感描写的阅读材料着手,使读者对自己在认同阶段回忆起的往事进行情感释放。这个过程会使读者从对自己的生活和职业经历的宣泄中获益。不管这种宣泄是痛苦的亦或是痛快的,最终都将会产生积极的效果。

**3. 领悟**

阶段描述:领悟是阅读疗法的最高级阶段,是净化(宣泄)的结果。读者将自己的思想经历和情绪经历进行整理和整合,得出恰当的解决问题的办法。

森修罗(Patricia Jean Cianciolo)指出,一个人把自己从紧张的情绪中释放以后,他/她将会在处理考验智力水平的问题时观点更加开放,应对更加自如。读者通过对文学作品中的人物、情节、角色关系或某一段阅读信息的仔细研磨、解读,做到了感同身受,之后他/她将会更好地理解书中角色的行为动机、角色的处事态度和各种行为背后的原因。更有甚者,读者可以从事情发生的前后过程分析问题出现的原因,真切感受到一切事情的结果在事件开端便有迹可循,从而学会如何规避灾难和风险。总之,在领悟阶段,读者会有意识地从书中获取适用于自身情况的有用的经验。[①]

综上所述,认知/自我发展的三个阶段——认同—净化(宣泄)—领悟,三者相互关联,为研究阅读疗法的学者提供了一种科学的结构框架。

---

① Patricia Jean Cianciolo, "Children's Literature Can Affect Coping Behavior," *Personnel and Guidance Journal*, no. 42 (1965), pp. 897-903.

虽然在具体实践中不可能每位读者都能够通过认同、净化(宣泄)而达到领悟的最高阶段,但成功的阅读疗法实践要求读者尽可能体验三个阶段的全过程。

然而我们也必须意识到,并不是所有的阅读疗法实践都能达到积极的效果。这主要有以下几个表现:(1)读者也可能排斥与自己有着相似境遇的人物角色,因为书中角色会让他/她联想到自己在生活中尚未解决的冲突。这种焦虑情绪反过来可能会扭曲读者对书中角色的理解,无法实现客观的形象识别。(2)读者可能会因为自己的阅读能力有限或者和阅读治疗师使用的方法不洽合而导致他/她对角色的认知浮于表面。(3)如果读者自我意识模糊,将妨碍他/她识别自己与书中角色的相似性,导致角色认同失败。(4)如果读者没有能与书中人物产生共鸣的真实情感经历,净化或宣泄阶段将很可能不会发生。(5)读者也可能将个人动机投射到角色人物身上,从而导致负面情绪和破坏性情绪的放大,进而阻碍其对问题解决方案的思考和探求。

### (三)发展式阅读疗法的应用领域

如前文所述,阅读疗法提供了一种可以让接受治疗的人安全面对自己的情绪和心理问题的方法。作为阅读疗法的一大类别,发展式阅读疗法已被成功地用于帮助学生解决他们所面对的学习、生活和个人发展问题。[①] 通过实践阅读疗法,学生可以实现智商和情商的双重成长。例如,通过阅读和讨论适合自身年龄的优质文学作品,学生能够学会管理自己的情绪,从文本中得到启发而找到多种令人满意的问题解决方案。发展式阅读疗法已经在很大范围内得以使用,帮助解决的问题也多种多样。例如,收养问题、攻击行为、药物依赖问题、抑郁、多样性意识、离婚、家庭暴力、族群身份、梦魇、强迫症、自残行为、分离情绪和失去情绪等。[②] 发展式阅读疗法采用干预的方法教导读者如何与他人相处,如何实现情感认同,如何管理自己的情绪,如何进行身份识别,如何提高认知能力等。

---

① L. S. Stamps, "Biliotherapy: How Books Can Help Students Cope with Concerns and Conflicts," *Delta Kappa Gamma Bulliten*, vol. 70, no. 1 (2003), pp. 25-29.

② Dale E. Pehrsson and P. McMillen, "A Bibliotherapy Evaluation Tool: Grounding Counselors in the Therapeutic Use of Literature," *The Arts in Psychotherapy*, no. 32 (2005), pp. 47-59.

在学校范围内,阅读疗法也可以用来帮助学生应对学校环境下的压力和来自社会的压力。

发展式阅读疗法有广泛的用途。阅读治疗师可以为读者设定各种目标以便评估治疗效果。这些目标可以包括:(1)从文本中找出指定的信息;(2)指出针对某事件的具体经验并且对其进行评论;(3)为需要解决的问题提供多种可行的解决方案;(4)激起自己的回忆,引发对实际问题的讨论;(5)为自己目前存在的问题用一种或多种新的价值观重新审视,转变应对问题的态度;(6)能够认识到自己并不是唯一遭受此种问题困扰的人。[①] 此外,如果读者有自己的目标,阅读治疗师也可以配合读者的目标实施治疗。例如,根据读者的需要,阅读治疗师可以帮助读者培养自我意识、建立自尊心和自信心,帮助读者提高自我理解和理解他人的能力,引导读者进行正确的自我评价,协助读者发现自己的阅读兴趣所在,帮助读者缓解情绪压力、加强解决问题的能力甚至是在面对挑战时能够提出建设性的见解和应对方法的能力。

发展式阅读疗法干预也可能对读者的情绪和认知方面产生影响。读者的情绪可能会发生大的转变。比如:对人、对事的态度更加积极、对社会变化的适应能力加强,更加容易识别出社会认同行为;成功通过了道德价值观的检验,性格得到发展;能够更加宽容地对待别人,学会尊重和接受他人;等等。认知的变化表现为批判性思维能力提高,看待问题的视角更加客观,能够成功洞察他人的行为和动机,能够冷静理智地进行自我评价,能够进行更高层次的推理,在采取行动前进行缜密的规划,等等。

发展式阅读疗法也可以作为一种预防性工具使用。通过阅读文学作品,读者可能会更加了解现实中的行为,找到现实问题的解决方案。此外,超现实的文学作品能够对读者进行未来暗示,帮助读者预见即将到来的危机并且提前找到解决方案。进一步说,文学作品可能是唯一能够给人带来无穷智慧的工具,不同的人会从中学到不同的经验、得到不同的启示。文学的最大优势在于读者可以在一个安全的环境中感同身受地间接参与角色面对的各种困扰,放松的心理状态能够有效防止读者在现实环境中面临此种困扰时可能会导致的神经质倾向或其他心理障碍。

---

① John T. Pardeck, *Using Books in Clinical Social Work Practice: A Guide to Bibliotherapy*, Binghamton, NY: Haworth, 1998, pp. 22-31.

阅读疗法的提出把人们对文学的使用纳入一种持续性的行为之中，其目的是为了培养读者的自我理解、自我成长和自我疗伤的能力。发展式阅读疗法的实施内容主要包括对优质文学作品的阅读和思索、探讨阅读时遇到的情感和情绪问题。[①] 如前文所述，从历史来看，阅读疗法诞生之初是以临床应用为目的的。当时的医生利用书籍系统地治疗患有精神疾病的病人。然而，从那时起发展至今，这一做法已经被包括心理学家和教育工作者在内的诸多兼收并蓄的团体所采纳和使用。

虽然很多学者认为发展式阅读疗法的实施环境以学校为主，实施的主要对象是学生。但是，对于教师究竟有没有资格实施发展式阅读疗法，大家的观点并不统一。对发展式阅读疗法实施资格的探讨会在下文中作详细介绍。

### （四）发展式阅读疗法的实施资格

有些专门领域曾对发展式阅读疗法的实施资格进行了规定。例如，专门研究诗歌在阅读疗法中的应用及作用的诗歌疗法领域，为了表示对诗歌疗愈作用的认可和重视，于 2002 年成立了美国的诗歌疗法联盟。这是诗歌疗法领域唯一注册和被政府授权的组织，它对该领域的专业标准和要求提出了明确的规定。作为一种治疗性干预手段，诗歌治疗仍有待于公众广泛接受。经认证的诗歌治疗师和注册诗歌治疗师皆是专业人员。他们获得了心理健康培训经验，可以单独对受情感或情绪困扰的人群进行诗歌治疗。注册诗歌治疗师的培训主要是训练他们如何针对存在情绪、情感问题的健康人群进行疗愈工作，并且能够准确判断读者的心理健康程度。当读者的心理状态超出了正常范围，需要接受心理健康专家实施的临床治疗时，诗歌治疗师必须及时作出判断，果断地作出决定。

虽然阅读疗法开始也是采用以专门的心理治疗师对读者进行治疗的方式，但是针对存在心理问题的健康人群，由图书馆员或当事人的教师或父母来进行干预性治疗有时候效果会更好。[②] 事实上，不同的实施者有

---

① Rhea Joyce. Rubin, *Using Bibliotherapy*: *A Guide to Theory and Practice*, Phoenix, AZ: Oryx, 1978, pp. 6-13.

② Claudia E. Cornett, and Charles F. Cornett, *Bibliotherapy*: *The Right Book at the Right Time*, Bloomington: Phi Delta Kappa Educational Foundation, 1979, p. 23.

不同的优势。例如，心理学家能够通过系统、专门的科学知识了解读者的心理问题，而图书馆员则是一个在选书方面优于其他人的专家，可以为读者提供更多的阅读选择。因此我们可以说，心理学家是从规模相对较小的藏书中开出有限的图书处方，而图书管理员则只能应对有限的心理问题。因此，要想在恰当的时间为特定的读者找到适合的书籍，阅读疗法对实施者的资历提出了三个方面的要求：充分了解书籍，透彻地理解读者，准确预计以上两者相结合会产生的结果。有些学者热衷于探讨阅读治疗师需要具备哪些个人特征：有人认为阅读治疗师应该是一个优秀的图书馆员和一名优秀的心理学家的结合；有人则看重治疗师的文学素养，认为阅读疗法实施者应当充分了解文学作品的价值，并取得文学相关的专业资格。

如前文所述，塞缪尔·麦考德·克洛泽于 1916 年提出了"阅读疗法"一词，并将其定义记入一本帮助患者了解他们自身问题的处方书里。到了 20 世纪 30 年代，学者们开始明确讨论文学作品在阅读疗法实施过程中的使用价值。有人认为，实施者通过提供详细的文学阅读方案可以帮助学生缓解甚至解决内心的情绪混乱。[①] 现在，越来越多的教师和学生通过文学作品解决现实问题、促进个人发展，而不是仅仅用阅读材料训练自己的阅读技巧或者提高阅读能力。阅读疗法的概念和实施体现了实施者有计划的干预在读者阅读过程中起到的重要作用。如果想使一种阅读行为被称作"阅读疗法"，读者必须确定自己阅读的目的和实际需要。实施者为特定的读者选择特定的书，并监督其完成读书报告和后续任务。

语言文学专业在实践发展式阅读疗法的时候可以充分利用自己的专业优势。在语言课堂中，类似于其他的语言学习活动，阅读疗法包括认知和语言的阅读能力，听、说、分析，等等。因此，许多语言类教师会在课堂上利用自己的专业技能和教学经验从容地实施阅读技巧。需要注意的是，教师在实施发展式阅读疗法之前要做好充分的准备。学生在阅读水平、兴趣偏好、知识背景、社会性格等方面存在差异，所以不同的学生需要区别对待。教师在阅读实施过程中可以同时采用多种方法，比如直接观察、成绩测评、布置写作任务、使用评定量表、进行各种艺术活动等。阅读

---

① Dan T. Ouzts, "The Emergence of Bibliotherapy as a Discipline," *Reading Horizons*, 31 (1991), pp. 199-206.

疗法要求实施者对读者的阅读能够准确定位。所以,教师需要对读者和阅读材料进行多方面考量。教师要考虑学生的阅读能力、阅读兴趣和阅读水平,也要考虑阅读材料的写作成熟度、书中人物和事件的可信度、有无创造性解决问题的例证以及例证是否容易识别,等等。除此之外,教师也必须设定好阅读情境、阅读的时间、阅读形式和读后讨论活动。

教师在使用阅读疗法时也要把各种阻碍因素考虑在内。如前文所述,阅读疗法是一种利用阅读材料(特别是文学作品)培养读者的自我理解能力、促进读者自我成长、实现自我疗愈的一门科学。在文学材料的使用方面,阅读疗法实践包括:(1)文学作品阅读;(2)阅读信息反馈;(3)读后讨论(质疑或探讨文本中出现的情感问题)。临床阅读疗法本质上是一种治疗方法,而发展式或教育式阅读疗法则旨在为实施对象(例如学生)提供相应信息和精神支持。课堂教师通常具备许多阅读疗法实施者需要具备的个人特征,然而教师并不能完全确保阅读疗法顺利进行。所以,老师要想通过自己的阅读引导达到预期的疗愈目的,还需要做好充分的准备并且采取多项应对措施,因为这项任务比简单地将一本书与读者联系在一起要复杂得多。教师必须意识到如果阅读疗法技巧使用不当或是受到一些自然因素阻碍的话,阅读疗法很可能无法进行下去。此外,我们也必须注意到阅读疗法的实施过程实际上是人与人之间相互配合、相互协作的过程。所以,有时候可能会因为读者的个人因素影响到他/她与引导者(治疗师)和其他团体成员之间的合作关系,因而对教师使用阅读疗法的现象一直都有反对的声音。有些批评者认为,教师不应该尝试阅读疗法,因为如果这个过程由未经训练的人(教师)来实施的话,不仅异常艰难,而且具有潜在的危险。①

然而,以上的说法有些未免过于偏激。阅读疗法并不假设每位实施者都是一个熟练的治疗师或所有的实施对象都存在严重的情绪失调症状而必须进行临床治疗方能痊愈。相反,如果实施对象是健康状况良好的学生,阅读疗法则建议实施者要意识到阅读疗法对学生的影响,实现文学作品帮助学生解决他们的个人适应和发展问题的目标即可。所以,阅读疗法对实施者作出谨慎、细致的要求,却并没有把非心理学专业的人士排

① 参见 D. H. Russell and C. Shrodes, "Contributions of research in Bibliotherapy to the Language-Arts Programs," in R. J. Rubin (ed.), *Bibliotherapy Sourcebook*, Phoenix, AZ: Oryx, 1978, pp. 211-229.

除在外。实际上,在某些时候由教师实施阅读疗法效果会更好。

也有一些学者在定义阅读疗法的时候已经将学生作为实施对象这一点明确地提了出来。比如斯坦普斯(L. S. Stamps)将阅读疗法概括为"一种帮助学生克服、处理和应对当下生活中存在的问题的一种策略"①。亨得利克森(L. Hendrickson)、帕戴克(John T. Pardeck)、罗伯茨(S. Roberts)等学者也表示,阅读疗法的目标是帮助学生有效应对生活中的压力,通过分享文学阅读、进行读后感讨论等手段来帮助学生找到应对压力的实用技巧。②

如果一名学生在一种或多种问题环境中成长,他/她的个人和社会性发展将会受到严重阻碍,甚至有可能导致不容易解决的长期性心理问题。因此,学校可以帮助学生增加自尊心、提高自我认知能力。通过让学生参与社会的教育计划制订过程,加强对他们的情感技巧培养,与他们进行相互尊重的互动式沟通,学校能够帮助学生树立自信心、增加归属感,达到培养其决策制定和解决问题的能力。阅读疗法是一种非侵入性的、友好的治疗技巧,它能通过阅读来自然地引导读者。在课堂环境中实施阅读疗法时,阅读疗法的实施者(教师)并不需要具备临床心理学的专业资格。也就是说,发展式阅读疗法对实施者的专业资格并没有严格的要求;相反,它更侧重实施者对读者的关注程度和探索文学的热爱程度。当然,实施者(教师)也需要具备一些基本知识,比如对书籍具有一定程度的了解、懂得学生发展方面的基本知识等。在实践的时候,教师需要沿着阅读疗法的一般实施过程和发展规律通过文学作品阅读的形式来治疗学生。当然,最理想的阅读疗法实施方法是包括教师、图书管理员、学校辅导员、心理学家和读者在内的所有人员的通力协作。

### (五)阅读疗法与学校培训

阅读疗法不乏学校实践。例如,美国的密歇根健康课程模式设计和应用已经产生了令人满意的社会/情感经验。密歇根健康课程模式通过

① L. S. Stamps, "Biliotherapy: How Books Can Help Students Cope with Concerns and Conflicts," *Delta Kappa Gamma Bulliten*, vol. 70, no. 1 (2003), pp. 25-29.

② 参见 L. Hendrickson, "The Right Book for the Child in Distress," *School Library Journal*, vol. 34, no. 8 (1988), p. 40.

预读⇒引导式阅读⇒读后讨论⇒定期随访等治疗过程达到为学生解决实际问题的目的。实践证明,经过健康课程培训的学生与未经培训的学生相比,在人际交往、社会交际、情绪控制等方面要技高一筹。

以学生的健康为目的的社会/情感类课程培训的规划设计旨在使用阅读疗法的技巧和手段解决学生面临的各种适应性和社会性发展的问题。课程通常是由课堂教师、体育教师或参加了健康培训课程的健康教师对学生进行指导。由于文学具有普遍的情绪疗愈效果,许多面向学生的发展/成长课程都将文学纳入课程内容中,通过阅读疗法培养学生自我理解能力和社会适应能力。事实上许多教师即便没有听说或专门使用过阅读疗法,但在教学实践中,他们可能在自己没有意识到的情况下已经或多或少地使用了此疗法。

小说、诗歌阅读行为和一个人的精神健康有密切的关系。如前文所述,用文学作品作为阅读材料的阅读疗法基本可以分为以下两种情况:第一种是专科医生使用文学作品(如小说或者诗歌)来诊断和治疗患有精神疾病的病人的情感问题;第二种则基于认知理论,实施者可为非心理学专业的业余人士,实施对象为健康状况良好的有轻微社会/情感困扰的人群。学校实施阅读疗法显然属于第二种情况。所以教师只需要对实施对象的阅读过程给予指导,由学生进行自助阅读即可。简单来说,存在严重心理健康问题的病人须在护士或治疗师的监督和指导下完成指定的任务阅读;而心理健康问题较轻微的读者则可以独立完成阅读任务。

尽管如此,究竟如何才能够实现课程设计和文学书籍的使用与阅读疗法的理念完美结合,如何才能达到最佳的实践效果,是教育领域需要进一步探索的问题。

依据奥地利精神学家、精神分析学派的三大人物之一阿德勒(Alfred Adler)所提出的个体心理学学说(Individual Psychology),个体的身体和心理是不可分割的,个体存在是一种社会存在。个体行为有明确的目标导向,个体是目的性行为的决策者。① 存在于同一个世界中的个体对同样的事物会产生不尽相同甚至是大相径庭的感觉倾向。② 每个人对生活中发生的事件的主观看法会影响到他们的行为选择。不难理解,老师的

① F. M. Berry, "Contemperary Bibliotherapy: Systematizing the Field," in R. J. Rubin (ed.), *Bibliotherapy Sourcebook*, Phoenix: The Oryx Press, pp. 185-190.

② Alfred Adler, *The Education of Children*. Chicago: Allen and Unwin, 1930, p. 6.

主观看法势必会影响到他/她的教学效果和他/她对学生的指导。如果一名教师误以为身为读者的自己不应该对学生的阅读进行引导性干预,那么他/她就会忽视对故事情节和人物角色的解释,规避传授给学生有效的阅读策略。再者,如果教师误认为自己没有能力满足体验型学习风格的学生的需要,那么他/她的课堂就会缺乏必要的互动。

从本质上来讲,行为是一种人们感知的体现。要想使教师的个人感知更具客观性,可以对教师的课程或专业知识进行有针对性的考察。例如,考察教师对课程的个人看法并进行专业作答。这样做可以帮助教师对自己的教学行为持有更清醒的认识。这样,当面临阅读指导挑战时,教师将会站在一个更加客观的立场来看待和考虑与本人观点相冲突的观点。

实施发展式阅读疗法的教师应该随时关注最新的教育实践,比如以文学为基础的教学理念和包容式教育方法。在开放性思维模式的锻炼下,教师的自我认识和自我客观评价水平会得到大幅提高,会更加容易在课堂实践中引入新的理论和方法。

阅读疗法可以用来解决各种各样的情感、情绪和个人发展问题。但是,要想使读者能够体会到认同、净化(宣泄)、领悟这三个自我发展阶段(认知阶段),阅读疗法实施者需要具备相当丰富的经验和扎实的专业知识,比如处理复杂情绪问题时用到的专业心理学知识。反之,如果不打算一定让读者进入净化(宣泄)和领悟这两个认知的高级阶段,那么阅读疗法完全可以由未经专业培训的人来实施,例如学校的辅导员、普通教师等。因为想要帮助只有轻微适应问题或发展问题的读者(例如在校学生)的阅读疗法实施者,只需要让读者进入认知的认同阶段即可。因为诸如图书馆员或是教育工作者这样的非专业治疗师了解书籍,并在自己专业工作之中也使用书籍,所以在某种程度上,即便他们可能没有意识到阅读疗法的专业技巧,也在实践着阅读疗法。

健康状况良好的读者(比如在校学生)可自己选择阅读策略,对读者情况比较熟悉的阅读疗法实施者(比如在校教师)可以作为督促者和指导者陪同学生进行阅读。阅读疗法实施者可以采用多种方式来完成自己的任务:(1)一对一辅导(单人阅读疗法);(2)一名实施者对几个参与者实行一对多辅导(团体阅读疗法);(3)几名督促者对实施对象进行联合辅导。①

面对不同的人群阅读疗法使用的技法可以有所不同。例如在学校环境中,教师作为实施者在指导和督促低年龄段的学生完成阅读过程时必须在学生阅读完文本之后鼓励他们进行思考,带领他们主动参与互动讨论,并辅以激发动机、布置认知任务、要求口头复述故事情节等引导技巧帮助他们正确认知故事情节、了解书中的人物角色。教师要在指定阅读疗法计划之前预计学生的阅读困难。比如说,在对低龄读者实施阅读疗法之前,教师要考虑到读者只有少量的词汇,语言表达困难,生活经验有限,注意力也十分短暂。所以,无论在文学作品选择上还是在阅读疗法进行中必须采用适应这一阶段人群特征的策略。反之,教师也不能用对待低年龄读者的引导技巧去指导青少年或成年读者。

有一点对实施发展式阅读疗法的教师来说至关重要:教师(督促者)要让学生读者明白,在阅读过程中可以自行控制阅读疗法干预的程度和自己的阅读进度。学生可以适当放慢速度以便仔细体会人物角色,仔细思考自身经历过的情绪困扰、情感波折和社会性发展问题。如果阅读疗法的实施过程太过紧凑、刺激性太强甚至令读者感到痛苦不堪,学生完全可以要求终止阅读治疗。同样,一个被解读的人可以试着换位做观察者,以控制自己有可能出现的过激的情绪反应。

在学校环境下实施阅读疗法并不是那么轻松容易。教师在实施阅读疗愈之前要了解诸多注意事项。教师应该意识到尽管阅读疗法的好处已经有据可查,但并不是说阅读疗法可以随意应用而不受限制。阅读疗法并不是万无一失的,它也存在潜在的危害:如果在错误的时间选择了一本错误的书,学生的情绪情况可能会恶化。对学生而言,如果教师为其选择了一本过于挑战他/她的阅读水平的书,会大大阻碍阅读疗法的进程;相反,过分低于学生阅读水平的书可能会让他/她觉得是一种耻辱。

除了要了解学生读者的能力和不足之处,教师也必须意识到自己的个人偏见和态度会影响自己对阅读材料的客观判断。例如,一本小说可能大受青年学生读者欢迎并对他们有很大的影响力,但这本书可能会被

① F. M. Berry, "Contemperary Bibliotherapy: Systematizing the Field," in R. J. Rubin (ed.), *Bibliotherapy Sourcebook*, Phoenix: The Oryx Press, pp. 185-190.

教师所处的年龄段的大多数人所轻视甚至是鄙视。在这个时候，教师要做到头脑冷静，在详细的调查之后作出客观的判断。此外，教师不仅要关注作品的主题是否符合要求，也要注重作品的质量。

## （六）阅读疗法与认知教学

阅读的恰当应用能够帮助教师意识到学生的压力，并对此实施有效的应对措施。杰克逊（Marilyn N. Malloy Jackson）指出，按照认知教学步骤，阅读疗法的实施可以分为以下四个步骤：(1)读前热身；(2)引导式阅读；(3)阅读后讨论；(4)后续的问题解决活动（强化活动）。[①]

热身练习是认知教学的启发阶段，这同样适用于发展式阅读疗法。在读前热身时，教师需要激活学生有关的背景知识、预测阅读过程中会发生什么问题。在此阶段，教师应该采取一些手段来鼓励和激发学生对阅读材料产生兴趣，例如制订阅读建议、向学生展示书籍封面或部分精彩章节内容等。

在阅读的过程中，如果故事是由教师朗读的话，教师应当把事先准备好的问题融入阅读中去，随时对学生的评论和关注点作出适当的回应，并将学生的注意力引向故事的主要观点。大多数读者都会从故事朗读中获益。在阅读时，教师应当用语音、语调展现作者的写作风格、书中人物的个性特征以及不寻常的单词或短语。教师对文本的理解程度和朗读的语音、语调和节奏是阅读过程能否顺利实施的关键。一旦读者或阅读，或倾听，或观看了故事，教师应该留给学生消化吸收的时间，并密切关注阅读之后几天学生的心理和行为变化以便评估阅读疗法的实施效果。

教师可以通过要求学生复述故事情节、对书中主人公的遭遇或情感描写作出评价的方式来判断学生对阅读材料的理解程度。为了帮助学生充分识别故事情节和人物特征，教师可以提出一些探索性的问题，挖掘读者的知识储备，激发其情感回忆。

后续的解决问题活动（强化活动）建议学生选择长远的解决方案来解决他们当时存在的问题，可以通过学生的阅读反馈来完成这项任务。例

① Marilyn N. Malloy Jackson, *Bibliotherapy Revisited: Issues in Classroom Management. Developing Teachers' Awareness and Techniques to Help Children Cope Effectively with Stressful Situations*, Mangilao, Guam: M-m-mauleg, 2006, pp. 30-39.

如,让学生进行相关的艺术创作,诗歌或故事写作,进行角色扮演等。对一个能够表达自己思想的读者来说,该阶段为他/她提供了一个充分讨论阅读材料对自己的影响的机会。由于阅读前热身阶段教师已经用开放式的问题启发了学生的思维,因此阅读后的创作过程可能会激发读者对书中提供的经验、事件的结局及事情未来的发展方向进行深入思考。如果遇到被动的读者,教师可以鼓励他们发挥自己的认知能力、语言技能和行为技能来表达自己对所读故事的感受。教师可以采取各种各样的写作活动和思维活动来完成解决问题的任务。教师可以要求学生:

(1)进行角色扮演对话,从而更好地理解人物的情绪和行为动机;

(2)根据上下文线索,使用章节中的关键词汇来完成段落写作;

(3)创建一个事件的时间线以增加对因果顺序的理解或者把打乱的事件重新按照时间排序;

(4)通过匹配练习或图表填充练习确定自己已经充分了解事件发生的因果关系;

(5)为故事设想出多种不同的结局;

(6)比较书中的两个主要人物;

(7) 尝试给书中的一个人物写一封信,叙述整个故事过程。

通过以上论述可以看出,结合认知教学原理,阅读疗法的四个步骤——读前热身、阅读指导、阅读后讨论、后续问题解决活动(强化活动)——适合在课堂环境下进行。需要强调的是,当教师在课堂实施时应该明白这种阅读疗法的本质是教育和帮助学生而不是治疗病症。如果教师有足够丰富的知识和经验并且进行了充分的准备,那么就能够像经验丰富的心理治疗师一样,使学生成功体验认知的所有三个阶段——认同一净化(宣泄)一领悟。

教育者的共同愿望是使学生的生活积极有趣又精彩纷呈。如果有可能的话,学校可以提供一些健康类课程以帮助学生在未来几十年的学习生涯中保持身体安全和精神健康。幸运的是,越来越多的教育部门已经意识到学校必须尽他们所能地促进学生健康,增强学生的幸福感。如果学生的身心未得到健康发展,学校的教育任务便未能完全实现。

因此,有些国家已经致力于开发此类课程。例如前文提到的美国国家督导委员会的密歇根健康教育模式。有的高校也专门成立了社会发展研究课程,如加拿大的滑铁卢大学。我们可以看到,发展式课程越来越受到教育界的重视。

学校的健康类课程着力解决以下几个关键问题：首先是社会/情感健康问题，其次还有营养问题、体育活动和安全问题以及个人卫生与健康问题等。本文将针对社会/情感类课程进行具体分析。

社会/情感类课程规划首先可以预设几个课程目标。这些目标可以是非连续性的，但它们的设定要基于人的认知规律，适合学生的发展需要。每个目标可以作为一个独立的单元，教师根据目标主题有针对性地编写教案。还可以在课后进行课程的延伸活动，例如阅读体会反馈、课后阅读讨论等，进一步强化课程的学习效果。

鉴于文学作品公认的疗愈作用，无论是哪种水平的健康课程都可以将文学（及艺术类）书籍列入课程教学和阅读计划中。社会/情感健康课程可以有规定的阅读材料。教师可以根据需要挑选几本适合阅读的文学作品，详细贯彻阅读疗法实施的四个步骤。

前文中已经对临床阅读疗法和发展式阅读疗法的区别作了说明。在发展式阅读疗法中，实施者作为一个团队的领导者，应该用积极的态度对待读者，明确他们的阅读目标是什么。一旦设立了目标，实施者的职责是引导读者完成既定目标，并且尽可能地带领读者体验认知的高级阶段。

虽然目前并没有任何权威机构正式评估读者是否通过每一个阶段都会有一定程度的进步，但是让学生能够成功体验认同、净化（宣泄）和领悟三个阶段是教育者的最高目标。为了达到此目标，教师可以在课堂实践上多下功夫。例如，在进行初级社会/情感课程的阅读活动时，可以将阅读目的设定为“感他人之所感”。在课堂上进行集体阅读时，教师可以让一位学生出声朗读[①]，自己在某个特殊节点上喊停，之后问学生此时对角色的感觉。教师可以要求学生在回答时通过列举书中的线索来支撑自己的观点或者要求他们描述自己对故事情境的感受（识别）。接下来，教师可以带领学生进行一些附加活动。例如吩咐学生用标签纸把感觉分门别类，然后再绘制图片，说明感想，并举出与这种情绪相关的个人情感经历（净化/宣泄）。最后，在教师的描述下，学生对不同情景的事例进行深入思考，得出解决问题的有效办法（领悟）。

① 出声朗读是阅读疗法中重要的阅读方法之一，可以锻炼读者的注意力，提高读者的语言认知速度和阅读速度。

阅读疗法的原理是通过阅读和讨论文学作品来寻找或挑选有效的问题解决方案。阅读课程能够帮助学生有效地处理自己的情感困扰和日常社会交际中存在的问题。例如,教师可以在课堂上带领学生进行社会/情感体验训练,可以讨论和思考如何管理愤怒以及其他强烈的情绪、如何作出好的决定(决策)等。除文本之外,电视资源和网络资源也可以作为取材的来源,从中可以选取社会交际和情感疗愈为主题的故事作为教学用材料,让学生讨论,然后再在教师指导下确定和实践制定决策与解决问题的步骤。

总体来说,阅读疗法的目的是解决读者的问题、完成各种既定的发展目标。如果将阅读疗法作为一门课程来设计,以文学为题材的社会/情感健康课程可以包括以下目标:(1)学习如何与他人进行关怀接触,使之作为一种"安慰剂",进而与他人建立积极的关系;(2)学会如何积极识别并恰当描述自己各种不同的感觉;(3)成功预测别人的潜在感觉;(4)成功识别和理解他人的感受;(5)能够识别和描述可能会引起情绪混乱的状况;(6)证明自己有能力管理强烈的情绪;(7)找到并论证避免潜在问题发生的有效策略;(8)设定一个目标并列出实现目标需要采取的必要步骤;等等。

从以上目标来看,阅读疗法如果作为一种预防性的工具来使用将有重要的现实意义。读者(使用者)可以学习洞察自己和周围人的行为,利用文学作品找出阻止潜在问题出现的有效方案。

前文中提及了阅读疗法的主要分支和它们的主要特征。由于作为实施对象的学生健康状况良好,并没有严重的情绪失调和行为失当,因而在学校环境下进行的发展式阅读疗法并不要求作为实施者的教师一定得是一名技能娴熟的治疗师。发展式阅读疗法强调的是认知的发展。教师要充分意识到阅读对学生的潜在影响,利用自己具有一定的认知教学经验、具备一定的语言技能、掌握基本的阅读技巧、能够把握学生目前的认知能力的优势,帮助和引导学生体会文学作品中所暗含的信息,从而通过使用文学作品来帮助学生解决他们的个人适应和发展的问题。

再者,教师要在阅读教学实践中向学生证明语言、文化和个人身份识别之间确实存在互惠的关系。除此之外,教师也必须鼓励和帮助学生发展批判性思维,提高解决问题的能力和社会交际技能,并且激励学生树立相互理解的意识,鼓励学生将书面的知识、阅读时归纳的实用技能和批评性思考模式应用到解决现实世界的问题当中去。

那么，教师在阅读教学过程中需要采用什么样的技巧和方法？这个问题在阅读疗法的书籍和论文中多有涉及，我们可以将其归纳为以下几点：

(1)理解和尊重不同的观点和在自由民主社会中个体的角色、权利和价值。

(2)熟练掌握演讲、文字使用、多媒体应用等技巧，充分理解并运用不同的阅读形式、声音效果和表达风格，并且能利用以上的技巧与学生进行有效的沟通。

(3)通过运用不同的引导手段(如劝说、引导反思、知识拓展、妥善分析、激发兴趣、情感启发等)来满足读者(学生)的不同目的和需要。

(4)充分运用个人的专业知识特别是与学生成长、发展和认知相关的理论，帮助学生在认知、情感、情绪和社会交际能力方面得到持续的发展。

(5)能够做到不让个人的信仰和价值取向影响对客观事物的判断，了解学生的价值观体系，并根据学生的情况调整教学活动。

(6)鼓励学生使用批判性和其他高层次的思维模式，培养学生获得深层知识的能力，在课堂之外与学生保持联系和互动。

(7)鼓励学生在阅读活动中展示自己，把课堂与教室外的世界相联系，加强学生与国际社会接轨的思想意识。

(8)将阅读小组视作一个高度包容性的学习共同体，促进积极的互动活动和学生自尊意识的培养，确保每一个学生都能感受到自己是一个有价值的参与者。

(8)理解并维护与教学相关的法律和伦理道德准则。

(9)与其他教师、学生、管理人员、辅导员等有益于学生发展的人员建立积极的合作关系。

(10)客观分析自己的性格、决策和行动对他人带来的影响，根据需要及时作出调整。

总之，阅读疗法是包含既定目标的计划性干预。每门阅读疗法课程的目标都是通过教师、学生之间的通力合作，以及教师与专业组织的合作来完成的。要想将一次阅读体验称为“阅读疗法”，必须选择一本(或几本)书并且用它来解决读者的现实需要。教师在选定阅读材料时需要考虑诸多因素。例如，教师不仅要了解学生的阅读目标、判断需要解决的问题、正确选择文学作品的主题，还必须要考虑学生个体的阅读能力和阅读水平、阅读兴趣以及学生个体的心理成熟程度等。另外，除了选择必须要阅读的书目，教师还可以提供给学生一些额外的阅读材料作为阅读课程的后续计划活动使用，以便配合预先选定的统一使用的阅读材料实现更好地帮助学生解决发展性的问题的目的。

前文中提到了杰克逊提出的实施阅读疗法的教师应遵循四个认知步骤：读前热身、引导式阅读（阅读指导、指导式阅读）、阅读后讨论及后续的问题解决活动（强化活动）。其实在教学过程中，教师可以采取各种各样的阅读前热身活动。例如，可以要求学生在阅读开始之前回忆关心他们的人、思考人们表示关心的方式并展示出来。如果学生的年龄较小，教师可以通过具体的形式进行启发。例如，老师可以通过颜色展示（艺术手段）让学生体会并向他们解释为什么人们对世界上的不同颜色会有不同的感觉；也可以利用视觉辅助手段来引发学生思考人们通常在什么时候感到高兴，什么时候会焦虑不安，什么时候感到惊讶等。如果阅读预设的目标为“如何发现潜在的交际问题”，则可以先在课堂上让学生讨论友谊的重要性，讨论什么样的朋友是积极的朋友，什么样的朋友又是消极的朋友。教师可以鼓励学生从书本故事、电视节目或电影故事中分析朋友关系，判断正面和负面的交友情绪，并让他们描述每种类型的友谊对一个人的影响。阅读前的热身活动采取的手段、使用的材料灵活多样，教师可以根据自己的条件来设置，此处不再一一列举。

阅读引导在阅读疗法课程中也十分重要。例如，在学生的阅读过程中，老师可以下达阅读指令，对如何阅读作明确的指示，比如“从××页××段开始，到××页××段结束”。在学生的阅读过程中也要不断作思考提示，如“读到这里想想我已经读到了什么信息”“主人公到底想要什么”等问题。同时，教师还可以采取复述重要信息的方法让学生主动深入地理解文本内容。教师可以发布明确的指令，让学生阅读某一页或某几页，然后描述书中人物使用的手段、想要达到某种目的所采用的行动步骤等。

阅读后讨论可以涉及多方面的问题，并要求学生明确表达自己的观点。例如，在笔者的课堂实践中，有一位同学强烈建议大家观看某一部电影。他认为，电影中主人公的悲惨遭遇很大程度上是周围人的冷漠和嘲讽造成的，这也是当代社会中显现出的一大问题。那么，以关爱为阅读讨论话题，可以这样设置：“你认为每个人都需要对别人做的三件事是什么?”“你所读到的一些有关爱的内容是什么?”“你想要得到的关爱接触方式是什么?”,等等。

在发展式阅读的后续问题解决阶段教师也可以开展多种多样的活动。例如,同样以关爱为主题,可以为学生准备一本图文并茂的可以快速阅读的书籍(如桑德拉·希斯内罗丝的治愈系小说 *Have You Seen Marie?*)。借助书中描写的关爱情节和生动的插画展示,启发学生画出给予过他们关爱的人的画像。如果将活动目标设定为“情感表达和正面情绪激发”,教师可以让学生练习排演哑剧来表达感情或复杂的情绪;或者,在学生阅读(或观看)了有关如何与他人相处的书籍(或电影、电视节目)之后,教师可以要求学生写下让他们感受强烈的一件事情。如果是阅读疗愈目标是实现某种目标,则可以在阅读过程实施之后要求学生制订一个实现目标,并列出实现目标的具体计划,等等。

总之,不管对象是哪个年龄段的读者,社会/情感健康课程实施的阅读疗法四个步骤——读前热身、阅读指导、阅读后讨论和后续问题解决活动(强化活动)——都是普遍适用的。学校环境下的阅读疗法课程完全可以由实施的教师来设计,可以考虑将文学作品阅读课程与发展式阅读疗法相结合。虽然有学者坚持完整的三级认知过程只能由有经验的专业治疗师引导读者体验,因为他们在解决复杂的情感和情绪问题方面有过硬的专业知识和临床经验作后盾。然而,我们有理由相信,在社会/情感健康课程或训练的引导下,教师完全有可能引导学生成功体验认知的所有阶段。

值得注意的是,教师实施阅读疗法并不意味着教师就是治疗师,因为只有得到认证的心理健康或医疗专业人员才可以在阅读疗法领域追求并取得正式的认证。也就是说,教师实施各种各样的教育手段达到疗愈的目的,却不是专业治疗。所以,教师不能以专业治疗师自诩。当遇到有严重的情绪或行为问题的案例,应当及时求助于专业治疗师。

目前,与阅读疗法相结合的课程目前并没有在学校环境下形成规模。但是,学校老师有能力通过阅读疗法的治疗过程来引导学生。教师可以了解一些有关阅读疗法的基本知识,包括定义、历史发展和目前的应用等,对教师的教学和学生的发展会有很大的帮助。

## （七）研究领域展望

发展式阅读疗法有着良好的应用前景。我们有理由相信，通过社会/情感健康课程的阅读训练以及教师在课堂教学中进行的认知活动设计，学生完全有可能通过体验认知过程的所有三个阶段。

阅读疗法对教学来说是一种比较新鲜的尝试。教师可以通过补充学习一些相关的理论知识、与精神卫生专业人员（学校的心理顾问、医学院的教师或心理学家等）合作，熟悉阅读疗法的原则，学习一些必备的心理学知识，这不仅能够帮助学生改善心理状况，还能够使自己在认知教学领域有更深层次的发展。

阅读疗法的应用有着很强的实用性，它能够帮助解决一些难以解决的问题。例如校园中发生的欺凌事件这类学生避之不谈的敏感问题。我们可以针对校园发生的欺凌事件进行疗愈性阅读，采取以下步骤：在开始上课前，教师可以让学生写下亲身经历的欺凌事件（如果学生没有受欺凌的经历，可以让学生写下亲眼目睹的别人受欺凌的事件；如果学生没有亲眼目睹此类行为，则可以写下在小说、电视或电影中读到、看到的欺凌场景）。在进行写作之前，应该鼓励学生把写作重点放在描述受欺凌者的情感活动上。写作一旦完成，教师就可以实施下一个步骤。这类的情感触发有时候是强烈甚至是负面的，因此必须有心理健康专业人士的跟随。一旦有学生对课程内容表现出强烈的情感不适，心理治疗师要及时进行适当的干预。在课程结束的时候，学生根据教师的指导修改他们所写的事件叙述，继续把重点放在受欺凌者的情感活动上。需要注意的是，教师应避免向学生提供明确的指示以把自己的想法强加到学生的叙事当中；相反，教师要在阅读疗法结束后启发学生按自己的思路转变对阅读前的写作进行修改。当学生完成写作修改之后，教师和心理健康专业人员应该对每个学生的写作进行独立分析，将第一稿与修订后的故事作比较，来评估学生的能力提升程度。通过推断将欺凌经历联系到自身的情况来实现认同——净化（宣泄）（释放被压抑的情绪，获得新的视角）和领悟（识别可行的应对欺凌现象的解决方案）。从学生的写作到阅读疗法过程中的每一步引导分析都必须以具体的例子为对象。完成对学生写作的独立分析后，教师和心理健康专业人士应该合作判断某个学生个体是否已经成功地经历了认知过程的三个阶段(自我发展阶段)。此外,心理健康专业人士可以对通过阅读疗法成功经历了完整认知过程的学生进行后续访问。这种后续访问的目的是让学生意识到导致他们所写的事件发生改变的原因,并由此确定他们对课堂阅读材料的理解深度和领悟程度。成功的阅读疗愈能够使学生直面心理困扰,比较平稳地跨越心理障碍实现自我发展。

阅读疗法是最为方便温和的心理疗愈方法之一,人们可以随时随地使用,也可以自我掌控。它以书本为基本治疗工具,更容易为大众特别是学生群体所接受。书是随时伴随在我们身旁的顾问,可以随时随地供给我们所需要的知识,而且我们可以按照自己的心愿,无数次重复同一个咨询的过程。的确,文学作品能够使读者的自我理解能力有所提高。更重要的是,读者可以学会利用文学阅读(包括阅读、提问以及讨论作品中遇到的情感/社会问题)寻找情感发展和社会性发展的提示,达到自我领悟的最高阶段,实现自我成长和心理创伤的愈合。

总之,阅读疗法在学校环境下的实施具有很强的实用性。由于目前的课程开发有限,阅读疗法的应用在理论和实践上都有待进一步提高。然而,阅读疗法的方便性和有效性也注定了它将会有很大的发展前景。因此,对阅读疗法的认知和进一步的研究是非常必要的,这样它才可以更好地服务于教育,教师才可以通过阅读课程训练来帮助学生真正实现个人成长和社会技能的发展。

# 第二章　阅读疗法实践调查

在了解了阅读疗法的基本框架之后，阅读疗法实施者还需根据自身的情况和需要采取灵活多变的实践方法。例如，通过分析实施对象的阅读感悟的方法，实施者能够直接了解其在阅读疗法实施前后的心理变化，而阅读疗法问卷调查可以帮助实施者针对某一问题收集相关数据。

## （一）针对高校学生的阅读感悟调查

在当今社会，高校学生面临来自学习、生活、就业等各方面的压力和挑战。为了能够充分利用文学作品的疗愈作用来了解学生的心理变化，在充分意识到阅读疗法的有效性之后，教师就要引导学生对自己阅读过的作品特别是文学作品进行思考，之后写下阅读感悟，细细体会阅读对人生各个方面造成的正面影响，充分发挥阅读材料在对读者性格塑造、问题解决能力提高等方面的作用。另外，阅读感悟的书写能够激起读者的阅读兴趣，使阅读习惯得以保持。

作者以山东某重点高校为调查对象，以“文学作品对自身影响的自我认知”为调查主题，随机访问了 66 名在校学生（对学生专业未作限定），请他们写下对自己影响最深刻的文学作品并阐明原因，即阅读感悟。在调查过程中，每名学生都能毫不困难地通过回忆的形式重新体会某部文学作品为自己带来的身心影响。现将这些文学作品统计如下（按照阅读人数降序排列，见表 2-1）：

表 2-1　　学生最喜爱的书目调查

| 序号 | 书名 | 作者 | 人数 |
| --- | --- | --- | --- |
| 1 | 《平凡的世界》 | 路遥 | 8 |
| 2 | 《飘》 | [美]玛格丽特·米切尔 | 3 |
| 3 | 《活着》 | 余华 | 3 |
| 4 | 《鲁滨逊漂流记》(英文版) | [英]丹尼尔·笛福 | 2 |
| 5 | 《钢铁是怎样炼成的》 | [前苏联]尼古拉·奥斯特洛夫斯基 | 2 |
| 6 | 《盗墓笔记》 | 南派三叔 | 2 |
| 7 | 《安徒生童话》 | [丹麦]汉·克·安徒生 | 2 |
| 8 | 《红楼梦》 | 曹雪芹 | 2 |
| 9 | 《明朝那些事儿》 | 当年明月 | 2 |
| 10 | 《穆斯林的葬礼》 | 霍达 | 2 |
| 11 | 《狼图腾》 | 姜戎 | 2 |
| 12 | 《水浒传》 | 施耐庵 | 1 |
| 13 | 《天才在左,疯子在右》 | 高铭 | 1 |
| 14 | 《追风筝的人》 | [阿富汗]卡勒德·胡赛尼 | 1 |
| 15 | 《三国演义》 | 罗贯中 | 1 |
| 16 | 《撒哈拉的故事》 | 三毛 | 1 |
| 17 | 《萤窗小语》《萤窗随笔》 | 刘墉 | 1 |
| 18 | 《无比美妙的痛苦》 | [美]约翰·格林 | 1 |
| 19 | 《中国上下五千年》 | 李津 | 1 |
| 20 | 《龙族》 | 江南 | 1 |
| 21 | 《挪威的森林》 | [日]村上春树 | 1 |
| 22 | 《你的孤独,虽败犹荣》 | 刘同 | 1 |
| 23 | 《少年维特之烦恼》 | [德]歌德 | 1 |
| 24 | 《乖,摸摸头》 | 大冰 | 1 |
| 25 | 《乔布斯传》(英文版) | [美]沃尔特·艾萨克森 | 1 |
| 26 | 《简·爱》 | [英]夏洛蒂·勃朗特 | 1 |
| 27 | 《谁动了我的奶酪》 | [美]斯宾塞·约翰逊 | 1 |

续表

| 序　号 | 书　名 | 作　者 | 人　数 |
| --- | --- | --- | --- |
| 28 | 《做最好的自己》 | 李开复 | 1 |
| 29 | 《小王子》 | [法]托万·德·圣·埃克苏佩里 | 1 |
| 30 | 《哈利·波特》系列 | [英]J. K. 罗琳 | 1 |
| 31 | 《鲁迅选集》 | 鲁迅 | 1 |
| 32 | 《野性的呼唤》 | [美]杰克·伦敦 | 1 |
| 33 | 《汤姆叔叔的小屋》 | [美]哈里特·比彻·斯托(斯托夫人) | 1 |
| 34 | 《我和我的父亲季羡林》 | 季承 | 1 |
| 35 | 《白夜行》 | [日]东野圭吾 | 1 |
| 36 | 《摆渡人》 | [英]克莱儿·麦克福尔 | 1 |
| 37 | 《丰乳肥臀》 | 莫言 | 1 |
| 38 | 《三个火枪手》 | [法]大仲马 | 1 |
| 39 | 《就说你和他们一样》 | [尼日利亚]乌文阿克潘 | 1 |
| 40 | 《老人与海》 | [美]海明威 | 1 |
| 41 | 《七月与安生》 | 安妮宝贝 | 1 |
| 42 | 《三体Ⅱ·黑暗森林》 | 刘慈欣 | 1 |
| 43 | 《阿弥陀佛么么哒》 | 大冰 | 1 |
| 44 | 《神秘岛》 | [法]凡尔纳 | 1 |
| 45 | 《文化苦旅》 | 余秋雨 | 1 |
| 46 | 《瓦尔登湖》 | [美]亨利·大卫·梭罗 | 1 |
| 47 | 《慢慢来,一切都来得及》 | Meiya | 1 |

正如以上统计数据所显示的那样,某些经典的现当代写实型文学作品,无论是受欢迎的程度还是对读者的正面引导、帮助解决读者生活中遭遇的情感和社会问题的程度,较其他作品都略胜一筹。于 1986 年首次出版的小说《平凡的世界》,在调查对象中受欢迎程度最高,读者反映在阅读之后,对生活的态度更加积极,并且认为自己在社会交际、情感认知等方面有了明显的提高。现将其中一位同学的阅读感悟呈现如下(调查对象完整的阅读感悟参见附录):

人活着要有坚定的信念、对梦想的执着、面对困难和敢于拼搏的勇气。

人活在这个世界上，不可能总是一帆风顺……平平凡凡的一家，经历着世上几乎每家都会经历的坎坷，形式虽有所不同，但困难总会出现……

成功的路上总有阻碍，父母一辈在思想上和子女会有所差距，但对于自己的未来要有信心，坚定自我，方得始终。

对读者喜好的书目进行调查得到的数据比较复杂，乍看上去没有什么共性，但是调查者要善于发现它们所反映的规律性的东西。例如，可以将读者喜好的书目进行分类来总结阅读倾向。以表 2-1 中列出的书目为例，有一些图书的主题与认识发展有关，有些与创伤心理有关，还有的与人际交往有关。教师可以根据学生选定的书籍先预测学生想要达到的阅读目标，并判断应该使用何种疗法来引导学生。例如，认知发展主题的书籍阅读往往应当匹配认知疗法(Cognitive Therapy)，创伤类书籍匹配接受与现实疗法(Acceptance and Commitment Therapy)，而人际交往类书籍阅读可采用人际关系疗法(Interpersonal Therapy)。

如果读者没有明确的阅读目标，也不了解自己的阅读兴趣，但是有着想要体验自主阅读过程的强烈意愿，那么他/她可以选择推荐人数多的作品进行尝试。然而，作为阅读的引导者和阅读疗法实施者，教师必须意识到统计结果带给我们的另一种提示，也就是具有同样知识背景的同年龄段的读者喜欢，他们喜欢的书籍也不尽相同。在了解读者之前，不能仅从以上的读者信息对阅读材料的选择作主观臆测。所以，教师在向学生读者推荐阅读书目之前要做充足的调查研究，并进行多方面的考量。例如，教师必须兼顾读者的阅读兴趣、阅读能力、性格和个性特点、需要解决的现实问题和读者的阅读期待，等等。

### (二)阅读疗法问卷调查

为了评估高校学生在遭遇情绪/发展困扰问题时求助于书籍的频率以及自助阅读对他们的不良情绪起到了多大的疗愈效果，我们以山东省某重点大学 101 名非文学专业的硕士研究生为对象，采取调查问卷的形式对其阅读情况进行了调查，旨在评估文学对一般读者的影响，分析他们的阅读习惯和对文学疗愈阅读的态度。

调查活动的相关数据分析如下：

**1. 读者性别分布**(见图 2-1)

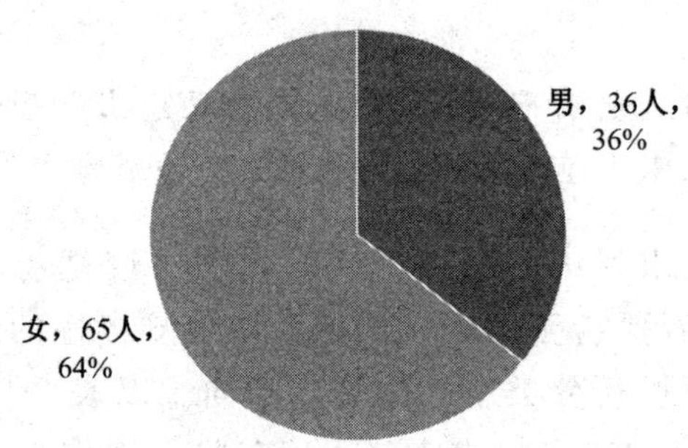


图 2-1 读者性别

随机参与调查的总人数为 101 人，其中男生 36 人，女生 65 人，男女比例约为 1∶1.8。之所以选择硕士研究生为调查对象，是因为与本科学生相比，他们的阅读能力更高，阅读经验相对丰富，思想更加成熟，也更擅长描述、反思自己的思想和行为。

**2. 读者年龄分布**(见图 2-2)

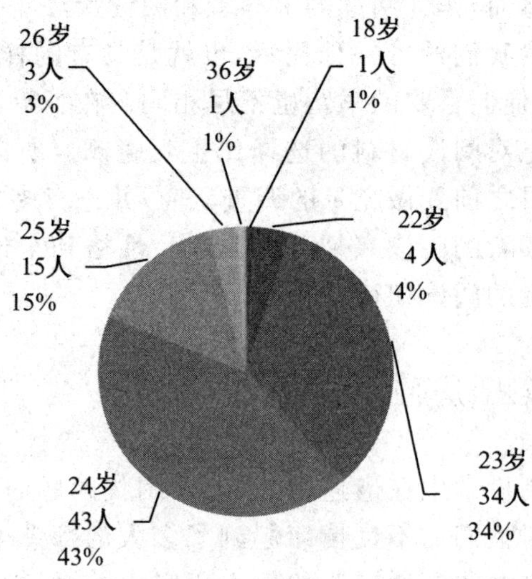


图 2-2 读者年龄

如图 2-2 所示，在参与调查的研究生读者群中，23～25 岁的读者占绝大多数，为总人数的 91%。其中，24 岁的读者有 43 人，占总人数的 43%；23 岁的读者有 34 人，占 34%；25 岁的读者有 15 人，占 15%。另外，22 岁、26 岁、18 岁和 36 岁的读者分别有 4 人、3 人、1 人、1 人。

**3. 阅读习惯调查**（见图 2-3）

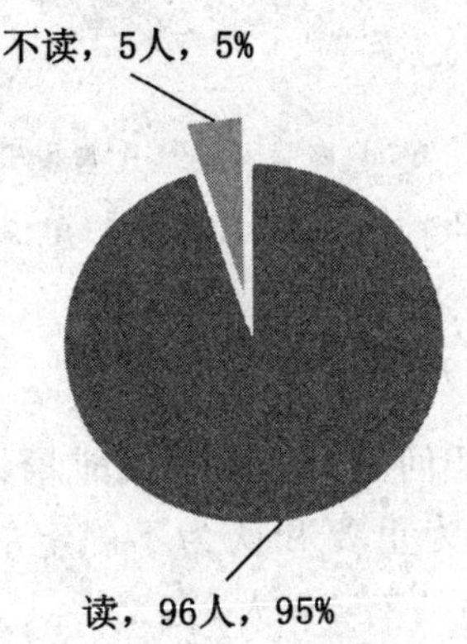


图 2-3　是否阅读小说

需要说明的是，由于文学的范畴过大，对非文学专业人群来说太过抽象，所以笔者在调查中如果未涉及文学分类，会把文本范围缩小到广为人知的文学体裁——小说。调查显示，小说拥有广大的读者群，101 人中只有 5 人表示不会主动去阅读小说，这基本可以说明，小说阅读（或者说文学阅读）是高校生活中非常普遍的行为。

**4. 小说阅读数量调查**（见图 2-4）

限制一个读者每月的小说阅读数量的因素有很多。它与读者的个人兴趣有关，与读者的时间分配有关，也与读者的阅读速度有关。尽管如此，不考虑以上个人因素而单单统计阅读数量和频率也有一定的意义。它体现了小说的受欢迎和受重视程度，反映了小说对调查群体的影响。调查结果显示，月阅读量低于 1 本者有 75 人，2 本者有 16 人，3 本者有 4 人，4 本者有 1 人，5 本者有 2 人，5 本以上者有 3 人。尽管大多数读者每月阅读小说数量不超过 2 本，但是所有的读者都有阅读小说的行为。

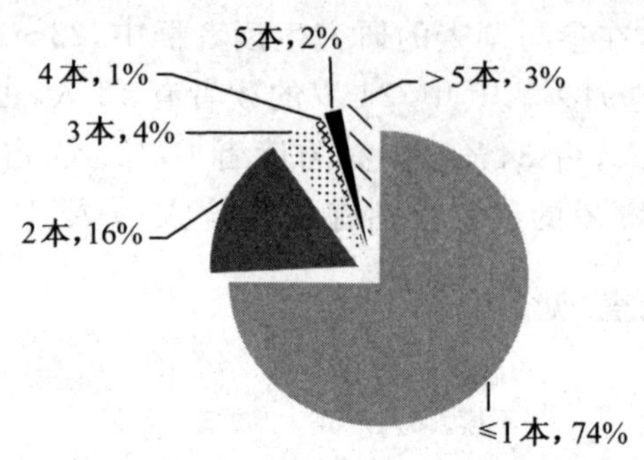


图 2-4 每月小说阅读量(单位:本)

**5. 文学重要性调查**(见图 2-5)

被调查对象在没有任何提示、暗示和前景铺垫的情况下被问及文学在日常生活中重要性:认为重要和认为不确定的人数相等,均为 36 人,分别占 35.5%;认为不重要的有 29 人,占 29%。由此可见,虽然认为文学阅读重要的人数最多,但并没有很明显的优势。

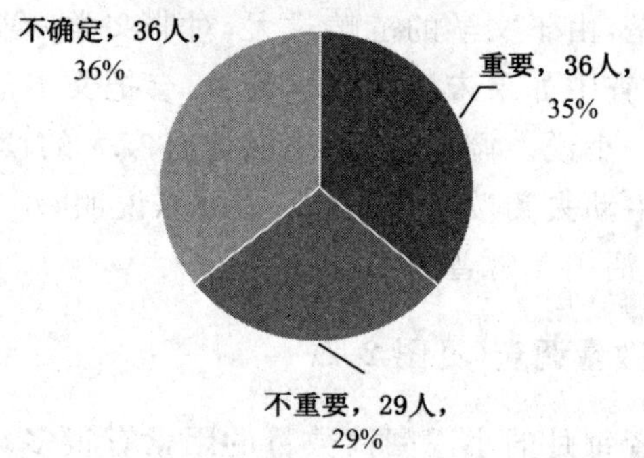


图 2-5 文学阅读在日常生活中的重要性

**6. 阅读原因调查**(见图 2-6)

这道问题的选项为多选。如图 2-6 所示,多数人(61 人)阅读文学作品是因为文学作品能够使心情放松,其次因为单纯娱乐。由图 2-6 来看,读者相信文学能够为自己的心灵带来多种正面的影响。教师要掌握一般读者阅读的主要动因,因为阅读动机是阅读选材的重要依据。

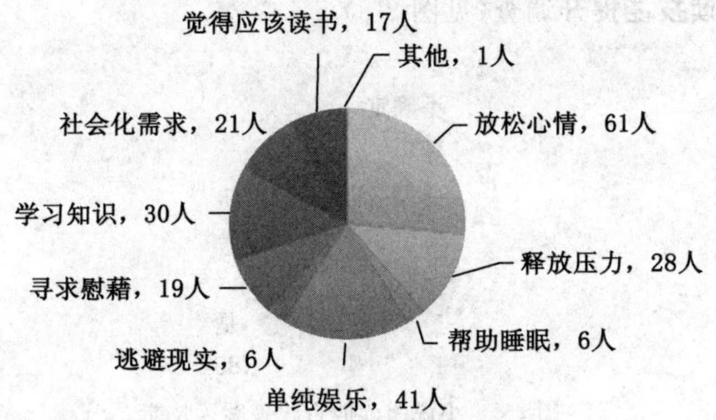


图 2-6　阅读文学作品的原因

**7. 阅读过程调查**(见图 2-7)

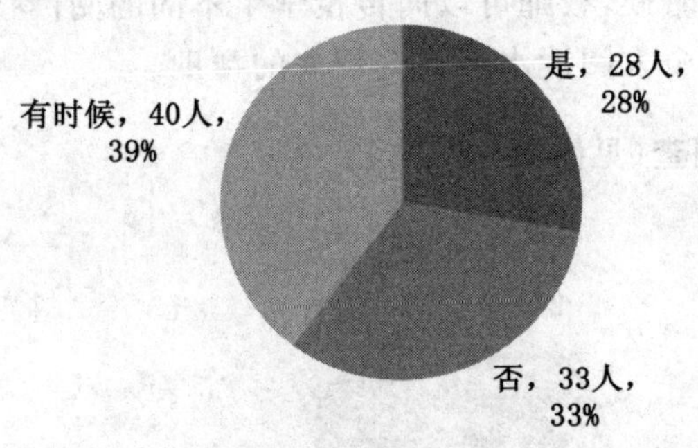


图 2-7　是否沉溺于小说

调查显示,有沉溺于小说现象的人数居多,共计 68 人,占总人数的 67%。阅读文学作品时读者对文本的沉溺程度会影响他/她对内容的理解和感悟。过分沉迷于小说的情节或某个人物角色会导致读者的情绪失控,不能作出理性的判断和思考。而对小说内容过分淡漠,以一种“事不关己”的态度去阅读的话,读者对作品的理解将会浮于表面,同样不会产生疗愈效果。在了解了学生的阅读特点之后,教师就可以针对不同的学生进行不同的阅读策略引导,防止以上因素阻碍阅读目标的实现。

**8. 阅读技能提升调查**(见图 2-8)

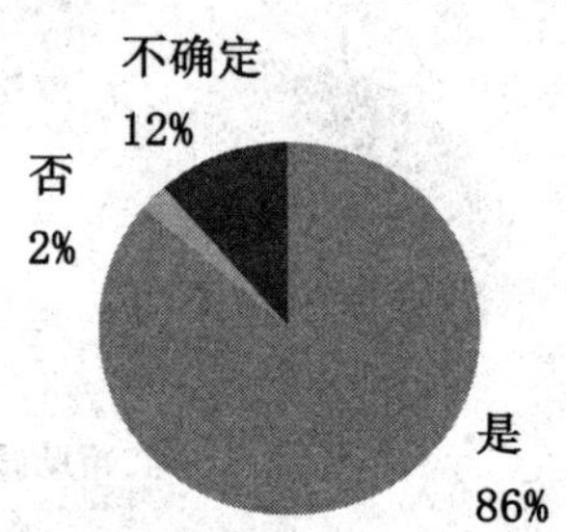


图 2-8 小说阅读能否改善阅读技能

绝大多数被调查者(87 人)认为阅读小说丰富了自己的阅读经验、改善了阅读技能,不确定者 12 人,否定者 2 人。既然绝大多数的读者都肯定了阅读技能的提升和阅读小说之间存在着正向的联系,那么在引导学生进行文学阅读的时候,教师可以向传授学生不同的阅读技巧,让学生明确感受文学阅读对个人阅读水平提升带来的帮助。

**9. 阅读信念调查**(见图 2-9)

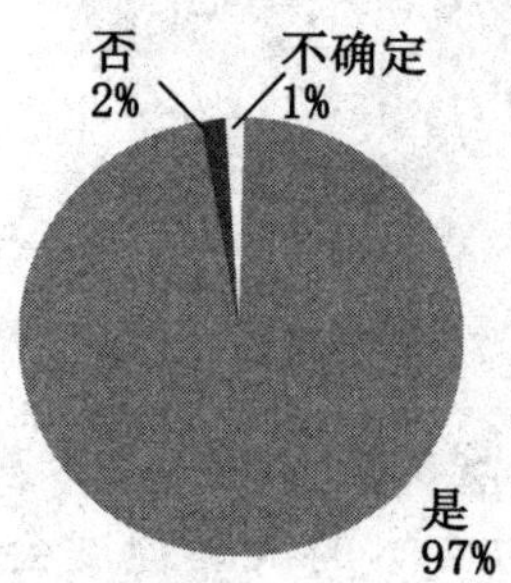


图 2-9 不同的人是否会产生不同的阅读体验

此问题旨在调查读者对认知多样性的看法。对阅读体验是否因人而异的问题,被调查者之中除 3 人(约占 3%)未给出肯定答案,其他人皆认为不同的人会对同一本书产生不同的阅读体验。读者意识到自己的阅读感悟与别人会有所不同才能在阅读中有意识地思考,形成自己独到的见解。

**10. 阅读方式调查**(见图 2-10)

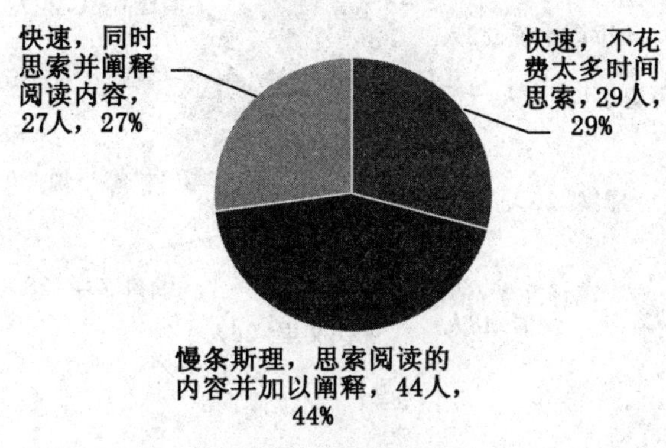


图 2-10　阅读方式

阅读方式不光体现阅读习惯，它与阅读能力也有着密切的关系。调查中，71%的读者阅读时会进行习惯性思考，消化所读的内容和作者的思想表达，说明文本的内容和思想对大多数读者而言有着一定的影响。而27%的人选择浏览但并不深思的方式，这其中也不乏阅读能力欠佳的读者或者因为时间不足而不能对作品加以深思的读者。如果有充分的阅读时间，他们的阅读方式也可能会发生改变。

**11. 阅读倾向调查**(见图 2-11)

此问题为多项选择。阅读倾向显示鸡仔文学/浪漫爱情最受调查者青睐，这可能与读者的年龄有关，但是更可能与因为来自生活、学业和社会的压力过大而迫切需要使身心得到放松的阅读目的有关。历史小说、经典文学、短篇小说和科幻小说也受到大家的欢迎。相比之下，戏剧和诗歌这两种高雅文学形式在被调查者阅读倾向中所占比例最小，其中有阅读戏剧意向的只有 5 人。诗歌和戏剧等高雅文学的晦涩语言和过于深奥的思想内涵使读者在阅读过程中耗费心力，这些特点让以休息大脑、放松神经为目的的读者望而却步。

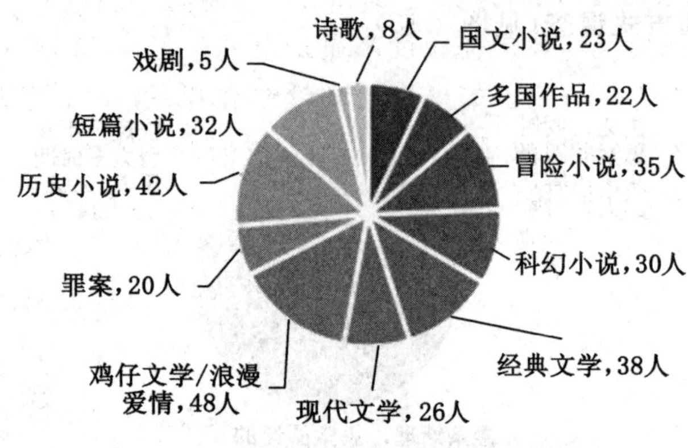


图 2-11 阅读倾向

**12. 文学对现实生活的影响调查**(见图 2-12)

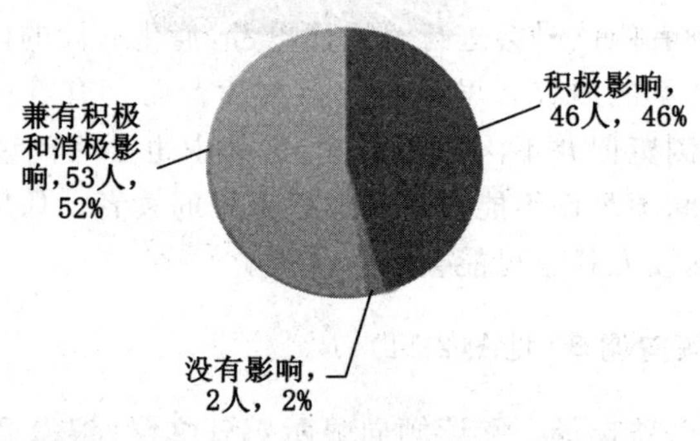


图 2-12 文学对现实生活的影响

笔者在进行本项调查之前未对调查对象进行思想诱导，所以调查结果基本能够反映普通读者的心态。根据文学对现实生活影响的调查数据显示，在没有任何语境暗示的情况下，几乎所有调查对象都肯定了阅读对现实生活的影响性。由此可见，教师实施阅读疗法基本不会受到学生太大排斥。只要精心挑选文本，通过阅读及读后反思、讨论等手段，加之读者对文学影响力的信任和支持，教师完全有可能指导学生实现预期的阅读目的。

**13. 读者对积极文学体裁的判断调查**(见图 2-13)

图 2-13 为多项选择的结果。虽然调查对象对经典文学的热衷程度

不是很高(如图 2-11),但是如图 2-13 所示,他们对经过时间检验的经典文学作品的认可程度和信任程度却是最高的。另外,多国作品和历史小说也得到了他们的肯定。如果高校教师在推荐、指导阅读以上几类小说方面付出努力,可能更容易达到令人满意的阅读效果。不论影响的大小,每种文学体裁都有阅读的价值。所以在挑选文学体裁时,教师(或其他阅读引导者)都不应当使用单一的标准,也不能把某种文学体裁完全拒之门外。任何类型的文学作品,只要它适合读者,都可以作为阅读疗法的阅读材料使用。

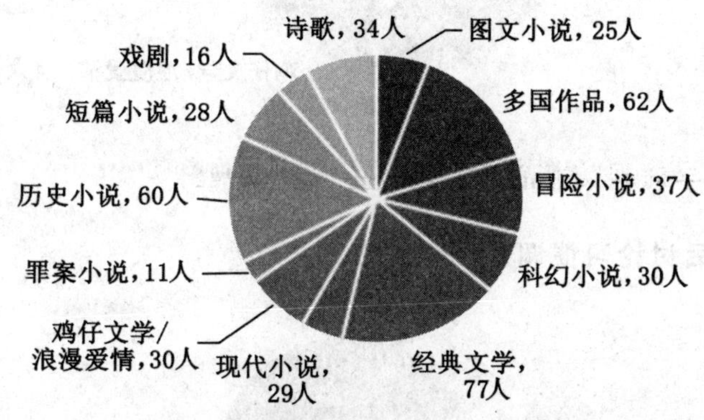


图 2-13　产生积极影响的小说体裁(多选)

**14. 读者对消极文学体裁的判断调查**(见图 2-14)

图 2-14 为多项选择的结果。如上所述,任何阅读材料都不可能得到所有读者一致的好评。对文学负面影响的调查结果与图 2-14 显示的文学正面影响的调查结果有一点是相似的,即调查对象对文学作用的评价与他们的阅读倾向并没有太大的关系。比如,没有人认为戏剧作品有负面影响,但大家却不愿意阅读。然而,我们还是要特别关注多数读者都认为有负面影响的作品。例如,有超过一半的调查对象(77 人)表示罪案类作品可能会带来负面影响。读者的警惕心理可以作为阅读材料选取时候的重要参考。在选择负面评价较多的作品时,阅读疗法实施者需要慎之又慎,反复论证。

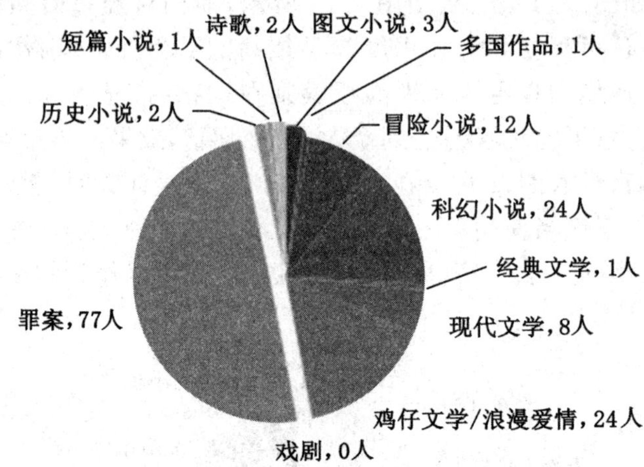


图 2-14　各种文学体裁的负面影响

**15. 读后讨论习惯调查**(见图 2-15)

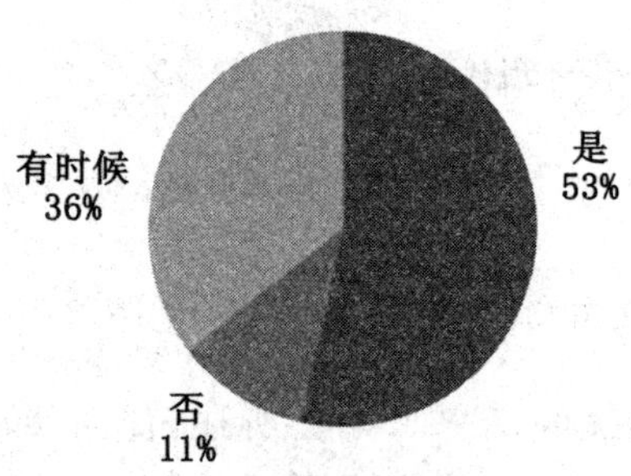


图 2-15　是否与他人谈论阅读过的书

图 2-15 中的数据显示，绝大多数(90 人，占 89%)的调查对象会跟他人谈论自己所读的书籍内容。前面已经论述过，阅读后的讨论是读者进入高级认知阶段的有效方法。如果大多数人在自主阅读时就使用过此方法，那么它在阅读疗愈过程中实施起来会更加容易。

**16. 自主选材倾向调查**(见图 2-16)

从图 2-16 提供的数据可以看出，在阅读材料的选择上，学生有着相当强的自主性和自主愿望。许多同学都表示，在学习学校的规定材料时他们大多数时候都是被动的。所以，在文学阅读中，他们一方面渴望教师对阅读材料进行指导和分析，另一方面又表现出想要自主决定阅读材料的强烈愿望。能够自主选材(或参与选材的过程)是读者在阅读初期保持良好心态的重要前提之一。

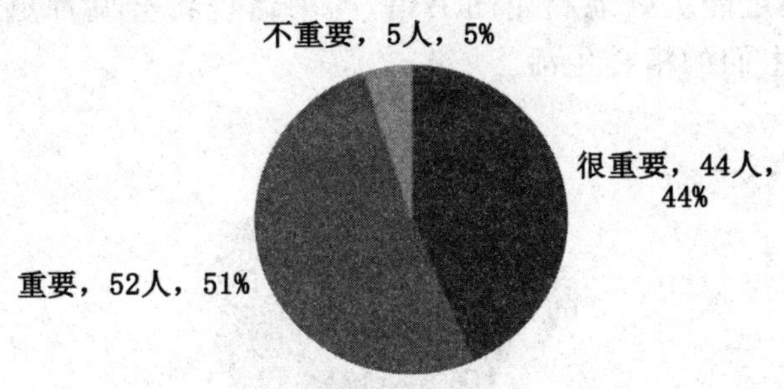


图 2-16　自主选择阅读材料的重要性

**17. 图书馆应用率调查**(见图 2-17)

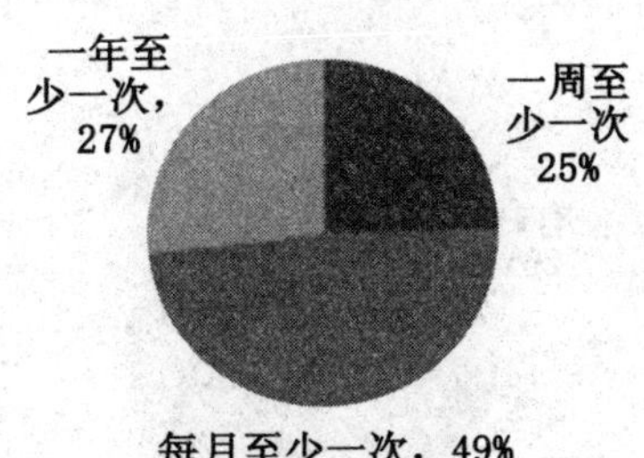


图 2-17　图书馆访问频率

从图 2-17 的图书馆的使用频率调查来看，只有 25%的同学每周访问图书馆。由于现代科学技术的发展，阅读文本的途径和阅读形式日趋多样化。例如，除了去图书馆借阅图书，学生还可以在书店购书、从网上订书。学生可以读纸质书籍，也可以选择阅读电子书。图书馆访问的数据不能代表一名读者整体的阅读频率和阅读量。

**18. 图书馆访问与读者心境改善调查**(见图 2-18)

虽然学生对图书馆的访问频率没有预期那么高(如图 2-17)，但是绝大多数调查对象都认为在图书馆借书、看书能够很好地改善个人心境。由此看来，学生不造访图书馆的主要原因并不是他们认为其他的文本阅读途径和阅读手段的出现导致图书馆已经丧失了人气。在肯定了图书馆的情感疗愈效果的前提下,学生不能经常造访图书馆的主要原因可能是日常学习和生活的节奏过于紧张。可以设想,在给予他们充足时间的情况下,他们必定能更好地利用图书馆,图书馆也将会发挥更大的作用,充实并改善学生们的精神生活。

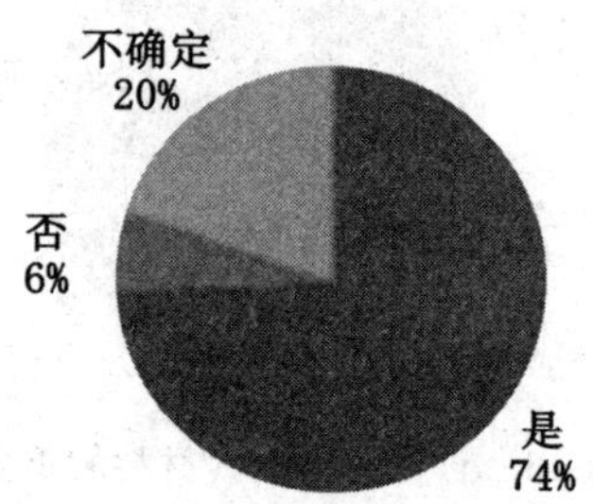


图 2-18 图书馆能否改善个人情绪

**19. 咨询习惯调查**(见图 2-19)

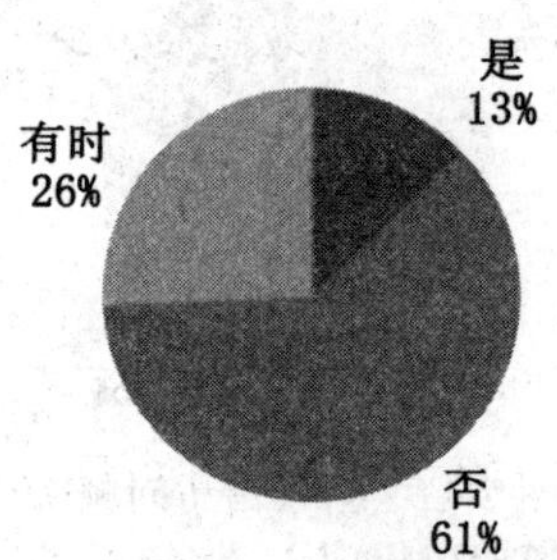


图 2-19 是否就阅读选材咨询教师

图 2-19 表明,目前教师在阅读材料选取过程中所给予学生的指导还远远不够。学生并没有形成就阅读材料和阅读方法等问题咨询教师的习惯,甚至连这种咨询意识也没有。所以,教师应当主动询问学生有无此方面的需要,帮助学生培养咨询意识和咨询习惯。与此同时,教师还需要提高自身的阅读素养,改善自己的阅读技能,做到让学生信服和信任,帮助学生完成阅读目标。

**20. 阅读指导的重要性调查**(见图 2-20)

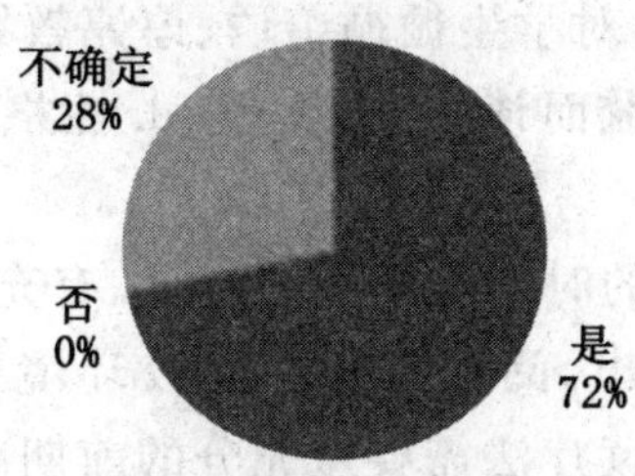


图 2-20　教师阅读建议是否有积极影响

图 2-19、2-20 中将教师作为阅读咨询者对学生进行调查。结果显示,大多数调查对象(61%,见图 2-19)没有就自助阅读选材咨询教师的经历。然而,更大比例的调查对象(72%,见图 2-20)相信教师的建议会给自己的阅读带来有益的影响,没有人认为教师的建议会带来负面影响。由此可见,学生是希望得到教师的阅读建议和指导的。在现实中,可能由于各种条件的限制——不管是教师自身阅读知识储备不足以帮助学生,还是学生与教师进行阅读沟通的机会受到限制,学生的阅读咨询愿望并没有得到满足。

**21. 学生对阅读指导教师素质的预期**

既然大多数同学都需要在自助阅读时得到教师的指导,那么本调查的最后一项便是让参与调查的学生写出他/她认为阅读指导教师应当具备的条件。经过笔者归纳整理,现将学生的观点总结如下:

(1)专业素质:a. 热爱阅读;b. 阅读广泛,知识渊博,有较高的文学素养;c. 思考问题冷静理智;d. 鼓励学生,不要粗暴地批评学生,对学生一视同仁,没有偏见;e. 分享自己的阅读经验,阐释自己的阅读感受;f. 重视阅读反馈,督促阅读进程,积极引导学生,询问学生的阅读感受;g. 有丰富的人生阅历和文化涵养;h. 传授思考、分析和评价一部作品的方法和技巧;i. 善于发现学生的才能。

(2)如何推荐阅读材料:a. 了解学生喜好,会根据学生的具体情况和需要推荐书目;b. 考虑学生所处的年龄段;c. 推荐不同题材、不同种类的书籍;d. 推荐趣味性强、可以减轻压力的书籍;e. 推荐积极向上、励志类的书籍;f. 多推荐一些外国文学作品; g. 推荐能够使人博闻强识的书;h. 适当介绍语言晦涩但被尊为“巨典”的文学作品；i. 推荐自己读过的书籍；j. 推荐专业性不是很强的文学作品。

(3)性格：a. 有耐心，对学生循循善诱、谆谆教导；b. 热情洋溢，善于表达；c. 善于沟通，能够侃侃而谈、亦师亦友；d. 性格外向，风趣，幽默；e. 思维独特。

(4)其他：a. 有充足的时间与学生交流；b. 有充沛的精力和活力。

从以上数据可以看出，阅读疗法在学校环境中实施有很大的优势。但是教师实施发展式阅读疗法需要做充分的前期准备。阅读疗法在我国的教学领域的实施尚未形成规模。从美国实施的情况来看，阅读疗法已经被广泛应用于各种专门机构和学校中。但是，由于没有成熟的理论作指导，依然会有非专业实施者和专业咨询师(特别是初出茅庐的有志人士)跃跃欲试但又无所适从。所以，虽然自20世纪60年代就有人提出过咨询师应当充分了解阅读疗法的实质，把理论与实践相结合，但是目前阅读疗法的理论仍未形成一个完整的科学体系。所以，对阅读疗法的实施效果的评估就显得尤为重要。如何进行效果反馈和评估是一个仁者见仁、智者见智的问题。作为阅读治疗师的教师可以在不断学习和反复实践摸索中形成一套适合自己的评估体系。

教师如果为学生读者选择书籍，需要考量诸多因素。例如，读者自身的阅读水平、阅读需求、目前的心理发展程度、生活状况、阅读环境、所处的阅读辅导/治疗阶段等。教师最终选择的阅读材料应该是对以上各种因素综合考量的结果。然而，对刚刚开始实施阅读疗法的教师来说，最大的困难莫过于尚无经验，还未充分体会选择阅读材料过程的复杂程度。如果书籍选择不当，有可能会对学生产生相反的效果；更有甚者，会使学生对指导教师的指导能力和阅读疗法的有效性产生怀疑。因此，究竟要选择浅显易懂、有精美插图的艺术性强的文学作品，还是选择偏重理性的普通作品甚至是选择蕴含深奥哲理的文学巨典，这都需要教师不断积累经验，同时与学生进行充分、融洽的沟通。

### (三)艺术疗法：阅读疗法的延伸

前文中已经提到，阅读疗法使用的材料不局限于书面的阅读材料，它也可以是一部电影、一本漫画、一件艺术创作或一段影音材料等。例如，对低幼年龄段的阅读疗法体验者来说，由于他们的阅读能力有限，所以有时候使用影音材料和艺术作品来替代文本作为材料效果要好得多，也更容易获得反馈信息。反馈形式也可以由口头形式替代书面形式，比如引导他们进行口头表达、简单地陈述自己的想法等。当然，也可以鼓励他们采用另一种输出形式来表达内心的变化。

有艺术疗法在材料方面的拓展和配合，阅读疗法的实施可能会产生更佳的效果。例如，具有较高文字阅读能力的高校学生群体中也不乏漫画爱好者。有些学生不但曾向笔者绘声绘色地讲述漫画画风、故事情节，还亲自展示如何更好地利用电纸书等阅读工具欣赏漫画。显而易见，愉悦读者的不仅仅是简单的文字，更是绘画的艺术效果。人们对文字和图像的理解是相辅相成的。图像的创作和欣赏可以促进一个人认知能力的发展，而认知能力对于提高一个人的语言理解能力和领悟能力至关重要。所以，作为一名语言类教师，笔者从不排斥用任何艺术手法去传递语言信息。

阅读疗法的观察、取证有时候是一个极其漫长的过程。尤其当研究对象是低幼年龄段的儿童时，想要评估阅读疗法是否能够提高他们的情绪管理能力和社会适应能力，将是一个比较难把握的课题。在这种情况下，与阅读疗法有异曲同工之妙的艺术疗法可以作为阅读疗法的替代方案。

在某种程度上，艺术疗法可以看成是阅读疗法的拓展，它适用于各个年龄段的普通和具有心理障碍的人群。从狭义上讲，它可以被视为一种用文学表现之外的艺术形式对实施对象进行情感/社会性发展方面疗愈的方法。除此之外，如果让体验者进行艺术创作来作为阅读疗愈或艺术疗愈的后续跟进活动的话，多会有意想不到的收获。这是因为，在艺术创作过程中，一些看似简单的动作和行为，如揉搓陶土、涂抹画布，能够使创作者的挫败感等负面情绪得到释放。

艺术疗法的目的在于帮助治疗对象有效处理强烈的负面情绪、培养驾驭情绪的能力（情绪管理）、形成合理的自我意识。同时，它还能够帮助治疗对象发展社会技能、增强自尊心、强化问题处理技巧。艺术同文学作品一样，是另一种形式的交流。艺术载负作者的思想，能够将创作者的情绪释放出来，并为创作者提供应对困难的创造性思路。从创伤心理学角度来看，艺术能够使个体从负面思想甚至自残行为中解放出来。因此，不论对普通个体还是对创伤人群而言，艺术疗法作为阅读疗法的另一形式，是值得采用的、帮助促进个体情感和社会性发展的手段。

作为艺术创作形式的一种，陶艺创作对个人多项技能的发展有重要的促进作用，也是检测一个人的社会适应能力和适应状态的有效手段。陶土艺术的创作过程是一种提高自我意识、自我形象、发展交流技能的过程。陶土制作过程强化了人类的触觉感官，而触觉认知被认为是人类最初认识世界所使用的交流形式之一。创作者操纵陶土不仅是一种肢体运动，对陶土塑形的过程更是运用了大脑的精神处理功能。它融合了作者的情绪、记忆、决断和想象，因而，它锻炼了创作者的适应能力、人际交往能力和培养正面面对问题的意识。[①] 同样，通过作品也可以洞察作者的心境和社会适应状态。图 2-21 所示作品中的青蛙姿态悠闲、表情愉悦，可以说明作者（时年 7 岁）在当时的人际交往中并没有太大的压力和情绪波动。

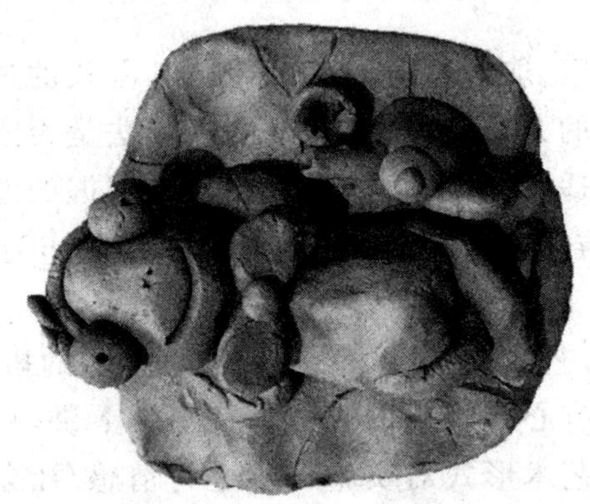

图 2-21 快乐的青蛙（作者：李小瑜 创作时间：2017 年 10 月）

笔者以图 2-21 作者为研究对象，以影音作品、摄影作品和附有简单文字陈述的插画文本为材料，自其无法用文字和流畅的言语表达的年龄阶段起，鼓励她在长达 5 年内进行发展式阅读疗法训练，并要求在观看/阅读材料后的强化阶段用绘画的形式进行思想反馈。主要反馈结果如下（见图 2-22）：

---

① 参见 http://www.lakesidepottery.com/Pages/The-Importance-of-Clay-in-Children's-Development.html

图 2-22　猫和老鼠（作者：李小瑜　创作时间：2014 年 9 月）

图 2-22 是作者（时年 4 岁）在观看动画片《猫和老鼠》后对印象最深刻的情节作出的回忆再现。由图中主角猫的丰富表情来看，作者在日常交际中对周围人物的表情变化十分敏感。从故事结尾猫的开心笑容可以看出，作者观看影片结束后心情是十分愉快的。

图 2-23 为作者（时年 5 岁）阅读美国《国家地理》摄影杂志后对最感兴趣的事物进行的描绘。作者选择的是富有生命力、没有攻击性的动物——长颈鹿，从作者的选材和所画动物的表情可以推断，当时创作者在阅读后情绪十分稳定，心情十分愉悦。与图 2-22 相比，图 2-23 的绘画细节内容增加。阅读疗法的过程和阅读后强化反思阶段加强了作者的细节观察能力和表现能力。

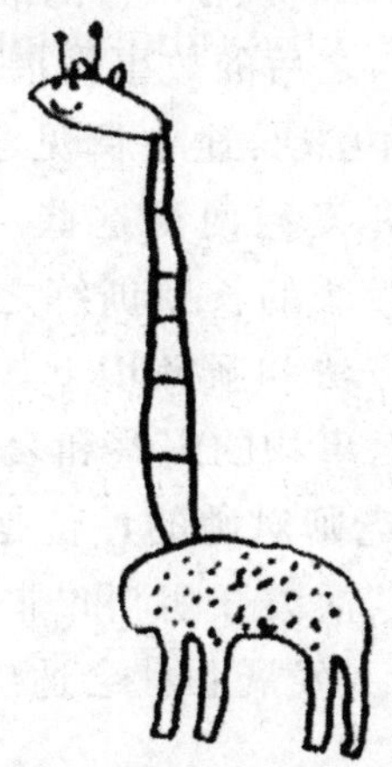

图 2-23　长颈鹿（作者：李小瑜　创作时间：2015 年 8 月）

图 2-24 为作者(时年 6 岁)在观看神话剧《西游记》之后，自主选择一集内容进行情景再现。依据其陈述，上图左侧 3 样事物为故事的主题展示，5 幅图画是对故事情节发展的描述。与图 2-22 相比，图 2-24 增加了主题画，并且在情节梳理、要点总结和细节观察等方面明显更胜一筹。一如既往的愉快画风是作者对阅读材料进行积极心理回应的表现。

图 24　扫塔(作者:李小瑜　创作时间:2016 年 8 月)

与前面几幅绘画作品不同，图 2-25 取材于真实生活。作者(时年 7 岁)已然自发地将艺术与生活联系在了一起，认识到可以用艺术手法去展现显示生活、表达心情。图 2-25 中第一行的故事为作者对××同学从出生到幼儿园生活阶段的想象，之后的故事发展是依据此同学自己的讲述，穿插了作者与同学在校园的互动:途中偶见学生和教师、家长与学生的“矛盾”，但其他同学的做伴和安慰使得这些“矛盾”有了喜剧化的效果。由此可见，作者在经过阅读疗法的长期训练之后观察问题的习惯已经形成，并开始思考解决问题的方法和新环境下如何适应等问题。在 5 年的阅读疗法实践中，研究对象对事物的观察和表达有了显著的发展，社会性格发生了明显改变:3 岁时，老师对她的评价是“敏感内向”;而 5 年后，老师对她的评价是“十分沉稳”“活泼开朗”和“非常乐观”。这样的发展基本达到了阅读疗法促进读者个人发展和社会适应的目标。

图 2-25　××同学的日常(作者:李小瑜　创作时间:2016 年 12 月)

同阅读疗法一样,艺术疗法应用的对象也不受年龄、职业和健康程度的限制。对被诊断为非健康人群的成员来说,艺术创作表达显得更为重要。在当代社会,很多少年和青年都显示出交际障碍、过分自我中心主义的倾向,患轻度或重度自闭症的人也比比皆是。拿笔者所接触到的高校学生为例,在最近几年,由于手机使用的频率大大提高,大学生之间进行面对面人交往的频率却在大大降低。许多学生出现了诸如与他人之间缺乏眼神交流、说话语调机械、词汇贫乏和专注力不够等交际障碍。以上几种心理问题和表现皆与人的自我意识中断有关。而自我意识缺乏者把自己和其他人联系起来(进行人际交往)就更加困难。换言之,他们缺乏思想理念。而研究表明,艺术疗法能够促进自我意识的行程。例如,美国学者马丁(Nicole Martin)认为,人物画的创作能够提升作者的面部处理技巧,进而提高作者的认知技巧,而认知技巧正是人际交往中不可或缺的一部分。[①]

① 参见 Nicole Martin, "Assessing Portrait Drawings Created by Children and Adolescents with Autism Spectrum Disorder," *Art Therapy: Journal of the American Art Therapy Association*, vol. 25, no. 1 (2008), pp. 15-23.

如前文所述,一个人要想具有一定的阅读水平,首先必须提高自己的认知能力和认知技巧。马丁认为,人物画创作之所以能够提高认知技巧是因为画出一个人的形象特别是面部表情,会迫使创作者处理有关他人的情绪状态信息。[①] 图 2-26 中,人物的面部表情随着人物动作的变化而变化,这说明作者已经有了自我意识和他人意识的概念。而许多艺术治疗师也认为,人物画能够发展作者的自我意识和对他人的意识,进而促进创作者的社会性发展,提高创作者的认知能力和人际交往技巧。

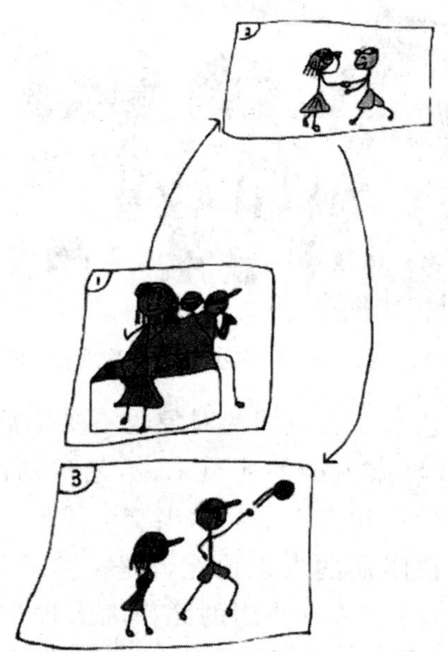

图 2-26 班级投掷比赛(作者:李小瑜 创作时间:2017 年 11 月)

艺术疗法在笔者看来是阅读疗法的延伸和有效辅助。它能有效地增加创作者与他人和周围事物之间的联系意识,帮助创作者发展客体恒常性(object constancy)[②],锻炼运动技能,提高语言处理技巧,并提高作者对社会的兴趣。艺术疗法是变相的阅读疗法,它可以改善、提高一个人的

① 参见 Nicole Martin, "Assessing Portrait Drawings Created by Children and Adolescents with Autism Spectrum Disorder," *Art Therapy: Journal of the American Art Therapy Association*, vol. 25, no. 1 (2008), pp. 15-23.

② 弗洛伊德(Sigmund Freud)认为,客体恒常性弱的人会在人际交往上产生强烈的不安情绪,阻碍他/她与他人建立良好的关系。参见 https://www.psychologytoday.com/intl/blog/enlightened-living/200805/understanding-constancy-in-relationship.

社会性、交际能力和想象能力。

弗洛伊德曾经感慨自己得益于富有创造力的艺术家所给予的启示，并承认他们才是“无意识(unconscious)”概念的发现者。他认为，艺术家把自己的精神渴望投入艺术作品中。艺术创作是一个精神塑造现实的过程，艺术作品因而成为了艺术家创作的一个存在于现实中的幻想世界。在这个世界中，作者的无意识得到了满足。[①] 事实上，在 20 世纪的美国，创作型艺术家已然为治疗体系作出了不小的贡献。而在我国的教学活动中，艺术的参与度和受重视程度似乎还远远不够。

并不只有儿童才需要文学艺术的滋养。实际上，已成年的学生(例如大学生、研究生)在面临学习、生活和个人发展等多方面的压力时，有时候心灵比儿童更加脆弱，创伤后心理恢复速度也可能更加缓慢。有些大学生因为对学习的内容缺乏兴趣而上课态度散漫甚至自我放弃。因此，他们迫切需要在受教过程中从教师身上体验鲜活的生命气息和学习吸收过程的愉悦感。文学艺术的力量是不容忽视的。哪怕只用几分钟的课堂穿插，文学艺术都会大放光彩。笔者自 2018 年开始，连续 8 年对不同专业的研究生进行文学艺术体验测试。测试显示，无论对何种专业的学生而言，当把真实的文学文本和艺术作品展示在他们面前时，都会大大激发他们对语言学习的热情，原本平淡的学习过程也会变得轻松愉快。例如，在英语语言教学过程中，笔者会向学生展示一些原版的文学创作，结果总能大大激发学生的语言学习热情。在翻阅原版书籍的时候，学生都表现出极大的兴趣。有的学生会恍然大悟，类似“原来外国人写的英文书我也能读懂”“原版书比译文更容易理解”等评价屡见不鲜。笔者的目的在于向学生证实文学和艺术并不是只有从事这类专业的人才可以触及的遥不可及的事物。

例如，在进行以“跨文化交流”为主题的阅读指导之前，笔者在阅读前热身阶段向学生展示了中国传统的艺术形式(如图 2-27)和具有异域文化象征意义的艺术摆件(如墨西哥驴、耶路撒冷骆驼、新加坡狮身鱼尾像等)启发学生对“文化意象”“文化象征”等概念的认知和理解，引起学生对文化主题的兴趣，激发他们回忆与跨文化交流相关的经历和情感体验。同时，通过对感官神经的刺激，实物展示能调动学生的阅读积极性，进行主

① 参见 http://www.freudfile.org/psychoanalysis/papers_9.html.

动、深入的思考。所以，建议教师在确立自己的教学指导目标后努力发掘适合自己和学生的引导方法，充分、合理地利用阅读疗法为教学服务。

图 2-27　传统剪纸：闲坐观云（作者：张莉　创作时间：2018 年 4 月）

总而言之，不管是阅读疗法还是艺术疗法，我们都可以加以利用。教师也好，其他阅读疗法的实施者也好，在引导读者之前都应进行多方面的考虑，慎重选择阅读材料。在阅读过程中密切关注读者的反应，利用多种阅读技巧和互动活动帮助读者理解文本，启发读者的思维；在阅读过程结束后要对读者进行阅读后的强化活动，以求读者能够在阅读疗法体验中达到高级的认知阶段。例如，在文本选择阶段，引导者/阅读治疗师要时刻谨记不能单纯以读者的教育背景为基准选择书目，因为相同教育背景的读者也会存在个体差异。他们的阅读水平参差不齐，在文本的写作类型、体裁等方面也有自己的兴趣和偏好。读者往往有自己选择或者参与选择阅读材料的意愿，所以阅读疗法常常与自助阅读相互配合以照顾读者的心情，达到读者的阅读目的。

在推荐和选择阅读书目时，教师不能选择内容平铺直叙、写作目的一览无遗的白开水式的作品，更不应存有任何的商业企图。阅读疗法的选材不受题材和体裁的限制，也不受表现形式的限制。事实证明，任何的文学和艺术形式都可以被实施者和参与者加以利用。

### （四）阅读疗法在学校环境下的实践技巧

阅读疗法作为一种有用的工具，无论在个人发展和还是专业发展方面都发挥了重要作用。如今，阅读疗法已被成功地应用于多种场所，如医院、学校、家庭等。此外，在个人的社会技能发展方面，阅读疗法也有明显的成效。教师实行的阅读疗法对学生的发展大有裨益。

很多学者早已认识到阅读疗法对学生发展的促进作用，认为阅读疗法的使用应该从低年级的学生开始。如果教师采用现象学的框架来推进阅读指导，从学生一开始学习阅读的时候就应当鼓励他们通过阅读小说来了解自己的经历。作家在作品中运用各种方式将记忆、感悟和想象融为一体，读者可以透过作家的眼睛看问题。即便是儿童读者也会从成年作者为他们写下的儿童作品中获得收获。因为所有作者都经历过孩提时期，他们可以带给孩子们的生活启示比比皆是。而教师作为阅读疗法的引导者，既要传授给学生阅读技巧以提高他们对文本的理解能力，也要照顾学生的情绪。如果发现学生在阅读过程中出现了心理安全感降低的现象，教师要及时给予帮助。阅读疗法不仅有利于学生发展，也使教师在对文本的阅读和使用中能充分发挥自己的教学潜力。通过使用各种书籍和其他书面材料，教师可以获取对个人教学和发展有意义的知识。

笔者认为，在我国的教育环境下，由于课业压力和升学压力不断升高，虽然可能有些教师也意识到阅读疗法对学生（比如处于青少年时期的学生）有很大的帮助，但是在学校教学中专门实施阅读疗法或开设相关的课程却有一定的难度。尽管如此，我们也应当意识到，阅读疗法实践与以提高成绩为主要目标的教学理念并不相冲突。只要教师根据自己的教学情况进行研究，便可以将阅读疗法融入教学过程中，达到一举两得的效果。

学者们提倡把少年文学运用到教师的主流教育当中，用以教育那些有情感疗愈需要的学生；而针对大学生等即将走向社会的学生则优先考虑以人生转折、社会适应为主题的作品或者能够在某一领域提供实际经验的作品作为阅读材料，使读者在阅读后获得有用的社会性发展经验和问题解决策略。

教师想要提高自己的阅读疗法实施水平，就要涉猎相关的心理学基本理论、熟稔阅读疗法各个阶段的特点。同时，教师要采用多种实践技巧。例如，在课堂上教师为学生进行大声朗读或要求学生大声朗读；教师发起阅读，引导学生进行自主阅读，引领学生探讨与文本有关的现实问题；等等。设计这些课堂活动的目的在于在文本预设的背景中让学生进行批判性的自我探索而不会产生忧虑。

大声朗读是阅读过程实施的重要方式。朗读不仅对于儿童读者有益，对青少年读者和成年读者同样重要。最近，朗读对于成年人特别是教师的价值已经得到了不少研究者的认可。作为阅读疗法的实施者，教师可以通过接触不同种类的虚构和非虚构类作品，丰富阅读经验或学会如何把握文本的节奏和象征意义等，以提高个人的朗读水平。同时，教师也要认识到在课堂进行大声朗读的意义。当一个作品被大声共享的时候，它便超越了书本的界限，鲜活地展现在了读者面前，如同活在了人们的现实生活中。内容突破了书本的限制后，我们会注意到之前没有注意到的事情。

另外，为了促进学生通过阅读达到自我实现的目标，教师发起阅读也是一种有效的方法。教师需要精心选取与阅读目标一致的、主题相关的文学作品。为了能够达到更好的阅读疗愈效果，教师要掌握文本阅读的节奏。最理想的状态是能够在某一时间段定期举行。在一般情况下，由于时间有限，教师发起的阅读可以仅限于一篇或两篇短篇作品，如一本描述家庭关系的漫画画册或是关于一个人学习、探索的早期记忆等。另外，教师在选择阅读材料时也应该明确阅读的疗愈目的、了解读者的实际情况和阅读程度。例如，低年龄段的学生中患有多动症的大有人在。考虑到读者的专注力有限，如果通过阅读对其进行治疗，可以从一首短诗开始，在要求学生进行缓慢阅读的同时做好摘录，以此起到修身养性和稳定情绪的作用。

教师发起阅读是一种特别有效的实践，它将阅读疗法的理念成功引入到教学行为中去。在早期阶段，教师可以自己的阅读体验为例，与学生共享角色感受，或选择故事中的几个事件，向学生传递自己的情绪反应等。

阅读疗法实践要求教师本身有较高的阅读水平和阅读感悟能力。教师只有在亲身经历了阅读疗法的各个认知阶段、切身体会到了阅读疗法的益处之后才可以在课堂中实施阅读疗法。除此之外，教师也应当意识到，如果在教学中采用了阅读疗法的技巧，自己必须承担更多的责任。特别是当发现学生在课堂阅读中感到不适时，教师应该及时应变，通过各种活动鼓励学生积极参与和思考。可供选择的课堂活动有很多，小到选择一个精彩段落进行阅读和欣赏，大到汇编有关阅读疗法作品书目，不一而足。有必要再次强调的是，在信息时代，选取的材料可不拘泥于书本或文本材料。只要一部作品（不论是文字的还是图像的）有疗愈作用，就应该被采用。对于一个不情愿读书的学生而言，即使看一个动画版的儿童经典作品或共享一部自制剧或商业热播剧等影音材料，只要能够解决他/她当前存在的问题，都是不错的选择。有些影音材料会激发学生的文字阅读兴趣。笔者的学生之中有很多在通过影片了解了某部著作之后，进而选择阅读文本，而且大多数学生更容易从他人推荐的影音作品开始体验。

教师发起阅读的一个主要优点是提供了另一种形式的角色建构。例如，一名教师可以让学生对某一故事进行分角色朗读，随后引导学生进行一次简短的角色讨论，重点检查其对角色的反应及对角色行为背后的原因进行参悟。教师只要不断引导、督促学生并亲自参与讨论中去，就能够促进学生参与的积极性。如果教师选材的主题与学生需要解决的现实情感、发展问题相契合，就能够得到学生更加积极的配合与支持。

教师发起阅读旨在为学生提供安静反思和批判性讨论的时间和空间，因而需要精心设计，绝不能随意而为。例如，教师需要为学生提供多种阅读方式和反馈方式（如要求学生积极地倾听他人朗读、写读后感日记、就书中的某个人物或某个情节展开讨论），组织、引导学生分享自己的想法和感觉。为了能够监督和评估阅读效果，教师可以把每次课堂中每个学生的感触和看法以及整个课堂讨论过程都写入教学日志中。在进行分析和整理后，可以将这些感触和看法用作定期小组讨论时的材料。教师有时候也可以使阅读引导的过程程式化，比如让学生在每次课堂的固定时间段进行提问或发起讨论，以便帮助他们对阅读内容作出迅速、多样化的反应，形成主动思考问题和讨论问题的习惯。精心的课堂设计反过来也能帮助教师进一步发展自己的引导能力。

教师也可以引导学生进行自主阅读。短篇朗读是教师实施阅读疗法的理想题材。但是如果学生没有大量的阅读时间，在进行自主阅读时，较之篇幅较长的文学作品（如长篇小说、诗章），短篇小说或简短的人物传记将更容易被接受，因为只有这样才能通过阅读疗法让学生对一部完整的作品进行批判性的探索和思考。如果有充裕的时间，长篇作品自然是更有阅读价值的，因为它们对一个主题和多个具体问题提供了更深入的研究角度和解决方法。如果想要阅读帮助改善情绪、解决问题，那么阅读模式应该是从容阅读，而不是匆忙行进，因为我们需要随时进行暂停反思。至于阅读方法，除默读以外，如果有条件的话，可以尝试在轻音乐的舒缓节奏中出声朗读，轻松地进行一次从听力到口语的历练。

如果在阅读一开始教师就向学生提出了一系列基于阅读材料的引导性问题,那么这种带着问题和目的的阅读方式将大大帮助学生进行深入阅读,提高他们透过阅读探索工作问题、个人和专业发展的能力。同之前提到的阅读活动一样,阅读前的问题设定也需要教师精心准备,因为问题的性质在一定程度上会决定读者对文学阅读的态度。具体的问题导向将设定在有助于帮助学生理清思路,考察他们的情绪,鼓励他们通过阅读解决现实中存在的问题等方面。一旦教师帮助学生熟悉了带着问题进行阅读的过程,他们就可以在今后的阅读中根据自己的情况自主设定问题。

问题的设定过程可以激发学生进行批判性的自我探究。例如,如果阅读教育类书籍,那么预设的问题可以集中在以下几个方面:

(1)至少要锁定在这本书中发生的三个起到关键性作用的(正面的或负面的)事件,并解释每一个事件的重要性;思考自己与每个事件相关的情绪、脑中浮现的熟悉图像和自己的想法,并向其他读者或阅读引导者(教师)解释说明。

(2)借用每件事提供的经验尝试处理现实中与之类似的学习、生活状况;之后思考与自己之前的方法相比较,采用了书中提供的新的处理方法后结果是否相同甚至更好并解释原因,与教师或其他读者分享。

(3)想象如果能改变书中记述的一个事件,那么自己会选择哪件事?尝试去推理这一变化将会如何影响书中的人物和其他事件的发展和结局。

(4)发现自己在学习中遇到的认知障碍或情绪困扰,尝试在书中找到解决办法,并在学习中检验这些方法是否得当。

(5)思考阅读这本书的整体感觉是什么?

(6)仔细考虑课堂的讨论话题,进行课堂展示,扩展推荐的阅读书目。

每个人对同一件事情的解读不可能完全一致。相信每个读者都会对故事产生有别于他人的理解和情感体验,并且将会从故事中带走有意义的东西。

然而,如果教师想要对阅读指导的效果进行充分、客观的评估的话,组织集体讨论活动是十分有效的方法。设置阅读讨论小组能够为学生提供交流的平台,有助于产生更多新的完成现实生活中的任务或目标实现的方法。也可以建立不受时空局限的网络论坛,让读者随时随地可以就共同的阅读材料进行思想、情感和情绪上的交流。同时,教师可以参与其中,鼓励学生真实表达并重新审视自己的观点,激励他们尝试用新的更合理的方法去处理问题,修正自己的言行。例如,如果听说一名同学的内心正在与自我怀疑作斗争,那么教师可以发起主题为“如何去面对自己的内心恐惧”的小组讨论。如果发现某位同学有学习障碍,那么也可以借助小组成员的支持,共同探讨如何在不断的追求过程中建立自信等。总之,教师不能因为自己身为教育者就盲目规划和限制学生的成长选择。阅读疗法在学校环境下使用的一大目的就是要对学生的实现问题作出回应和提供帮助。

阅读疗法实施者之间也可以进行相互配合、密切协作。教师单枪匹马实践阅读疗法不论从实施规模还是从获得的数据来讲都是十分有限的。因此,教师之间不同形式的分工与协作是必不可少的。比如说,如果学生人数太多,可以将实施小组一分为二(或更多),每组由一名(或几名)教师指导,之后分别进行批判性的讨论。当要解决一些难以解决的问题的时候,几个小组可以合在一起,在教师的带领下集思广益。教师也可以就各组的阅读进程和结果进行及时的沟通与交流,取长补短,共同发展。另外,不同分组方式可以提供给学生多次积极分享自己想法的机会。在反复陈述的过程中,问题的解决方法、读者的思路、阐述方式都会得到修正和完善。在大组讨论时,如果是以小组陈述的形式进行反馈,那么课堂讨论开始前,需要与其他小组成员一起进行任务分配。这一做法更能够培养学生在较大环境下表达自己的勇气和自信。

在整个阅读疗法过程中,既可以用多种方式进行多次分组,也可以保持一种分组方式不变。例如,如果以班级为大单位,在一部小说分配给整个班级的时候,将全班同学分成几个小组是为了能够定期讨论阅读的文本。教师可以就一个话题让学生分组讨论,也可以就一部小说设定几个讨论方向,根据话题的方向将大组再分为 2～3 人的小组,这样可以实现在一次课程中的同一时间完成多个讨论。在课程后期,几个讨论小组可以就本组的讨论结论和其他组进行交流,相互学习,相互借鉴。

在使用一部作品之前,教师很有必要对作品的内容和质量进行评估,以确保他所选择的书籍或其他材料的主题与需要解决的现实问题一致,并且对问题以及解决方式的描述公正、客观。当然,教师也必须确定学生的实际目标和需求,可以在阅读疗法开始时先对学生做一个简短的问卷调查,以确定学生的阅读目标。该问卷的设计以具体的阅读目标和阅读成果的倾向为基准和出发点，问题的设置可以是开放式的，也可以是具有特定目的的引导性问题。例如，教师在设置有关阅读方法的问题的时候，教师可以回顾以往阅读教学中让学生使用过的有效的阅读方法，也可以延伸到自己作为读者时使用的方法等。另外，教师还要拓展有关如何选择书籍的知识，并不断加深自己对所选阅读材料的认知程度。

阅读疗法的成功实践涉及实施者对相关领域的理论知识的应用和实践，例如咨询服务类知识和图书馆学知识等。然而，一个人的知识总是有限的，所以教师必须充分利用身边的优秀人力、物力资源。例如，在选材时，教师可以咨询教育界人士或书店的工作人员，而“如何使自己的指导能够成功作用于群体对象”“如何才能达到自我实现”等问题可以求助于专门的心理咨询师。

诚然，有些教师也正在考虑开始使用阅读疗法，将其融入自己的课堂教学当中。对初涉此领域的教师来说，最重要的是不可急于求成，因为理论与实践的整合要遵循循序渐进的发展过程。对经验尚浅的教师来说，可以先确定一个主题，然后选择一部切题的短篇故事作为阅读课程的开端。

阅读疗法并不只包含阅读行为。教师为学生留出充裕的观察、思考和主题讨论的时间是十分必要的。这样做有助于大大提升阅读效果。实践证明，不论是读者阅读过程中产生的积极的或不良的反应还是由一个故事情节引发的激烈辩论，都能为阅读效果的评估提供颇有价值的材料和数据。

### （五）阅读疗法对教师的要求

通过前文的论述，我们可以看出，一名合格的教师应该有能力，有信念，有目标，有爱心。教师必须能够用自己的人格、专业知识、技巧和才能来帮助学生实现自我成长。因此，教师在努力提高个人素质和精进专业知识、技能的同时，还要了解学生的自我意识和成长发展的需求。教师需要通过阅读疗法了解学生的看法，以及这些看法如何影响学生的处事态度和个人发展，最后帮助学生在阅读中找到解决问题的有效方法。

现将（专业或非专业的）阅读治疗师需要具备的素质归纳整理如下，以供参考：

首先，从阅读治疗师的学术背景来看，一名治疗师需要具备一定程度的生物学和病理学相关知识以及心理学和社会学知识。他/她需要：(1)受过咨询服务等方面的专业培训；(2)熟悉教学理论和方法；(3)对文学作品有着相当程度的了解；(4)具备有关个人发展方面的理论知识背景。

其次，从能力方面来看，一名合格的阅读治疗师要做到：(1)能够对读者进行客观评估，从而断定读者的需要和兴趣所在；(2)能够根据需要开出适合读者阅读兴趣和心理成熟程度的阅读“处方”；(3)有能力和时间组织个人互动和小组座谈活动；(4)能够从各个层面思考，并且提出恰当的问题；(5)能够在提问读者和得到反馈过后充分利用沉默和等待的时间；(6)可以通过自己言语和非言语行为让读者放下戒备，向读者证明自己是一个很好的倾听者；(7)能运用实际的、具有创意的策略实践基本教育习得理论；(8)可以与各个年龄段的人(或者至少是某一特定年龄段的人)进行有效沟通；(9)有能力评判某种实施策略或阅读材料的有效程度；(10)能够尊重读者隐私，遵守法律、法规和道德准则；(11)不拘泥于书本材料，还可以有效利用创意行为、艺术、话剧或音乐等手段促进个人发展；(12)能够确定什么时候应该让读者求助于专业医师。

另外，在人性特征和品格方面，一名合格的阅读治疗师需要具备如下特征：(1)相信每个人都具备个人价值，拥有个人尊严；(2)能够接受并容忍每位读者的独特甚至特立独行之处；(3)有广博的人生阅历；(4)友好、外向、平易近人，并且有充裕的时间和充沛的精力；(5)具有设身处地为读者着想的移情能力；(6)对阅读有着浓厚的兴趣和热情，并且博览群书；(7)思想开放，思维灵活；(8)能够作出成熟的判断；(9)情绪稳定，善于应对压力；(10)尽职尽责；(11)做事有组织性、条理性；(12)对阅读疗法有着发自内心的热情。

阅读实践，不论作为一种普通认知行为还是作为一门科学，在人们的生活中都是极重要的。如果将来阅读疗法的实施者——不论是专门医师、图书管理员、在校教师、自助阅读者还是任何对它感兴趣的人——能够用心去仔细、详尽地研究读者的个体特征和动机，充分利用文学中的想象和幽默等特征的话，阅读疗法的效果必然能够影响深远。

# 第三章　文学阅读感悟[①]

阅读感悟是阅读疗法实践的重要步骤和阶段性成果之一。前文提到，对于一名想要实施阅读疗法的教师而言，亲身实践阅读疗法是一个必要的步骤。只有通过深入阅读，阅读素材对阅读对象的影响才会慢慢浮现，体现在阅读对象对文本的认知和理解之中。通过对阅读体悟的思考和撰写，阅读的效用才可以充分地发挥，使读者得到心灵的认同、净化甚至是领悟。教师只有尝试了阅读疗法的所有过程，才能够帮助和指导有需要的学生。以下为笔者的文学阅读感悟，仅供参考。

## （一）读奇卡纳女性主义文献有感

女性主义思潮总是能激励每位在生活和工作中辛辛苦苦奋斗的女性，不论国籍与种族。每每读之，都令人心潮澎湃。奇卡纳作为有色女性中重要的一支，在女性主义思想发展过程中有着特殊的地位。

在西班牙庆祝他们500年前的“发现”时，当代的奇卡纳也在仔细考虑这个事件的意义所在。现在我们称之为“墨西哥”的地方，为拥有现在这样团结的身份和主权花费了将近4年的时间。在此居住的人们经过了几个世纪的挣扎才能够把自己称为“墨西哥公民”。因此，站在墨西哥裔美国人这个称号的墨西哥的一面，奇卡纳重新思考了自己牵涉美国对墨西哥后裔的资本主义的新殖民的问题。

在20世纪60年代，带着后墨西哥裔美国人的批评意识，一些墨西哥

① 本章中部分内容已发表，略有改动。

裔后代恢复、挪用并重新定义了“奇卡诺”(Chicano)一词，目的是形成一个新的政治阶层。起初，这种新的称号使得那些固守的中产阶级知识分子哑然无语，因为这个词来源于工人阶级社区的口语用法。实际上，这个名称记录了那些被排斥的墨西哥裔后代与那些已经在盎格鲁美国社会占有一席之地的少数墨西哥裔们之间的距离。这个新形成的政治阶层开始重新定义自己的经济、种族以及文化地位。对这个来源于口语文化中的词的挪用与重新定义是一种敏锐洞察力的体现，因为它动摇了所有先前的历史记录所赋予他们的身份。过去表面上似乎是完美的美/墨二分体的划分模式被重新定位并通过对被政治经济、文化和知识排斥在外的群体的加入使这种划分得到了重构。因此，对奇卡纳/奇卡诺历史的需求便成为了对记录的重新发现和重新发声的呼吁，从而使得历史能包含那些被沉默的种族/阶级关系。简而言之，对奇卡纳故事/历史记录的呼吁并不会像某些人期盼的那样形成一种“确定的”文化。而是，这个名词 Chicano 已经深入人心，也早已成为了政治、意识形态和各种挣扎的关键点，通过这个词语，那种“确定”和霸权取向都得到了质疑。

虽然新的政治奇卡纳阶层的形成支配了很多男性，但是奇卡纳女性主义者从一开始就干预进来。她们的早期介入是在 20 世纪 60 年代中期到 70 年代的奇卡诺运动期间，通过一些非主流出版社出版的连刊和杂志发表自己的看法。不幸的是，这些奇卡纳早期作品大部分都没有得到认可，这反映了在父权文化以及父权政治经济主宰下，社会对有色人种的女性轨迹进行抹杀和排斥的过程。然而到了 20 世纪 80 年代，奇卡纳作家和学者又重新出现了，她们不仅通过女性主义的书写对奇卡诺政治阶层进行重新定位，而且与正在出现的有色妇女政治阶层进行联合，不论在美国国内还是在世界范围内这都有着重要意义。

美国在 19 世纪 80 年代，据里根政府所说，是西语裔的 10 年——在美国人口统计局的协助下朝向新保守方向前进，大众媒体也把所有的拉丁裔同质化，阻隔了他们异质的抵抗统治的历史——换句话说，也就是阻断了入侵和征服的反历史。与此同时，在 20 世纪 80 年代，一种更加明显的奇卡纳女性主义的干预给已经停滞的奇卡诺运动以新的生命。事实上，在美国，这种现象好像是所有有色种族少数族裔的共同现象。通过把女性主义与性别分析融入新兴的政治阶层，奇卡纳重构了文化、政治的抵抗，并且重新定义了“墨西哥裔美国人”一词的遗产。

直到今天，大多数墨西哥裔作家和学者都拒绝放弃使用 Chicana 一词。尽管有一些表示对美国社会再适应的称号如 Hispanics 或 Mexican Americans，但奇卡纳一词所唤起来的对那些被排斥在外的族裔后代的关注为多元文化批评提供了位置：夹在中间又包含在内，在局里又是局外人，处于中心又居于边缘。工人阶级和农民妇女，或许，就像最近一本书中所说的，是"最后的殖民地"。结果，当很多希斯内罗丝这样的种族化的文化历史作家发掘奇卡纳的身份时，把这种身份描述成了一种反应的和难驾驭的地位。用安札杜瓦的话说：

她有着这样的恐惧
怕自己没有名字
怕自己有很多名字
怕自己不知道自己的名字
她有着这样的恐惧
怕自己是一个意象
来去匆匆
清晰又变暗
惧怕自己是在其他人头颅里的梦工厂……
她害怕如果往深处发掘自己
会找不到任何人(的影子)
怕当自己到达"那里"
她找不到刻在书上的痕迹……
她害怕她找不到回去的路[①]

对于真我与身份的寻求，是在 20 世纪 60 年代后期至 70 年代初期许多作家在奇卡诺运动中的首要欲望，而最终他们却意识到没有所谓固定的身份。安札杜瓦评述说，"我"或"她"是由多个层面组成的，并且没有必要非要找出一个无争议的"起源"(origin)。有学者说过，事物总是被以它们"是什么"的方式来描述，并不只与"什么是"或"将会是"有关系。他们不应只被看作是由因果时间序列组合在一起的一连串的事件或事物丛，

① Gloria Anzaldúa, *Borderlands/La Frontera*: *The New Mestiza*, San Francisco: Aunt Lute, 2007, p. 43.

它们还与互相的直接存在以及他们自己作为(非)存在有关。因此,奇卡纳这个名称,在现在,是一个意味着抵抗的名称,它使我们能够以文化和政治作为出发点,并可以从多重移民和对墨西哥后裔妇女的错误定位角度来思考。与墨西哥人(Mexican)这个称呼不同的是,奇卡纳这个名称并不是妇女生来就有的,而是一种意识和批评所采取的,要能够作出一种分解危机、困惑、政治与意识形态冲突,以及同时处于没有名字、有很多名字、不知道她的名字和成为其他人的梦工厂这种局面的矛盾进行解构的重新出发点。然而,深入发掘被历史忽视的深色的身体,从心理学的角度来说,能够使奇卡纳探索自己的身份,并且能够使她们有了群体团结的需要以便通过对工作途径/机制的理解去战胜压迫。

## (二)奇卡诺自我身份探究肇始

身份的研究和定位是阅读过程中所能产生的有益的自我反思结果之一。目前看来,对于自我身份的认知的缺失是丧失生活、工作和学习的动力和目标的重要原因。因此,促进读者自我身份认知的书籍便显得尤为重要。书籍的选择不必拘泥于相似的文化背景,相似的思想斗争和思想探索才是引发共鸣和思索的核心要素。以下的书籍皆成书于美国族裔民权运动前后,是一代人身份探索之伊始,对于初涉身份思考问题的同仁具有一定的启迪作用。

奇卡诺对自我身份的探究起源于20世纪中叶。20世纪50～60年代的族裔民权运动波及了美国社会的各个领域。在当时的文学界,奇卡诺作家开始觉醒,主动对抗白人文学中对墨西哥裔移民的定型描写。本文试图分析在此运动期间,奇卡诺作家如何尝试使用自己特有的语言书写形式——西班牙语和英语的混合体——来进行自身身份的初步探索,从而证实此时期的奇卡诺作品在整个以自我身份探究为主题的奇卡诺文学发展进程中不可忽视的地位和作用。

粗略来说,“奇卡诺”一词指的是墨西哥裔美国人。关于这一词语的来源,目前尚无定论,且褒贬不一。有人认为它源于纳瓦特语,起初被一些美籍墨西哥人指代阶级地位较为低下的另一部分美籍墨西哥人,带有贬损的意味。但在20世纪60年代末奇卡诺运动兴起以后,它的意义发生了转变,“奇卡诺”成了整个美籍墨西哥族群的代名词,饱含强烈的骄傲与自尊感，代表着他们的意识觉醒。奇卡诺人不是墨西哥人，而是与墨西哥文化甚至西班牙文化相连的美国公民。由于他们与多种语言（印第安语言如纳瓦特语、西班牙语及英语）和文化（印第安文化、西班牙文化、美国文化）有着不可分割的联系，他们逐渐形成了一种既非西班牙又非墨西哥或美国式的杂糅文化。因此，“奇卡诺”一词本身就是身份的表征。

**1. 奇卡诺人与小说创作**

奇卡诺人绝大多数是能说双语（英语、西班牙语）的。他们遍布社会各个阶层，从事的职业也多种多样。但在大众传媒中，奇卡诺人却没有一个被他们真正认可的代表形象。他们的种族和文化特点已经被夸大、定型和僵化。在奇卡诺运动以前，人们所关注的大多是主流作家，即盎格鲁白人作家对美籍墨西哥人的描述。奇卡诺作家的作品突出强调这一美国最大少数族群对主流文化——盎格鲁文化的忽视。美籍墨西哥人在经济上受压迫的地位和种族的劣根性也是盎格鲁作家所津津乐道的话题。

奇卡诺群体和美国社会的其他成员一样，十分易受主流作家描述的影响。奇卡诺运动以前及运动早期，盎格鲁文学作品中的奇卡诺人物形象涉及主流社会下奇卡诺群体的经济、教育、暴力犯罪等社会问题。大量的作品把他们描述为社会的败类：暴力的拳击手、辍学的学生、团伙头目或是持刀行凶的人。盎格鲁白人文学中，约翰·斯坦培克的《逃亡》（1938）以及斯科特·欧戴尔的《火的孩子》（1974）就是这样的例子。这两部作品都描述了在面对强大的白人社会秩序时奇卡诺青少年的处境。

《逃亡》是一部不足万字的短篇小说，讲述了一个墨西哥家庭的不幸遭遇：一个母亲带着三个孩子在加利福尼亚海岸的一个农场上生活。最大的男孩裴佩受母亲的吩咐，到蒙特里去买一些必需品。在蒙特里，裴佩用刀杀死了一个人，被一些不知名的人追捕而逃进大山，最后遭到毒害。

裴佩被描述成一个懒散的孩子，整天无精打采，唯一的爱好是玩弄自己的刀。在母亲的一再催促下，他才来到蒙特里。而对裴佩杀人之后的描写涉及奇卡诺的道德观：杀人后的裴佩对母亲说自己算是真正的男人了，杀人的动机是不能容忍别人对自己的侮辱。杀人的经历把他从青春期带到了成年期。在这里，“男子汉气概”与“成年”被混为一谈。另外，《逃亡》中充满隐喻和象征的写作手法，阻碍了人物的心理发展，掩饰了裴佩在逃亡过程中所经历的真正痛苦。

《火孩子》是假释官德拉尼以第一人称叙述的。与其他警官不同，他身上有着难得一见的宝贵品质。通过他,读者认识了那些生活在墨西哥附近为生活而奔波,并不得不屈从于警察管束的奇卡诺人。受奇卡诺民权运动的影响,小说特别关注主人公曼纽尔以及他为维护自己的种族意识而作的挣扎。

在一开始,当曼纽尔跳进斗牛场面对公牛时,他的行为好像被他的男子汉气概以及他对艾维尼的爱所驱使。他最终死在了令无数奇卡诺人失业的现代化工具葡萄收割机面前。一种强烈的理想主义贯穿小说的始终。与《逃亡》不同,在《火孩子》中,男子汉气概没有与成熟一词混淆,这也是受奇卡诺运动影响的体现。尽管如此,两部小说都渗透着盎格鲁社会秩序下的暴力。这在曼纽尔试图阻止葡萄收割机时体现得尤为明显:

> 红色的收割机已经到了最后一排葡萄架前。曼纽尔仍然跪着,两手僵直地垂在身体两侧,头反抗式地抬着。我不知道坐在黄色顶篷下的司机是否看见了他。当然,看不看得见也不会有什么区别。机器笨拙地前行,那个男孩跪在那里,表示着自己的公然反抗。他没有动。接着,那些钢爪探出来,像收割葡萄一样,将他骨肉剥离,收入囊中。①

依靠这种陈旧的种族观念和扭曲的讽刺画式的描写,斯坦培克和欧戴尔呈现出了一个极富感伤情绪,又被贬损了的奇卡诺青年形象。

奇卡诺小说由来已久。例如,早在 1928 年,丹尼尔·比奈加斯就出版了小说《唐·齐宝奈历险记》。然而,早期的奇卡诺小说主要侧重表现美籍墨西哥人渴求重返故土墨西哥以及对墨西哥身份的眷恋。

荷西·安东尼奥·比利亚雷亚尔于 1959 年出版的《理查德·鲁维奥的世界》也属于这类小说。理查德·鲁维奥是一个年仅 13 岁的男孩,他被迫与朋友打架,在拳击场上显示了非凡的勇气。一个拳击经理主动给他提供了一份职业拳击手的工作。但是理查德没有听从拳击经理的话,因为他不想任何人告诉他该怎样做。这部篇小说真实反映了盎格鲁白人对奇卡诺人学业成就的态度:他们认为奇卡诺人不如盎格鲁白人聪明,不能在学业方面取得成功从而获得与白人同样的职业。面对种种来自白人主流社会的压力和剥削,作者没有提及具体该如何反抗,而是突出表现了

---

① Scott O'Dell, *Child of Fire*, New York: Dell Publishing, 1974, p. 172.

理查德身为一个墨西哥人的骄傲：

> 是什么使他们总是担心自己的墨西哥身份，却又只在某些时候才考虑这个问题？有趣的是，当他一人独处时，却为此感到几分骄傲。
>
> 他觉得存在很重要，他自己就是一个存在个体——所以他知道，他将永远不会再屈服于社会压力了。[①]

在此可以看出，回归祖国是当时大部分墨西哥后裔的理想。在美国的霸权文化、霸权统治以及当时主流作品诱导下，处于蒙昧状态的奇卡诺作家们认为，只有远离美国公民身份，情感上紧系故土，才能够得到心灵的救赎。

**2. 奇卡诺小说中的身份探究**

然而到了20世纪60年代，随着奇卡诺文学的觉醒，奇卡诺作家开始试图有意识地对抗这种盎格鲁文学中所表现的陈腐种族观，力图表现墨西哥后裔身在异乡、处于双文化背景下的身份识别问题。此外，这类文学不同于盎格鲁文学，因为它总是把墨西哥看作祖国，是自己的文化发源地。而且这类作品都采用了西班牙语和英语相混杂的语言写作模式。

奇卡诺作家也塑造了一些美籍墨西哥人的形象，从不同的角度与盎格鲁文学中的形象形成强烈的对比。一个颇具讽刺性的尝试是路易·巴尔德斯的短剧《被出卖的人》(1967)。剧中的人物关系十分简单：欧内斯特贩卖奇卡诺人。州办公大楼的秘书希门尼斯小姐正在寻找一个墨西哥人来从事管理工作。欧内斯特介绍了四个被卖者的特征，并说除了美籍墨西哥人，其他的三个人都很便宜。秘书以15000美元的高价买下了墨裔美国人。最后，四个被卖者一起反抗秘书和欧内斯特，并拿走了钱。

在舞台指导方面，其余三个非美籍的被卖者形象通过他们的穿着被显示出来：戴阔边帽、穿平底鞋的农场工，持刀抢掠的不良少年和激进的革命者。而对于美籍墨西哥人的描述却被省略，因为他的穿着与盎格鲁白人无异。

这部短剧于1967年在美国加州第一次上演，虽然情节略显粗糙，但

① Carlota Cárdenas de Dwyer, *Chicano Voices*, Boston: The New American Mifflin, 1975, p. 141.

是夸张的笔法和意外的结局已经体现出“反抗”这一主题。剧中的被卖者意识到了自己在美国社会中受剥削的地位，这一变化通过墨西哥裔美国人用西班牙语讲出的话表现了出来：“亲爱的民族，为了解放，举起武器……”[①]但在反抗压迫的同时，作者也强调了美国社会好的一面，即对人的思想、文化的塑造。这一点通过对美籍墨西哥人的描述体现出来：他“代表了美国工程学的顶峰，能说双语，受过高等教育，充满雄心壮志”。他还能“适应文化，不断进步。他充满智慧、举止文雅，还能发表演讲”[②]。

这段话是人贩推销“商品”的“广告语”，里面提及美国的教育和文化，含义十分深刻。它既对美国文化对人的塑造表示赞同，同时又通过陈述者的身份暗示了这种塑造的强迫性与“收益对象”的无奈。这部短剧也刻画了诸如欧内斯特和希门尼斯等为了让美国社会接受自己而否认祖国文化遗产的人。他们二人代表着那些消失在美国中产阶级主流文化中的墨西哥后裔。

另一部具有典型性的作品当属《在西语区的边缘》(1971)。这个短篇故事以美国西语区城市为背景，以自传的形式记叙了西语区居民的艰辛，暗示了语言产生的巨大种族凝聚力。

埃内斯托·葛拉萨是这部短篇小说的作者和主人公，小说讲述了他的母亲是如何去世，之后他又如何从墨西哥只身来到美国萨克拉门托的西语区与叔叔一起生活的。作者在这一地区的经历充满了艰辛。上中学的时候，他就身兼数职，比如药店店员、投递员。由于生活条件的窘迫和水源的污染，当地出现了瘟疫，致使很多大人和孩子死亡。埃内斯托去城里找卫生人员，结果遭到了枪击。奇卡诺人生存的困境以及盎格鲁社会对他们的压榨和对人权的漠视是小说的一大主题。奇卡诺人在家庭和社区中使用西语，在奇卡诺文学中也延续了这一传统。西语的使用能够使他们之间保持一种亲近的人际关系，而这种亲近关系“能够使多数的美籍墨西哥人保持情绪上的稳定”[③]。

---

① Carlota Cárdenas de Dwyer, *Chicano Voices*, Boston: The New American Mifflin, 1975, p. 40.

② Carlota Cárdenas de Dwyer, *Chicano Voices*, Boston: The New American Mifflin, 1975, pp. 36-37.

③ Lydia R Aguirre, "The meaning of the Chicano Movement," in Margaret M. Mangold (ed.), *La Causa Chicana: The Movement for Justice*, New York: Family Association of America, 1972, pp. 1-5.

在思想性及文化意识形态方面都较为成熟的作品当属鲁道夫·阿纳亚的《保佑我，邬蒂玛》。这部小说笔法细腻，将古老的印第安文化与民间传说纳入其中，充满了哲理。土地意象贯穿小说始终，被作为墨西哥故土的美国南部新州是奇卡诺人矛盾处境的铁证。月神崇拜、民间药师的传说时刻提醒着生活在这块美国新土地上的人们的印第安渊源。与同时期的其他奇卡诺小说不同的是，人与人之间的感情脉络及墨西哥人固有的强烈的家庭观念是这部小说的主要构架。邬蒂玛的身后是古老的印第安文化，而安东尼则是与美国主流社会相接触的新生代移民。一老一少和谐共处，意味深长，体现了作者对墨西哥裔移民在美国社会中理想的生活构思。

3. 结语

作为美国社会的主流作家，盎格鲁作者对美籍墨西哥人的定型描写，在奇卡诺运动之前相当长的一段时间里主导着外界对这个族裔群体的认识以及族群成员对自身的身份感知。这些主流作家在以白人为主导的社会中拒绝给予奇卡诺人以"身份"，使他们长期处于一种异化与无身份的自我感知状态之中。但由于20世纪六七十年代蓬勃发展的奇卡诺运动的影响，"奇卡诺"一词开始以墨西哥少数族裔群体内部自我认知的姿态出现。这时期的奇卡诺作家从墨西哥文学背景、边境民俗或社会学等角度进行了自我书写。尽管主流文学形态——盎格鲁文学，对其进行抑制和刻意忽视，但这个新兴的文学团体还是初具形态。这些奇卡诺作家使读者触及了西班牙和墨西哥文学遗产、古老的墨西哥文化及民间传说，感受到了美国的文化与政治霸权，领悟到了文学创新的重要性。他们用西英混杂的语言形式对盎格鲁社会及白人小说中所描述的墨西哥后裔道德缺失、智力低下、暴力犯罪等一系列的受贬损的定型形象进行了反抗，并对自身身份问题进行了初步的探索。这些文本及批评是重要的尝试，为20世纪80年代边境研究的兴起乃至后来大批奇卡诺作家、批评家及文学、批评著述的出现奠定了基础。

### （三）成长类书籍作家代表：桑德拉·希斯内罗丝

以儿童视角展现残酷现实的作品经常令人印象深刻。这类作品可以单纯供读者消磨时间，也可以让文学批评家深刻剖析。不管怎样，儿童视角下的成长小说始终对人的心灵有着不可忽视的疗愈作用。

为了能在创造性作品中引入压迫和统治的话题，作家必须巧妙地降低读者的防卫意识。其中一种方法就是通过孩子的眼睛看世界，以孩子的角度讲故事。因为我们往往信赖孩子的天真和诚实，即使我们质疑作者讲述的准确性。描写一个备受歧视和不公正等问题困扰的孩子时，这种效果尤为显著。一个伟大作家的标志就是他对其他作家的影响力。汤亭亭以孩子的视角关注性别、种族和阶级问题，对一个时代的种族作家，包括希斯内罗丝，都产生了很大的影响。

在诸多治愈系作者中，桑德拉·希斯内罗丝是较为成功的一位。她的《芒果街上的小屋》被誉为女性成长小说的典范之作，激励了无数年轻读者。因此，对体验阅读疗法的读者来说，希斯内罗丝的小说不可不读。作为阅读的反馈，下面笔者将对希斯内罗丝进行解读。

桑德拉·希斯内罗丝的生平，简而言之就是一名普通女性的艰辛奋斗史。她积极上进，关心自己，更关怀自己的群体乃至整个社会。她通过写作和读者分享经历、暴露阴暗的家庭和社会矛盾，以此来帮助各种各样的读者实现心灵的救赎。她的诸多作品已然风靡全球，特别是《芒果街上的小屋》，吸引了大批的中国读者。

希斯内罗丝 1945 年生于伊利诺伊州的芝加哥，父亲是墨西哥人，母亲是墨西哥裔美国人，她是家里 7 个孩子中唯一的女孩。她的家庭频繁往来于墨西哥与芝加哥之间，为的是去墨西哥看望父亲的家庭成员。由于每次从墨西哥探亲回来都要重新找住处，希斯内罗丝在多个破败的西语区中度过了童年，直到 1966 年她的父母在芝加哥北部的波多黎各居住区购买了一座两层的小屋。这些经历诱发她写了第一本书，也是她的成名作，即《芒果街上的小屋》。这本书于 1983 年出版，在 1985 年获得了“前哥伦比亚美国图书奖”。

希斯内罗丝也是一位诗人。在芝加哥洛约拉读大学和 20 世纪 70 年代在美国爱荷华大学写作班期间，她开始寻找属于拉丁裔的声音，确切来说是墨西哥裔女性（奇卡纳）的声音，并在杂志上发表了第一批诗歌。后来，她出版了诗集《坏男孩》（*Bad Boys*，1980）、《罗德里戈诗集》（*The Rodrigo Poems*，1985）、《不择手段》（*My Wicked，Wicked Ways*，1987）和《浪荡女》（*Loose Woman*，1994）。1991 年，非常罕见的事情发生了：西语裔女作家竟然获得了美国主流出版商的青睐，希斯内罗丝出版了《女喊溪》(*Woman Hollering Creek and Other Stories*,1991)——一部由22个从女性视角记叙的故事组成的书。这本书获得了1992年西部笔会中心奖最佳小说奖。《女喊溪》这部小说,包含了希斯内罗丝在创作目标中所提及的高度的性别和文化意识。她在1991年的采访中说:“在我的故事和生活中,我试图表达美国的拉丁裔女性需要重新创作、重新讲述自己的神话。一个被几乎所有的人,包括拉丁裔女性,都相信的神话是这样的——她们是被动的、顺从的、长期遭受痛苦的,要么是个烈性子,要么是个‘圣母玛利亚’。而我们身为她们的女儿、母亲和姐妹,深知这些性子最烈的女人中有一些是拉丁裔的。”希斯内罗丝的作品为她在美国文学领域之中赢得了一席之地,并使她享誉国际。

有些小说是人人都爱看的,其影响范围是无法以某种人群来界定的,《芒果街上的小屋》就是这样的一部小说。它的主题是人类和自己居住地的关系,如此普通但又触动读者的内心。它吸引了大批中产阶级美国白人读者,而这些读者长期以来一直忽视文本中的种族及工人阶级的特征。像美籍华人女作家汤亭亭《女勇士》中的叙述者一样,埃斯佩朗莎也同时具有自身阶级和种族的特质以及典型的美国经验。从某种程度上看,《女喊溪》也是这样,但是后者有着更为强烈的拉丁裔美国女性的特质。《卡洛米洛》则讲述了一个频繁往来于美墨边境的家庭,不同种族背景的人都通过这部小说想到了自己的经历。

希斯内罗丝大部分作品也都可以归类于拉丁裔美国女性的成长小说,因为它描绘了主人公在自己社区和家庭中为成长所作出的努力,而希斯内罗丝的目标可以说比主人公的讲述还要深刻。她曾经说过,她的目的之一是给予那些没有声音的人以声音,把工人阶层的墨西哥裔美国女人的生活呈现在人们面前。的确,希斯内罗丝的功绩在于她用自己的语言实践和歌颂赞扬女性的方式为拉丁裔美国女作家敲开了美国主流文学的大门。她创造了一种新的、杂糅的声音,这种声音是双文化、双语的,反映了她的经历和周围环境。她的写作意识是现实主义的,又是儿童般天真烂漫、优美动人。她的作品反映了墨西哥工人阶层以及墨西哥裔美国人的生活节律,特别是纠结于种族主义、文化问题和父权制的女性生活。评论家帕蒂西亚·哈特(Patricia Hart)曾经高度赞赏希斯内罗丝,因为她描写了那些尽管命运给予其自身的不幸,但却努力创造了美好生活的女性。

与关注华裔的汤亭亭一样，希斯内罗丝所关注的是少数族裔女性在父权制的种族文化背景下的生存。汤亭亭融合了传说、神话和传记，而希斯内罗丝则在一种更加现实、非线性的模式下，混合了自身的经历、他人的经历以及个人的想象。从文本的自我反射性以及对女性幻想和恐惧——她们内心生活的描述来看，她的作品又是自传体的。她与女性工人阶层的亲密关系，以及奇卡纳身份的自我认知，构成了她作品的主体。

**1. 玛琳切的遗产**

希斯内罗丝一家并不是虔诚的天主教徒，但她依然在天主教学校就读。在那里，她被教育要做一个"好女孩"，与异性交往要检点。她发现这种学校扼杀人们的精神渴望，摧毁人的肉体的欲望。她不想成为一个"好女孩"，她成为了独身主义者，因为她认为男人无法理解她对写作的忠诚。她反对宗教和家庭规范，但也反对渗透在墨西哥以及墨西哥裔美国人文化中的女性的性认识。

当厄尔南多·科尔特斯1519年抵达墨西哥的时候，一个女人被当作礼物进献给了他，这个女人就是玛琳辛(Malintzin)或者以西班牙名字称呼她"玛琳切"(La Malinche)。她后来成为了科尔特斯的情人，并为他生下了孩子。她皈依了天主教，并作为科尔特斯的翻译为西班牙人与阿兹特克人之间的交流服务。因此，她与西班牙对本土人民的征服与生育混血的墨西哥人联系在一起。在墨西哥传说中，她是一个"被侵犯的圣母"，与瓜达卢佩圣母形成直接对立，这种贞女/荡妇二分法流行于很多文化中。她被一些墨西哥人、墨西哥裔美国人认为是自我憎恶的源头，因为女混血是以强暴和背叛为开端的。重要的是，她在神话传说中部分地解释了墨西哥男人对女人，特别是对奇卡纳(墨西哥裔美国女性)的不信任。据艾达·厄塔多(Aida Hurtado)的观点，奇卡诺憎恨"putas"(妓女)，因为性征服和民族征服是等同的。此外，玛琳切的背叛是性和文化的双重背叛(因为她皈依了天主教，并翻译阿兹特克语)，这是完全的背叛。那么得到的教训是：奇卡纳/墨西哥女人在任何程度上都不能被信任。厄塔多认为，奇卡纳的性构建在奇卡诺社区和家庭的性别动力学上。这方面部分地解释了男子汉气概——这种行为密码要求拉丁裔男子要表现出明显的男性阳刚，以证明自己没有女性化。这就要求他们去控制女人，特别在性的方面。因此，小说就强加给他们一种受尊敬的地位，这种男人处于受尊敬地位的状况在底层社区中占据统治地位。

除了墨西哥文化中的贞女/荡妇二分法，女人还有一种选择：femme macho。据厄塔多的《性别意识政治学》，这一术语指的是因为自身的强大、有力而吸引男性的女性，而不是荡妇或像妻子一样谦卑恭顺的女人。不像贞女或荡妇，femme macho 有自己坚强的意志，尽管这种意志多少有些动物性。她个性强，会采取性主动。她的弱点是她的情绪。她保持独立，因此能够保存能量。下层阶级的妇女和有色妇女的 femme macho 形象常常被以贬低的口吻形容为"太男性化"或是"纵欲女"。

最后，希斯内罗丝不再卷入伤心的感情经历。她相信，命运一再重复地把人们放入同一种情境中，指导他们作出正确的选择。尽管如此，多年来她常常对墨西哥男人表示愤怒，并不是因为他们对待她本人的方式，而是因为他们对奇卡纳的态度。她的反应是正常的有色女性的反应。例如，希斯内罗丝经常因看到墨西哥男人与白人女子在一起而觉得不安，感到这种关系暗示着这些男人不爱他们自己，或不爱他们的母亲。然而，或许是因为和墨西哥男人交往更容易步入婚姻生活，希斯内罗丝就像 femme macho 原型形象一样，特别警惕自己对他们的感情。

在一次访谈中，她向桃乐茜·艾莉森透露，作为一名拉丁裔女性，她感觉受到很多限制，她很难达到做妻子和母亲的目标——至少在她事业早期是不能实现的。但是，对于一个拉丁裔女性来说，没有丈夫和孩子的生活是异常艰难的。当她还在芝加哥居住的时候，诺玛·阿拉贡(Norma Alarcón)去拜访她，环视一周未发现任何孩子的玩具和男人的衣物后，她问道：

"你自己住吗？"

"是的。"

"你怎么做到的？"

"当她这样说的时候，"希斯内罗丝回忆说，"就是我女性主义意识萌发的时候，就在那里，我觉得就要哭了。因为我没有意识到自己独住有多困难，也没有人能理解我的难处，直到诺玛有心问我。"[①]

工人阶级的族裔妇女没有为了事业而离开家——即使白人女性也极

① Nicholas Sloboda, "A Home in the Heart: Sandra Cisneros's The House on Mango Street," in Harold Bloom (ed.), *Bloom's Modern Critical Interpretations: The House on Mango Street*, New York: Infobase, 2010, pp. 81-96.

少这样做。在这一点上,希斯内罗丝明白并不是每个人在每个周末都会哭;她会,是由于她自己的选择,尽管这有必要,最终也会是值得的,但是这个选择还是使她深深地感到孤独和被疏远。她再三强调自己没有所谓的行为榜样(role model),这是工人阶级作家,尤其是女作家的典型处境。但是她对自己的选择更加有信念,有了更多的经验帮助自己作选择。从洛约拉毕业以后,她开始了成为作家的前途未卜之路。在后来的几年,她将呈现给读者一些走着相似的旅程的女孩和女人的故事。

### 2. 初试锋芒

1976 年,希斯内罗丝被吸收进入爱荷华大学颇有声望的诗歌创意写作研究生班,这是她第一次搬离了拉丁裔居住区。在这个享有盛名的学校里,她与路易斯·格拉克(Lewis Gluck)、比尔·马修斯(Bill Matheus)、威廉·安德森(William Anderson)以及马文·贝尔(Marvin Bell)等出色的诗人一起学习。不幸的是,对希斯内罗丝来说,研究生学习并不比本科生活令人乐观。她的同学,也是她的朋友,丹尼斯·马西斯(Denise Marcis)把这个研究生项目比作是压力锅。学生需要通过竞争获得不同额度和声望的金钱资助,而希斯内罗丝没有获得任何资助。另外,在写作坊的学生更是用无情得近乎残忍的态度来批评她。更重要的是,20 世纪 70 年代是大学中老男孩时代的最后几年。据马西斯所述,这个写作项目的精神可以用一幅 60 年代的照片来表达:坐在桌子周围的学生都是男性,他们打着小领带,穿着西装,戴着角质架眼镜,抽着雪茄。你能够看出他们都想成为下一个詹姆斯·琼斯(James Jones)或约翰·奥哈拉(John O'Hara)或海明威(Ernest Hemingway)。你知道——坚强男孩的故事,关于从军时代、与年长女人的爱情纠葛以及钓鱼等等,不用说,这些照片中没有一个是与工人阶级的有色女性有关的。

在这种氛围下,可以理解,希斯内罗丝觉得其他学生对她所说、所写不感兴趣。她的困难、问题与她的兴奋心情交织在一起,因而她不再是被疏远了的老套作家。她有着高调的、儿童般的嗓音,年龄比大部分学生要小,很有吸引力。另外,有些老师并不是特别好的老师,当然更不会善解人意。又一次,她感到了自己格格不入。如其他初出茅庐的作家一样,她花费了数年,试图找到自己的声音、自己鲜明的写作风格、自己的写作主题。可能是无意识地,她发现自己的声音与她的“乡音”极为不同,而是一种混合了英语与西班牙语的声音。在经过了深思之后,她也意识到了学术批评界的声音与她的精神和情绪的需要大相径庭。吉尔·艾略特认为,希斯内罗丝需要形成自己的创作路径,以丰满她作品中展现的精神维度。

作为一个年轻的研究生,她并没有听说其他有像她自己这种声音的作家。为了使她的技巧趋于完美,她试图模仿知名的作家,其中的大部分为男性,因为文学界鲜有女作家。然而有一个女作家深深影响着她,这个人就是艾米丽·迪金森(Emily Dickinson)。曾经有作家这样评论:迪金森对希斯内罗丝的影响是极其深远的。例如,《芒果街上的小屋》中的《四棵细瘦的树》(*Four Skinny Trees*)毫无疑问地暗指迪金森的《四棵树——屹立于一块荒地》(*Four Trees—Upon a Solitary Acre*)。尽管迪金森的作品对希斯内罗丝来说是一种启发,但是迪金森的生活对其而言却是一种告诫。这个19世纪的作家与当代普通人民的距离太过遥远,希斯内罗丝可不想这样不切实际。

### 3. 社会环境

幸运的是,动荡的20世纪60年代的社会环境发生了很多变化,这使得希斯内罗丝作为具有自己独一无二的声音的作家更为便利。尽管墨西哥裔美国人一直都有着很强的民族和种族身份,在20世纪60年代,他们却变得越来越政治化。政治化的最明显的标志之一就是对奇卡纳(Chicana)这一名词的适应。它源于 Mexicano/ Maxicana 一词,本身就极富政治含义,饱含了格洛莉亚·安札杜瓦(Gloria Anzaldúa)称之为"la raza"的墨西哥身份,指的是西班牙人侵者和当地的印第安人结合形成的混血种族。它也有着墨西哥劳动工人阶级身份。因此,这个名词震惊了那些正在向上移动的和身处中层阶级的墨西哥裔美国人。在奇卡纳女性主义思想意识中,这个时期墨西哥裔美国人借用这个名词是历史的需要。历史需要本民族自己书写,使之成为一种对于重新获得和表达那些包括被沉默者的种族/阶级关系在内的记录。成为墨西哥人或者不成为墨西哥人,成为美国人或者不成为美国人,这些观念都暂时在这些被沉默者身上构建。因此,奇卡纳一词含义丰富,集种族、阶级和性别于一身。

奇卡纳意识出现的重要部分是奇卡纳女性主义,像主流的美国女性主义一样,它在基层民众的政治运动中得到发展,而不是在大学中的知识分子中间。然而，像切莉·莫拉加(Cherrie Moraga)指出的那样，奇卡纳女性主义几乎没有借鉴任何别的女性主义的东西：如果有所借鉴的话，那可能就是来自黑人女性主义。奇卡纳最具影响力的批评家和激进分子之一当属前面提到的安札杜瓦。她把女混血(mestiza)意识理论化，承认本土人、西班牙人的混血种族或者叫 mestiza 的交叉重叠有时候是相矛盾的身份特征。在《边境地》(*Borderlands/La Frontera*)中，安札杜瓦把很多墨西哥人以及墨西哥裔美国人经常穿越的美墨边境视作是一种多重生活的象征。在这里，多重的身份特征不停地得到平衡和转变。[①] Chicana 这个名字使人们的视线集中在了种族性别、阶级性别的相关性上，并与美墨二元组合中真正的下等妇女建立了联系。如提莫塞·里布拉提所述，奇卡纳关于阶级的观点是对马克思主义阶级观的重申和复杂化，因为这种观点非常综合，包括种族、性别和文化等因素。奇卡纳女性主义控诉把阶级作为纯粹的、原始的种类划分的马克思主义观，认为这种理论忽视了不平等的阶级经历，会制约人的种族和性别，而种族和性别制约了人的阶级定位，还忽视了第一世界中工人阶级可能也参与了对被殖民或被内部殖民的第三世界工人阶级的剥削和压迫。在这方面，奇卡纳女性主义与帕特西亚·希尔·考林斯(Patricia Hill Collins)等批评家的作品中以及《1977 年黑人女性主义宣言》中所表达的黑人女性主义相似。[①]我们可以用属于妇女的语言来描述《宣言》，因为它反映了少数族裔妇女的立场，并表现出了阶级意思。

现代的拉丁裔女性作家的写作建立在现存的文学传统之上，并且试图修正这些传统[包括玛琳切(La Malinche)的传说]。自传是墨西哥文学中非常流行的写作形式[①]，但是墨西哥自传写作的初衷却有别于欧洲。在墨西哥文学中，自传中并没有太多的有关个性形成的故事，借用亨利·路易·盖特(Henry Louis Gate)对非裔美国人的自传文学的描述，它是“一种共有的心声表露，一种集体性的故事”[②]。所以，不少学者表示，深入研究墨西哥裔美国女性所处的文化传统和历史就会发现，奇卡纳作家是典型的工人阶级的作家，她们发现自己寻求的“西沃”并不是某个人的，

---

① Gloria E Anzaldúa, *Borderlands/La Frontera*: *The New Mestiza*. San Francisco: Aunt Lute, 2012, p. 12.

② Gate, Henry Louis, *The Signifying Monkey*: *A Theory of African-American Literary Criticism*. Oxford: Oxford University Press, 2014, p. 156.

而是属于大家的。这样一种发现是被赋予权力的，因为叙说自己故事的权力和许可来自她们所代表的文化、种族/民族以及语言的社区。

在加利福尼亚地区，胡伯特·班库洛夫特在19世纪70年代期间编撰了一部由数百个故事组成的故事集。其中，近200个故事的作者是女性。[①] 对此，帕迪拉等学者皆认为，她们一致吐露了对父权统治的抵抗，而父权统治构成了加州墨西哥人社区的社会关系特点。她们认为，自己在她们居住的社会环境中——而不是在男性的身边——积极工作。(历史学家们已经证明，劳动力在性别间的划分，事实上并没有像我们感觉到的那么严格。即使在19世纪，奇卡纳女性也因为家庭需要常常在外务工。与其说女性没有自己的声音或不能发出自己的声音，不如说她们不能使自己被他人倾听。正如，很多她们社区中的男性不能使自己的需要被白人主流社会所知晓。)显然，希斯内罗丝继承了一种自己可能没有意识到的传统。如其所说，她的故事创作是她所知道的生活的组合，包括她自己的生活。她自己的生活是一幅"油画"，但是这幅油画本身是自己不同时期、不同情感经历的大杂烩。芒果街，就同时吸收了她作为孩子的生活情景和她的家对别人来说是什么样子的成人意识。

尽管希斯内罗丝经常说她生活中缺乏行为榜样，但是她确实有着关于种族特性、性别等问题的新想法。这些想法至少能够帮助她预想自己将怎样生活。最后，她不仅受到新兴的女性主义理论的影响，也通过自己的作品促进了这些理论的进一步形成。

**4. 思想意识加深**

毫无疑问，希斯内罗丝在爱荷华大学期间感觉到自己被疏远，有很强烈的挫败感。她的写作与同学的相比似乎显得不协调。她的评论不能被赏识，她似乎不能融入这个她非常想融入的作家团体。很长的一段时间里，她不明白自己为什么被疏远，并因为无法适应群体而对自己产生质疑。然而，在一堂课上，她产生了一种决定性的意识，这种意识使她能够理解自己的感觉。更重要的是，她能够在写作中呈现自己的工人阶级经历。一次名为"关于记忆和想象"的讨论课的讨论话题为原型记忆——基

① 参见 John Walton Caughey, *Hubert Howe Bancroft: Historian of the West*, Berkeley, CA: University of California Press, 1946, pp. 34-40.

于法国哲学家的贾斯汀·贾斯通·白切拉德的《空间的诗学》，同学们大都认同白切拉德把房子(house)的意象理解为庇护幻想和保护幻想者的幸福的空间，使她们能够平静地幻想，并提供稳定性的证据和幻想。[①] 然而，这些意象与希斯内罗丝自己的经历相冲突——烧坏的建筑物、破落的平房透着可怜，因为那是一间间把妻子和女儿们囚禁在父权制的规范之下的房子。另外，希斯内罗丝童年时期家中的人没有时间来进行幻想，他们都忙于通过在外务工来维持家庭的生计、做家务，或者两者都干。简而言之，她关于家的想象与白切拉德以及她那帮来自中产阶级或上层社会的同学截然不同。

她的父母不能给予她经济支持，因为她的父亲只是一个手艺人，而母亲则是全职主妇。因此，希斯内罗丝没有能使创业之初的年轻人诸事顺遂的"文化资本"和关系网。别人是温室里的花朵，而她是生长在城市缝隙之中的一棵发黄的野草。在这个紧要的关头，希斯内罗丝意识到了当人们谈及文学的时候，他们谈论的不是她。用考林斯的话说，希斯内罗丝开始把自己认知为暂时被学术界所接受，但是仍保留自己的立场的局外人——一个局中的局外人。她的自我意识加深了，她知道她是一个墨西哥女性。但以前她不认为这种意识与她所体会到的生活中的太多不平衡有任何关系，然而其实是处处相关！她的种族、她的性别、她的阶级！就在那时，她决心写一些她的同学不会去写的东西。对于考林斯的理论，希斯内罗丝深有同感。她开始接近被澳瑞·罗德称之为"女性创造力秘密积蓄的愤怒"[②]，这促使她进行《芒果街上的小屋》的创作。

希斯内罗丝也在不断修正对艾米丽·迪金森作品的理解——虽然对她仍然颇为敬仰，但是也意识到了迪金森创作背后的经济优势以及自己与迪金森之间的经济差距和由此体现的社会地位差距。她开始思考，也许迪金森贫穷的爱尔兰女管家也写过诗歌，也有学习的欲望，也可能成为其他的什么人，而不是一个佣人，可是最终她还是以默默无闻收场。也许，希斯内罗丝猜想，由于意识的选择，更可能是因为经济的需要，女管家牺牲了自己的生活，以便使迪金森能过她自己想要的生活。

希斯内罗丝开始看到她老师们作为人类局限性的积极的一面。她意

---

① Gaston Bachelard, "The Poetics of Space," *Theater*, vol. 16, no. 4 (1964), pp. 839-841.

② Audre Lorde, "Outside," *American Poetry Review*, vol. 6, no. 1 (1977), p. 26.

识到了所谓的名人没什么了不起，因为他们并不都是好人。于是，她开始钦佩那些做社区服务的作家，那些除去作家身份，还是个真真正正的人。

随着阶级、民族意识的加深，希斯内罗丝开始意识到，作为作家，她并不孤单。20世纪70年代，这些主体的作家相继出现：比如维克多·克罗兹和奇卡诺文艺复兴诗人，80年代的米古厄尔·艾尔格林和新波多黎各诗人咖啡馆云集的族裔作家。这些诗人与同时代的学者不同，他们重视口头传统，经常对自己的社区成员歌唱或朗诵。与获得必需的教育相比，把自己认知为作家需要更长的时间。在20世纪80年代，像安娜·卡斯特罗、丹尼斯·查韦斯和格洛莉亚·安札杜瓦这样的作家陆续出版了作品。她们有着共同的爱好，就是讲述故事。作为美墨边境的作家，她们深知详述正确的故事以及去除令人困窘的故事的价值。为了传达如此易变的素材，她们的很多男性或女性前辈，都对各种传统叙述手法进行试验，拓宽了讲述故事的可能性。如布瑞盖特·凯文和胡安妮塔·赫莱迪雅评价的那样，不管是马可兹作品中无可比拟的放纵式的想象，还是金斯通作品对两个世界间的调谐，都解放了她们，使她们回归到了自己文学的根源。拉丁裔女作家与拉丁裔男性有着共同的对间断的叙述的兴趣，并都有着强烈的社会、政治写作倾向。在研究生班，希斯内罗丝有幸发现了保罗·恩格尔(Paul Engel)在每周五晚为国际写作项目举办的一系列学术讨论会。在那里，她遇见了很多拉丁裔美国女作家，她们之间可以用西班牙语交流。意识到在爱荷华作家坊之外还有一个大的文学世界，是希斯内罗丝的写作动力之一。

希斯内罗丝努力寻找一个新的主题和声音开始进行故事创作。这些故事读起来像是自传，混合了她家庭中语言使用的多样性——她和她的兄弟对母亲说英语，而对父亲说西班牙语。她也写一些小品文，这些小品文也出现在了《芒果街上的小屋》和她的硕士论文中。她的硕士论文就是后来出版的《不择手段》。在获得了艺术硕士之后，她在芝加哥一所为辍学学生开设的替代性学校教书3年。这个工作十分费神，让她几乎没有时间写作。当她回想起这段日子的时候，她思考着为什么拥有鼎鼎大名的创意写作项目学位的人甚至不想去申请一个大学教书的职位。她推断说，一部分原因是有色人种——即使是拥有资深证书的人——都没有意识到教育可以让自己处于达到受人尊重的地位上。

希斯内罗丝意识到了青少年成长中会遇到身份定位、情绪和发展问题。这些对她将来的治愈性文本的创作埋下了伏笔。尽管这份教学工作有着诸多不利条件，但是却有利于希斯内罗丝政治思想的发展，正如她在自己的母校洛约拉大学做招生人员和少数族裔学生顾问所起的作用一样。一再地面对年轻的拉丁裔女性和她们所面对的问题，她意识到她们经常面临着自己不知道的障碍，这促使奇卡纳加深了对生活多样性的理解。作为对自己思想的回应，她写下了这些哑然的和不能被倾听的女性。她们的故事深深地打动了她，影响到了她的言语。希斯内罗丝对多样的人格以及不同人的声音的独特内涵有着浓厚的兴趣。在爱荷华大学这个只接受少数人的声音的地方求学之后，她对被排斥在外的人们的声音更加敏感。那么，她一开始写的诗歌是众多不同声音的独白就不足为奇了。当她与高中辍学学生在一起的时候，她发现，他们的街头俚语非常富有诗意，所以就尽力去保留它。她认为她的方法与佐拉·尼尔·赫斯顿的方法极其相似。她把自己比喻成一个四处去倾听人们声音的语言学家。在芝加哥的这些年，希斯内罗丝定期在咖啡屋中读书，并最终赢得了认可，引起了盖瑞·索托的注意。因为盖瑞·索托对她的作品印象深刻，他帮助她的小本诗歌集《坏男孩》在 1980 年出版。尽管这本书已经绝版，但是其中所有的诗歌都已经包括在了《不择手段》(*My Wicked Wicked Ways*)中，被第三世界妇女出版社于 1980 年出版，被 Alfred A. Knopf 出版社于 1995 年再版。

**5.《不择手段》的创作**

当希斯内罗丝谈及她的诗歌和散文的不同之处时，她说，她的诗歌更为直接针对的是自己。尽管她的小说也基于自己的经历和与自己境遇相似的人的经历，她的诗歌却与她的生活肌理十分相似。作为一个初露头角的诗人，她非常幸运地被高中的西班牙语老师引荐给了北美著名的诗人——巴布洛·聂鲁达、帕兹、珐德力格·加西亚·洛卡、胡安·雷蒙·金尼斯。作为一名学生兼作家，她被诗歌的两种特性所打动，即快速点燃人们的情绪以及它的抒情性。这两种特质是文学在阅读疗法中发挥作用的关键所在。在《不择手段》中，她有效地兼容了两种特性，她的诗歌非常直接，有着简单但动人的韵律："撒钱如雨/并问有谁爱他/他是面团是羽毛/是手表和一杯水/他的头发是用软毛做的/现在由于过度伤心他已经不再下楼"。

1995 年这本诗集再版的时候，她在前言中把诗歌比作是她的“女孩伤心的十年”。在这段时间里，她在亲密关系和性意识等问题中挣扎，因为在她这样严肃的家庭中，这些都是被禁止的。所有她的写作，特别是诗歌，都上演着一种对肉欲的追求。她依据西德尼・史密斯的理论，把人的身体视作构成个人整体身份所必需的一部分。[①] 与希斯内罗丝所知的女性禁闭的生活相反，邪恶的女性角色在诗中以正面的形象描述出来，部分原因是她被她的行动体现出来。通过引用华裔女作家汤亭亭的话，希斯内罗丝间接地表达了脱离女性特征的限制的欲望。她发出感慨：坏女孩子不就像男孩一样吗？诗集中许多首诗反思的是越界的生活方式，例如《致所有星期二旅人》涉及了另一个女人或者说是情妇：“我是每周中间一天的妻子/后门进出偷偷摸摸/我吵醒了隔壁邻居/他们想知道是谁回家如此之晚/离家如此之早”。[②] 描写性的诗不能仅仅当作是对叛逆行为的描述，或是仅仅作为对盛行于奇卡纳文化中的贞女/荡妇二分法的反驳之词。我们更应该把它们看作是对快乐的表达，这种表达对工人阶级的奇卡纳来说尤为重要。对少数族裔女性的定型化常常把她们描写成拼命去支持（经济上/或情感上）她们的配偶和孩子，用赫塔多的话说，她们常常在为自己的家庭创造奇迹的同时忽视自己的需要。因为贞女/荡妇二分法赋予了这两个极端形象以负面的联想，对奇卡纳来说，爱惜自己是一种革命性的行为。

希斯内罗丝认为，奇卡纳女性的写作是“激情的权利在我们自己的文化语言和行动中表达出来”[③]。这样的写作反映了奥德・罗德（Audre Lorde）把肉欲与政治行为和权利相连的理论。劳德断言：“肉欲是一种我们体内的资源，它才能在一种极度女性的与精神的计划中，这种计划深深根植于我们未能表达的力量，或没有意识到的感情力量之中。为了能够使自己永存，每种压迫必须腐蚀或曲解存在于被压迫的文化中的力量源泉，因为这些力量源泉能够为改变提供能量。”[④]对于罗德以及希斯内罗

① Sidonie Smith, “Identity Body,” in En Ashley Kathleen, et al. (eds.), *Autobiography and Postmodernism*, Amherst: The University of Massachusetts Press, pp. 266-292.

② Sandra Cisneros, *My Wicked Wicked Ways*, New York: Alfred A. Knopf, 1987, p. 77.

③ Cherríe Moraga, “From a Long Line of Vendidas: Chicanas and Feminism,” *Loving in the War Years*, no. 8 (1986), p. 136.

④ Lorde, Audre. “Uses of the Erotic: The Erotic as Power,” *Whole Earth Review*, no. 5 (1978), p. 53.

丝来说，对性欲的正视和接受是一种反抗压迫的政治行为，不论是种族的、性别的还是阶级的压迫。对希斯内罗丝来说，正视身体的方式构建了一种女性写作形式。

根据罗德的定义来看，《不择手段》中的诗歌是表达肉体欲望的，这不仅是因为它们的描写常常与性有关，还因为它们是关于遵从个人的内心指示，并与所做的任何事情完全有关。一些诗歌是关于女主人公的欧洲旅行，阶级意识明显占主导。在《前沿》中，记叙者深思："一个女人如何/一个像我一样的女人/一个手拿锤子脚起水泡/一边吃饭一边在洗衣盆里泡脚的父亲的女儿。"[①]同样，《窗帘》一诗体现了作者关于窗帘对于穷人来说所具有的掩饰效果的思考："在里面它们遮挡了粉红色墙壁/松石绿或是口红粉/在另外一个国家中美好的颜色/在这里它们不能使你忘记"[②]。

研究所之后的几年中，希斯内罗丝开始继续《芒果街上的小屋》的创作。由于有一份全职工作，她很难找到足够的时间来写作。1982 年，在收到了国家艺术捐赠基金之后，她如释重负。她到了普罗温斯敦静居，以完成《芒果街上的小屋》的写作（此文本写作开始于 1977 年在研究所时）。她在朋友丹尼斯的家中写作，距离自己的男朋友迈克尔·卡宁汉的住处不远。然而，最后她却到了一个完全不同的环境当中进行写作：爱琴海中的一个希腊岛屿。在此之前她从未旅行过，现在她觉得已经到了旅行的时候了。希斯内罗丝很希望去南非旅行，但是害怕只身一人前往。所以，她效仿她学习过的作家（主要为男性作家），去了巴黎、法国南部、意大利、维也纳，并在萨拉热窝住了一段时间。她自己的奇卡纳女性主义的观点深深地被所见却不能被听到的女性以及与其他女性的团结所影响，并处在不断地发展之中。

这种团结对希斯内罗丝来说是非常重要的。在 1983 年，她去了南斯拉夫，并最终与一个南斯拉夫男人同居。现在回想起来，她觉得她当时扮演的是妻子的角色。虽然这段感情最终没有继续下去，但是她与一个年轻的女性贾丝娜形成了长久的亲密关系。几年之后，贾丝娜去美国旅行，甚至还把一些希斯内罗丝的作品翻译成了塞尔维亚-克罗地亚语。在 20

---

① Sandra Cisneros, *My Wicked Wicked Ways*, New York: Alfred A. Knopf, 1987, p. x.

② Sandra Cisneros, *My Wicked Wicked Ways*, New York: Alfred A. Knopf, 1987, p. 15.

世纪 90 年代南斯拉夫发生战争的时候,希斯内罗丝与她这位朋友失去了联系。一连几个月,她没有写任何东西,她不知道该做什么。最后,她被邀请去圣安东尼奥国际妇女节聚会上发言,她在聚会上请求美国对萨拉热窝施以援助。这次讲话被《纽约时报》刊登,后被其他报纸转载。为了维持她点燃的公共意识,她每周在圣费尔南多大教堂举行一次"为和平守夜"活动。最后,在 1993 年 1 月份,她收到了来自贾丝娜的加急信,信中提到了自己随时有可能被杀的恐惧以及缺水缺粮的生活困境。希斯内罗丝决心直接援助自己的朋友,守夜活动一直持续到 1996 年萨拉热窝恢复和平。

### 6. 短小精悍的治愈系成长作品:《芒果街上的小屋》

《芒果街上的小屋》堪称疗愈作品的典范,它由一系列短的叙述片段构成,这些片段讲述了艾丝佩朗莎——一个芝加哥正在成长中的奇卡纳,希望过更好的生活的故事。本质上看,这部作品可以被看作奇卡纳艺术家成长小说,但这部作品讲述的是一个在自己社区中生活,而不是从社区中分离出去的女孩的故事。主人公与生存环境之间的情感纠葛是作品的主线。

希斯内罗丝以体现记忆碎片的小短文的形式构建艾丝佩朗莎的故事。她构思了一系列故事,这些故事整体上看是逐渐发展的,但是每个故事与前后并没有依赖性,所以读者可以从任何一个故事进入阅读。其实,这与《女勇士》颇为相似,在这里我们可以看出同样身为少数族裔作家的汤亭亭对作者的影响。这些短故事的创造,部分是因为作者身为工薪阶层而缺乏写作时间。她的小品文由间断的片段构成,所用的阅读时间也相应很短,这对作者和读者都有好处。对文体的革新标志着希斯内罗丝从她早期模仿男性或白人女性作家的阶段走了出来,成功地找到了自己特有的声音。但不管怎样,她同样还是面临作为奇卡纳作家所面临的挑战,因为奇卡纳的经历常常被排除在传统文学表现之外,所以奇卡诺作家不得不寻找非传统的文学形式来表达自己的经历。因此,他们的写作常常被冠以具有创造性的语言与形式的特性。各种各样的女性作家如弗吉尼亚·伍尔夫和托尼·莫里森,都阐释了自己与居住地特有的关系。如本·桑切斯吸收了丽莎·保罗的作品表达方式,认为把妇女和孩子限制在家中是一个普遍的文学主题,只是它的意义近期才被意识到而已。

希斯内罗丝早已意识到她与她所居住的家庭空间的关系跟中产阶级出身的男同学相应的关系有多么不同，这样的差异在小说中很好地体现出来。在阅读《芒果街上的小屋》的时候，我们可以深切地体会到作者赋予人物角色的创伤心理。作品中，希斯内罗丝多次试图通过主人公探讨身为女儿的自己与家庭的关系到底是什么。主人公艾丝佩朗莎对家里购买的房子感到羞耻。“But The House on Mango Street is not the way they told it at all. It’s small and red with tight steps in front and windows so small you’d think they were holding their breath。”[①]由此可见，艾丝佩朗莎同希斯内罗丝本人一样，也是一个害怕被困的女性，因为她看到过很多女人被困囚在家庭“牢狱”之中。主人公是按照其曾祖母的名字命名的。她的曾祖母是一个倡导精神自由的人，被她的曾祖父所绑架，强行结婚。她的朋友萨莉年纪轻轻就结婚，并被禁止与自己的朋友来往。

然而，萨莉早已经抛弃了自己的朋友。在《红色小丑》中，艾丝佩朗莎控诉了自己的朋友弃她而去，留下了她与一群贪淫好色的男孩在一起，导致她被强奸。在此，艾丝佩朗莎的身体特征是混血身份的象征，像几个世纪前的 La Malinche 一样，被侵犯的同时，还被告知“我爱你，我爱你，西班牙女孩”。[②] 正如同西东尼·史密斯在提及切莉·莫拉加关于 Malinche 的评论的时候所说，被轻蔑的女性身体不仅仅是个人的身体，它代表的更是社区的“身体”。这种侵犯就暗示着对国家的玷污，对文化身份和民族主义的基本构建的毁灭。[③] 史密斯对文化身份和民族主义的指代似乎有些极端，但是当我们考虑到强奸在美国是如何被用作对抗被统治的阶级和种族的时候（如同在战争期间其他国家所惯用的伎俩），这种说法就不再过分了。然而，在《芒果街上的小屋》中，为了不造成剧变，艾丝佩朗莎被强奸的事再没有被提起。这个缺口反映了下层妇女的经历，她们不愿意控诉施加在自己身上的罪行，宁愿在沉默中生活。

然而艾丝佩朗莎并没有被创伤打击到要放弃自己梦想的地步。像希斯内罗丝一样，她也是一个颇具才能的人，能在贫穷的居住地之外找到另

---

① Sandra Cisneros, *The House on Mango Street*, New York: Vintage, 2009, p. 4.

② Sandra Cisneros, *The House on Mango Street*, New York: Vintage, 2009, pp. 266-292. Sandra Cisneros, *The House on Mango Street*, New York: Vintage, 2009, p. 100.

③ Sidonie Smith, "Identity's Body," in Ashley Kathleen et al. (eds), *Autobiography and Postmodernism*, Amherst: The University of Massachusetts Press, pp. 266-292.

一种生活。然而，不像很多美国梦小说中那些成功即忘本的主人公，艾丝佩朗莎会与自己的社区——特别是其中的女性——保持联系。（值得注意的是，这部小说是献给"Las mujeres"女性同胞的）当艾丝佩朗莎拜访有预言能力的三姐妹时，她们说："她会走得很远。"[①]她们告诉她，"当你离开后，你必须为了其他人再回来。一个圈，你明白吗？你永远都是艾丝佩朗莎。你永远都是芒果街的人。你不能抹去你所知道的东西……你必须记住要回来。为了那些不能像你一样那么容易离开的人。"[②]正如杰奎琳·道尔评论的那样，传统的艺术家成长小说（Kunstlerroman）总是以主人公的离开为结局；相反地，艾丝佩朗莎却为了能回归而离开。

三姐妹的话体现了阶级流动性的新视角，反映了希斯内罗丝不因自己渐渐成功，仍与拉丁裔女性和工人阶级保持密切联系。很多学者曾经就阶级问题对这个小说进行了探讨。例如，本加拉诺（A. Bejarano）认为，《芒果街上的小屋》漂亮地抓住了自我和他人之间的辩证关系，注重主人公在社会发展方面的提升的学者也不乏其人。琼斯（Jayda Jones）则强调艾丝佩朗莎身份的不断进化，他认为发展的身份是作为与他人的关系的调和，而不是去极端发展个性化。也就是说，艾丝佩朗莎必须将自己想要处于族群联络的中心的愿望与随之而来的害怕处于社会边缘的心情相协调才行。通过决定离开是为了回来，为比自己处境恶劣的人而努力，以实现她所处社区的需要与自己的需要之间的平衡。以上的认知发展并不是很容易就能实现的。然而，小说也提醒了读者，虚构的或自传式的工人阶级身份的个人成长所导致的并不是分离和异化，而是实现了一种构成自我的联结意识（即阅读疗法所要强调的自我意识的发展和自信心的建立和提升）、多样化的历史背景和生活状态的接受和探索。最终，《芒果街上的小屋》不仅肯定了年轻的主人公，而且也肯定了养育她的社区。这种从自我否定、否定生存环境、拒绝接触社会到自我认可、用于探索，最终实现自我认知，寻求到与社会相处、共同发展的办法（社会发展），是阅读疗法所要追求的目标。

通过对《芒果街上的小屋》的阅读，读者可以体会到，艾丝佩朗莎的艺术家成长经历是一个感人的故事。它所讲述的一个在艰难环境中成长的

---

① Sandra Cisneros, *The House on Mango Street*, New York: Vintage, 2009, p. 104.

② Sandra Cisneros, *The House on Mango Street*, New York: Vintage, 2009, p. 105.

城市女孩，与《布鲁克林有棵树》(A Tree Grows in Brooklyn)的描写极为相似。这部作品之所以如此引人注目，离不开她独特的组织形式和风格。凯文·奥布莱恩(Kevin O'Brien)也曾经作出评论，认为这本书以第一人称的自我意识的记叙和传记有效地兼容了后现代主义的各种元素。更重要的是，它是民族的、工薪阶层的现代主义的一个例子。

作品的民族自豪感也是读者可以感同身受的。民族的/工人阶级的后现代主义，借助叙述的中断和其他实验技巧来体现一个民族的机构能力而不是一种文学的嬉戏。在某种意义上，《芒果街》是一部长散文诗。艾丝佩朗莎的声音是与众不同的，它那独特的肌理和韵律十分明显。例如在故事《头发》(这个故事后来也出版了插画单行本，是阅读疗法和艺术疗法相结合的理想材料)里说道："我们家中的每个人都有不同的头发。我爸爸的头发像一个扫帚，全都竖向空中。至于我，我的头发很懒惰。它们从不服从于发夹或发带。卡洛斯的头发又厚又直，他根本就不用去梳。蕾妮的头发很滑顺，能从你的手上溜走。奇奇是最小的一个，她的头发像软毛。"[①]在这里，希斯内罗丝呈现给读者一个双种族的家庭成员身体特征，给出了混血的种类——奇卡纳和双种族的具体外貌。

很多批评家把这种声音看作孩子似的，的确，它体现出了一个孩子的感知。然而，对希斯内罗丝来说，当她在法国给别人用西班牙语写信的时候，这种声音的源头才变得清晰。《芒果街上的小屋》以墨西哥西班牙语写作，后被翻译成英语；她成功地使用墨西哥西班牙语体现在小词缀和句法的使用以及对非生命物体的呈现方式上。

这本书受她作为高中教师的工作性质以及她作为一些年轻人的辅导员的经历影响。这些年轻人生长的区域和经历与她的不同。希斯内罗丝的生活是受到庇护的，而她教的很多学生曾经都是吸毒者、街头黑帮成员。[①]她的相对优越感和幸运感改变了她的观点，激励了她的写作。正如希斯内罗丝自己所解释的："在芒果街，我感到了自己的义愤和责任；那些就是当时我所面临的问题。我的每一本书都是那个时候我所沉迷的东西。"[②]与《不择手段》不同的是，《芒果街上的小屋》是一部"虚构的自传"，

① Sandra Cisneros, *The House on Mango Street*, New York: Vintage, 2009, p. 6.

② Nicholas Sloboda, "A Home in the Heart: Sandra Cisneros's The House on Mango Street," in Harold Bloom (ed.), *Bloom's Modern Critical Interpretations: The House on Mango Street*, New York: Infobase, 2010, pp. 81-96.

或者说是混合了作者和其他她所了解的人的生活的传记。书中明显的散文体和对待奇卡纳生活的方式为它赢得了赞誉——尽管不是立即产生的效果。

### 7. 心灵的挣扎与身份的抗争:社区之得而复失

在广泛游历之后,希斯内罗丝知道自己已经不想再待在芝加哥,因为这使她处于家庭的禁锢之中。因此,她接受了在外地的第一份工作:1984年,她成为了在圣安东尼奥的一个奇卡诺艺术中心的文学项目指导。工作令人失望,而且这份工作使得她不喜欢这个城市。1985年,《芒果街上的小屋》获得了前哥伦比亚美国图书奖。这为希斯内罗丝的创作之路拓宽了可能性。同年,她又获得了多比·佩萨诺奖金,得以搬到了奥斯汀。在德克萨斯,她的经历在一个拉丁裔女性人数众多的社群得到丰富。用西班牙语交谈的声音使她对这种语言的韵律更加敏感,促使她在写作中更多地使用西班牙语。把西班牙语混入写作当中使希斯内罗丝的英语使用起来更具有创造性,这就像盖尔语给乔伊斯写作带来的影响一样。她对墨西哥、墨西哥裔美国人的文化如痴如醉,以至于决定在奥斯汀定居,至少是暂时定居。然而,当她的研究基金到期以后,她面临着严重的经济困难。她一度广发传单,有意向教授写作,她的男朋友在餐馆疯狂打工。在这种经济危机期间,她试图去完成散文集《女喊溪》,但是她没能做到。在不情愿的状态下,她到其他地方去寻找工作,但是她的书未能在主流出版社出版。1987年,加利福尼亚州立大学英语系主任被她的作品吸引,在她与一个更受认可的作家之间选择了她做客座讲师。令人遗憾的是,她不得不离开奥斯汀了。

希斯内罗丝接下来的遭遇反映了个人自我认知所面临的困境。同样,她成功走出困境的经验也会给读者提供宝贵的借鉴方法。在德克萨斯,希斯内罗丝找到了孩提时代就梦想的房子的文学、文化对等物,当她被迫离开的时候,她丧失了她的家和她的生活社区。接下来的日子十分艰苦,作为一个饱受贫困的工人阶级的女性,再次面临这种困境让她备感痛苦。作为一个拼命努力来把自己定位于作家身份的女性来说,不能靠自己的工作维持生计是一种毁灭性的打击。她的自信心动摇了。正如她自己所解释的那样:“我真的不想在大学教书,因为我感到害怕。我觉得自己是个冒牌货。我得向别人借钱。我的班级是最差的。”希斯内罗丝很明显在经历着颇具毁灭性的冒充者综合征，感觉自己的成功是运气所致。她欺骗了大家，使得大家误认为自己拥有智慧和才气。受压迫的人们——族裔群体和工人阶级——尤其倾向于有这种感觉，这是因为，用杜·波斯的话说，他们已经学会取用压迫者的眼光来看自己。有了这种倾向，可想而知，希斯内罗丝变得沮丧。她甚至想过自杀，不过幸好求助了生命热线。她的沮丧一直持续到她获得另一个价值更高的奖项，或许更重要的是，这再次肯定了她作为作家的价值所在。同时，苏珊·伯格尔斯——一个纽约文稿代理人，深深被《芒果街上的小屋》中一个个看似不起眼的小故事所吸引，非常渴望做她的代理。希斯内罗丝回忆说，一个朋友"告诉我苏珊正在找我，但是我正在一天天沉沦下去无药可救。我几个月前就有她的电话了，但是我没有和她联系。这非常可怕，因为那是一种非常镇静的沮丧"。

### 8. 励志成长史之崭露头角

盖尔·艾略特，希斯内罗丝在加州州立大学的同事之一，也是她的好友，说出了自己关于希斯内罗丝在那里不愉快的看法。大多数大学教师都知道，到另外一个州的学校去，在那里交朋友、适应新学校和当地的文化是非常困难的。对于单身女性来说更甚，她们在整个社会中都被排除在社交生活之外。如果一个女性与学校只有一年的合同（像希斯内罗丝这样），那么忙碌的老师们八成不会去花时间了解这个新来的人。因此，"像吉普赛人一样的"临时或兼职教师的确会很孤单。艾略特强调希斯内罗丝在那里受到了热情的接待，特别是主席对她印象深刻。只是他们没法填补希斯内罗丝内心的空虚。她自我报告的糟糕的课堂教学经历对她来说毫无疑问是个毁灭性的打击，因为她平时是一个很有实力的老师。艾略特说她是一个教写作的天才，是一个既能传授技巧又能察觉年轻作家的情绪和动机的导师。

值得庆幸的是，希斯内罗丝再次获得了国家青年艺术基金，这使得她有了一定程度上的经济稳定，并走出了低谷。她又搬回了圣安东尼奥，最终联络了苏珊·伯格尔斯，把她正在进行中的 40 多页稿件寄给了苏珊。通过这个作品，她与兰登书屋取得了联系，朱莉·戈洛尔成了她热情的编辑。出版社在 1991 年发行了《女喊溪》，并再版了《芒果街上的小屋》，反响很好。作为赞誉者之一的 Jenny Uglow 指出，拉丁裔/拉丁裔女性生活的现实极少进入美国写作的主流。《大西洋月刊》(*The Atlantic*)的菲比-劳·亚当斯觉得她的作品才华横溢,但依兰·斯坦文思为《公益》(*Commonweal*)杂志的撰稿表达了不同的看法。他认为,读这本书只能是找乐子,内容缺乏专业性,总体来看不值得关注。但时间会增加对《芒果街上的小屋》的赞誉:现在很多课堂都要求读此书,从小学到大学,到整个国家。

**9. 勇往直前的女性成长史:《女喊溪》**

希斯内罗丝接受的关于《女喊溪》的合同毫无疑问地改变了她的生活。1990 年她接受琼斯·安兰达采访时感叹说,她人生之中第一次感到不再贫穷。然而要想满足预签合同条款——快速递交手稿——她的压力可想而知。为了在合同要求的最后期限之前完成,她常常一天写作 10~14 个小时。由于她已经花掉了预付定金,感觉到害怕是一个强有力的、最终证明也是非常有效的刺激因素。然而物质因素、经济因素都不是导致希斯内罗丝害怕"搞砸"的唯一因素。显然,冒充者综合征再次上演,但是这种恐惧源自想要代表自己的社区的强烈欲望以及担心自己会做不到。而且,诗人的身份使得她成了一个过分苛求的、几经艰辛的散文体作家。正如她在接受一家国家公共电台采访时说的那样,她写起小说来像个诗人,"对每一个词语、每一个音节的处理都小心翼翼"。因此,《女喊溪》的编辑过程十分漫长,并小心谨慎——但是在多方面都有显著成效。丹尼斯回想起了一个大家庭的墨西哥之旅。他建议她先把这个故事放在一边,或许有时间把它拓展成一部小说。这个故事成为了后来长篇小说《卡洛米洛》(*Caramelo*)的故事蓝本。

《女喊溪》描述的是城镇边界上的妇女的生活以及她们不断变化的关系和不断变化的处境。第一部分与《芒果街上的小屋》中的小品文无论在文体上还是主题上都有相似之处。《闻起来像玉米的我的朋友露西》(*My Friend Lucy Who Smells Like Corn*)是第一篇,讲述了两个年轻女孩之间的友谊。接下来的故事《十一》(*Eleven*)被一个儿童出版社看中,后来又被其拒绝。颇具讽刺意味的是,当时的评审们认为这不是一个儿童故事。但在今天,这个故事受到了儿童们的普遍欢迎,经常被孩子们请求作为阅读的内容。真的,经过认真思考后,就会觉得变老了的意思可能就是不再能够以一个孩子的思想进行思考了("当你十一岁时,你也是十岁、九岁、八岁、七岁、六岁、五岁、四岁、三岁、两岁、一岁”[①])。然而，文本显露出来的是孩子似的声音：当被老师强迫着去穿一件被孩子认为是很难看的套衫时，瑞秋说：“不是我的，不是我的，不是我的……我十一岁，十一岁。”[②]这个体验无疑唤起了希斯内罗丝的感情。因为有一次她解释说，当她11岁在芝加哥时，老师们认为，如果你很穷又是墨西哥人，那么你就没有任何话语权。由于对儿童出版社的失望和气愤——她可能已经使用了出版社的钱——她用《十一》参加了一次芝加哥出版竞赛，她赢了。

《女喊溪》从前往后故事越来越复杂，故事中的女性总是试图建构自己与男性的关系。希斯内罗丝又一次代表了那些被沉默的和被边缘化的人——艺术家、(移入的)移民、工薪阶层等在社会中挣扎生存的人。标题故事《女喊溪》讲述的是一个受虐待的妻子最终在她的对立面——一个名为菲利斯的女人——的帮助下逃离了她的丈夫的故事。主人公克莱奥菲拉是一个传统的墨西哥妇女，脑袋中充满了电视连续剧中的浪漫幻想。菲利斯是一个独立的未婚女性，她拥有一辆皮卡，当她带领克莱奥菲拉穿过名为“女喊溪”的小溪奔向自由的时候，一路上充满精力地有说有笑。这个故事是对墨西哥民间传说劳拉娜(La Lorana)(哭泣的女人)的修改：劳拉娜杀死了自己的孩子，自己也选择了溺水身亡，但菲利斯并没有选择死亡，而是选择了自由与欢笑。

希斯内罗丝认为奇卡纳会从内心深层来理解这个故事，就如同爱尔兰的读者能从自身内部理解乔伊斯的作品一样。希斯内罗丝在回忆考林斯的“内部的局外人”理论时解释说：“突然之间，这个女人(克莱奥菲拉)关于墨西哥的设想涌入了脑海，她从中学到了一些东西。奇卡纳女性为她展示了一个看到墨西哥神话的新方式，这使得一个或多或少地处于文化之外的人能够以一种新的方式看待神话传说。”[③]劳拉娜，像菲利斯一样，体现了墨西哥女性的传统性格，但不是以她通常被描绘的那样，而是以希斯内罗丝所视作的那样，强烈又独立。《女喊溪》这一则标题故事通

---

① Sandra Cisnros, *Woman Hollering Creek and Other Stories*, New York: Vintage-Random, 1991, p. 6.

② Sandra Cisnros, *Woman Hollering Creek and Other Stories*, New York: Vintage-Random, 1991, p. 8.

③ Feroza Jussawalla and Reed Way Dasenbrock, “Interviews with Writers of the Post-Colonial World,” *International Fiction Review*, vol. 20, no. 1 (1993), pp. 9-10.

过把人物顺应美国的各个阶段包含进去，呈现了墨西哥裔美国人的种族经历。另外，菲利斯与皮卡关联在一起，破坏了传统女性特征的观念，比如那些在电视连续剧中所描绘的女性特征。因此，这个短篇故事颠覆了种族性、阶级以及性别的传统定型。

在接受凯文和格莱迪亚采访时，希斯内罗丝承认，故事《很漂亮》中的人物有着她自己波西米亚精神的一面，但是以一种嘲笑的、嬉戏的方式呈现。在这个故事中，一个墨西哥裔美国艺术家拥有新时代的进步精神，爱上了一个墨西哥灭虫者。她想教育他保持墨西哥根源的重要性，但实际上，却使他具有了异国情调。这段感情在他告诉她要去墨西哥的理由时结束：他在两段感情里生了七个儿子。正如爱丽丝·沃克(Alice Walker)在《变得有用》(*To Be of Use*)中一样，希斯内罗丝曾经嘲笑太随意地唤起和谈及族群根源这种做法，因为这种轻易的唤起忽视了阶级和文化的差异。另外，通过嘲笑那些沉迷于自我意识的波西米亚艺术家，希斯内罗丝说她映射了一些把贫穷浪漫化的拉丁裔文学中的艺术家的代表。她的朋友、作家加利诺，注意到只有知识分子才会把贫穷浪漫化，穷人不会想让自己穷困。虽然身为知识分子，希斯内罗丝也深知拼命赚钱为在环境恶劣的地方的公寓付房租是不浪漫的。如同本故事集中的其他故事一样，《很漂亮》也记录了暗藏在一个(墨西哥)社区中的张力。在这里，美墨边境在个人的心理中重现。正如穆林所论述的那样，这些"墨西哥人"也是那些"墨西哥人"。① 像非裔美国人一样，奇卡诺/奇卡纳人也时刻进行着内心的灵魂争斗。但是他们的争斗都是通过与盎格鲁人和西班牙人的相处体现出来的，并且类似故事题目这样的墨西哥神话传说也掺杂在叙述中。

除了复杂性和故事集后半部分中的成年人物外，《女喊溪》与《芒果街上的小屋》的不同还体现在它用了更多的西班牙语，并对墨西哥着迷。毫无疑问，这是因为当希斯内罗丝写这些故事的时候住在圣安东尼奥，在她周围有更多的人讲西班牙语，她意识到了不同种类的奇卡纳声音。于是，她写作的主导发生了改变，变得和汤亭亭的作品相类似。"我更加关心在写作中代表不同类型的奇卡诺人。我真的觉得自己的责任是要代表社区

---

① Harryette Mullen, "A silence between us like a language," *MELUS*, vol. 21, no. 2 (1996), p. 3.

中所有类型的人。但是我不想讲像我这样的人的故事，因为我是个特例。"[①]这段陈述反映了希斯内罗丝的观点：在创作《女喊溪》时，她是用贝尔·胡可的话说，从边际开始写作。通过这样做，她形成了自己的精神性和政治观，更加关注全球人民之间的联系。像艾丝佩朗莎一样，她强烈地意识到了自己和那些离不开芒果街的人之间的情感联结。把自己想象成为是那些无声者的声音，她努力地去代表她的社区中的众多声音，去完成自己身为边界女性的职责。正如她对赛格尔所说："我正试图去写那些还没有被写出的故事。我觉得自己是一个地图绘制者；我下决心去填补一个文学上的空白。"[②]同样的，她也说过，她将用她所学不仅仅去治疗她自己，也要治疗她的社区的伤痛。因此，希斯内罗丝代表了她的种族的生活经历，依照赞迪所说，这正是工人阶级的作家典型的做法。同时，在创造各种人物和情境时，她绕过了使用"作为"的表述的陷阱。

她对圣安东尼奥的重新定位，或许使得她能够通过拉丁裔女性的不同层面和多样化特点对其进行分类，以及通过意识到在多大程度上种族性、阶级和性别的经历被地域形成了一个区域，使得她能够形成自己的精神世界。像很多拉丁裔女性的典型特点一样，她不喜欢"Hispanic"一词。对她来说，这个词使人联想到那些想往上爬的人。她把自己认同为一个拉丁裔女性，而不是用"Chicana"一词，她可能会用 Mexican 来指代自己的身份。"Mexican"这一词对她来说，和格洛莉亚·安札杜瓦一样，不但暗示了国籍，也暗示了 la raza，墨西哥民族作为其他种族的混合，现在形成了一个独特的杂糅体。格洛莉亚·安札杜瓦曾经在她的书《边境地》(*Borderlands/La Frontera*)中广泛地讨论了女性混血(la raza)的概念。洛莉亚·安札杜瓦自己就是一个 Tejana 或 Texan woman(德克萨斯女性)，但是她的态度却与希斯内罗丝所知的其他许多德克萨斯人不同。这个州，可能因为它作为昔日独立共和国的独一无二的地位，希斯内罗丝发现这里的人民首先认为自己是 Texans，其次才认为自己是 Mexicans。在德州的拉丁裔人离边境要比在伊利诺伊州的人离边境近，虽然在德州西班牙语盛行，但是人们在情感上与边境的距离却比伊利诺斯州的人要远

① Sandra Cisneros and G. Elliott, "An Interview with Sandra Cisneros," *Missouri Review*, vol. 25, no. 5 (2002), p. 350.

② E. Coston Frederick, "The Author Speaks: Selected PW Interviews 1967-1976 Publisher Weekly," *Journal of Reading*, no. 7 (1979), pp. 662-663.

得多。例如，希斯内罗丝说当她听到墨西哥国歌时就会激动非常，而德克萨斯人不会。但是边境情境下的生活使得希斯内罗丝不得不把自己认知为一个 Chicana，而不是一个 Mexican。她的双重意识，或她能通过主流文化的视野来看待自己的这种能力，使得她能敏锐地意识到，如果她使用 Mexican 这个名词，人们就会认为她不是美国人。

希斯内罗丝对墨西哥历史以及被遗忘的女人的兴趣在《扎帕塔的眼睛》中得到了美丽的阐释。这是一个基于革命者艾米拉诺·扎帕塔(Emiliano Zapata)与情人伊内斯(Inés)之间的故事。希斯内罗丝本人认为这个故事代表《女喊溪》的最高成就。伊内斯的生活概况与玛丽娜·萨宾娜(Marǐa Sabina)——另一个传说中的墨西哥女人——的生活相混合。萨宾娜比扎帕塔和他的妻子年纪要大，但是希斯内罗丝借用了她的女巫名声使得这个基于埃尔法楼的人物与扎帕塔平等。如果我们知道希斯内罗丝本人的背景和爱情兴趣，就很容易理解为什么她对强大的女人喜欢有革命精神的男人的故事如此感兴趣。描绘他们的故事对于希斯内罗丝来说有很多挑战，她不仅要调查研究扎帕塔及情人玛丽娜·萨宾娜这二个人的生活，还需要在历史的背景中去想象基于二人的人物形象。另外，对扎帕塔的历史记载，特别是在墨西哥，是富于传奇性的。希斯内罗丝想通过扎帕塔情人的眼睛来呈现他。最后，埃尔法楼的声音必须是历史的，而且是西班牙语的，然而希斯内罗丝想用英语写作。她通过句法以及对一些西班牙词语的选用达到了西班牙语式的声音效果。例如，当人物埃尔法楼反思她父亲与扎帕塔的关系时说："这是真的，他从未喜欢过你。"这个故事可能让一些读者想到了魔幻现实主义，尽管希斯内罗丝坚持自己的作品太过真实不能归于此类。埃尔法楼被描绘成一个拥有超自然能力的女巫(bruja)。虽然拥有超能力，但她热烈地爱上了一个男人。尽管他对她不忠，但是她还是为他牺牲了一切。在构思这个人物时，希斯内罗丝吸收了自己的精神信仰，认为超能力会对日常生活产生影响。在她 33 岁时，她遇到了一个女巫。女巫预言了她将来的生活：她会成名，会成功，会和小组工作。最近，她接受了佛教、天主教中她认为比较有意义的方面，比如对瓜达卢佩圣母的信仰。令人惊奇的是，她发现信佛能够把她成功地带回自己的文化和某些精神性。因为佛教强调服务、奉献，这帮助了她把自身的政治、艺术部分统一起来。《扎帕塔的眼睛》反映了希斯内罗丝心智上的专注。她在文中将历史、传说和自传式的领悟融合在一起，为的是创造性地呈现内心生活和超自然力。在许多文化中，超自然力和日常生活是分不开的。

《女喊溪》中的故事比《芒果街上的小屋》中的小品文更加丰富和大胆，其中的一些还颇具争议，这不足为奇。一个拉丁裔作家特别批评了标题故事《女喊溪》，理由是它挖苦了墨西哥人。希斯内罗丝反驳说，尽管她认为这则故事"是真实的"，但是这并不表示就是墨西哥人经历的一个例子。她认为，有些拉丁裔的愤怒源自一个事实——那就是这则故事首先在《洛杉矶时报》中刊登，但是在书中却找不到其他对墨西哥人的描述。同样的，朱莎瓦拉采访时曾提及，故事《小奇迹，守诺》是由一系列的祈祷组成，这可能被视作对宗教热忱的轻视。希斯内罗丝对此回应说，她从来不刻意去挖苦嘲弄。她觉得自己像是一连串祷告中的最后一个祷告的请求者：献给瓜达卢佩圣母，但不完全像她在天主教堂中被歌颂的那样。希斯内罗丝献给的是作为坚强女性的瓜达卢佩，她是其他女性的辩护者。在面对这样的批评时，希斯内罗丝第一次作出了这样的结论："除非我使得一些人生气，否则我就没有做我的工作。"过后，她修正了自己的观点："如果我使一些人生气，那么我的工作还做得不够好。我不是用直率和责任来写作。"现在她把愤怒的回应看作一种挑战，这种挑战能进一步雕琢她的写作，以使她的作品——如果还是有争议的话，激起的不再是愤怒而是指责。她的这种转变可能是她对佛教虔诚度加深的体现，或许也是与汤亭亭坚持相类似观点的妇女主义。

总之，《女喊溪》受到了广泛的欢迎。《纽约时报》的比伯·坎贝尔指责希斯内罗丝对男性的描写（她反诘道："西裔男人能忠诚吗？"）。然而，她总结说，尽管有一些瑕疵，但是这部小说集中所有的故事都值得关注，因为它们语言丰富。希斯内罗丝不仅是一个有天分的作家，她同样也是非常重要的一个。玛丽海伦·彭斯高度赞扬了作品中描绘的坚强的、具有复原能力的女性的生活。希斯内罗丝的名声稳固地建立起来。《女喊溪》获得1991年西部笔会中心奖最佳小说奖、高级平装书俱乐部新声奖、安斯非尔德-沃尔夫奖以及兰楠基金会文学奖。此书也被《纽约时报》和《美国图书馆杂志》评选为年度最值得关注的小说之一。

### 10. 桀骜不驯的《浪荡女》

继1991年《女喊溪》出版后，希斯内罗丝在1994年又出版了一本诗集——《浪荡女》。这本诗集是献给她前南斯拉夫的朋友加斯那的:"好像我们的生活都依赖于它。"《不择手段》完成后,她怀疑自己不能再出版另一本诗集了。对她来说,很多诗歌缺乏真实的主题,缺乏它们应该发掘的阴暗情绪。她感到自己必须写作,直写到那令人害怕的一行。这是一个阴暗的深处,劳德在《诗歌不是一种奢侈品》中提到,一旦她接触到这个阴暗的深处,就没有必要出版诗集,因为情感已经得到了宣泄。卖诗的感觉就好像是卖身。《浪荡女》中的很多诗歌最初的写作意图不是为了发表而是写给朋友的,与他们的分享使希斯内罗丝得到了解放。在诗歌完成后的两年,她才准备把它们出版。

与《不择手段》不同,希斯内罗丝描述自己以后的诗歌时,说它们在各个方面都比之前的诗更加松散,即更加口语化,诗行更加松散,主题更加松散甚至有些粗鲁。希斯内罗丝说之前的创造深受在研究生班学习期间的形式主义的影响,把它们比作古典音乐,而《浪荡女》则更加类似于爵士乐。标题诗是令人震惊的,因为它描绘了女性大丈夫的一面。对一些读者来说,希斯内罗丝通过自己的生活形成了这个意象。丹尼斯·马西斯回忆第一次见到希斯内罗丝时的情景:在一次聚会上,她穿着一件印有"Merci"(谢谢)字样的褐色T恤衫,抽着雪茄(希斯内罗丝解释说,因为她深爱的祖父抽雪茄,所以她以抽雪茄的方式来怀念她的祖父)。而且,希斯内罗丝描述自己的母亲是一个有着男子阳刚气的女人,这暗示了希斯内罗丝从自己母亲身上找到了女性大丈夫令人钦佩的优点。

由于女性大丈夫的独立与性方面的活力,这种女人可能是令人害怕的。因此,《浪荡女》这首主题诗描述的女人在其他人看来是一个"野兽""淫妇"和"巫婆"——一个充满了神秘和胡来的女人。然而,希斯内罗丝强调说,《浪荡女》中的人物是一个虚构人物,而不是她本人。《浪荡女》中的原型特点、女主人公的力量和贪婪都被夸大了:

据大家所说 我是
社会的危害
我是 Pacha Villa
我打破法律
扰乱自然秩序
惹恼教皇并把父亲弄哭
我远离法律的魔爪

希斯内罗丝通过这个虚构的女人描述了社会中有权力/力量的女性不受法律约束的状态。《浪荡女》所享有的自由和无秩序在奇卡纳身上释放，尽管情绪上的超然可能会产生很多问题。《浪荡女》可看作一个过渡时期的体现，从害怕性到认为性是强大的、能产生动力的，而接下来的一个时期可能会把性和情绪联结起来。

“浪荡女”一词作为诗的题目，很具煽动性和挑衅感。希斯内罗丝因为对题目的选择而备受关注。奥罗西·艾莉森评论了一些引人注意的、原创的题目，如：“我如此沐浴爱河，我长出了一个新的处女膜”“我床上的一个男人，如库莱克·库洛姆”以及“我在去奥克拉荷马的路上，去埋葬一个我差点为之离开丈夫的男人”等。希斯内罗丝说自己有点像题目收集者，她相信在各种形式的论坛上都能找到好题目——项目单、访谈、朗诵会等等。当她找到合适的题目就记录下来，她有一个关于备选题目的存档，需要的时候就可以去找。

在艾莉森的访谈中，希斯内罗丝强调，在圣安东尼奥的时候她几乎过着与世隔绝的生活，这使得写作成为了必要。她必须写作，正如她在和拖卡兹克(Tokarczyk)的信件往来中提到的：“我是一个文学女性，不是一个在桌子上跳舞的舞者。我的朋友在桌子上跳舞，我观察他们，写下他们。”的确，她拥有一个小的朋友圈，都是比较古怪的朋友。他们中有艺术家、教育家、店主——他们使得她在褊狭的德克萨斯州东南部的生活得以持续。她的一个朋友写了一段对她颇具影响力的记叙，这段记叙描写的是一个情人的失去。她的朋友无法承认这个情人，因为她嫁给了别人。希斯内罗丝特别欣赏这个作品对“抑制”的描述，于是就用了第一人称写了诗歌《走在通往奥克拉荷马的路上》(*I Am on My Way to Oklahoma*)：

> 我的生活——我所
> 做的，到了艺术的极限——我
> 把你拽到了我身边。起床必须
> 要早。明天驶向北方
> 为你送行。你能行吗?
> 我时常想起你，朋友，
> 深情地。①

---

① Sandra Cisneros, *Loose Woman*, New York: Vintage-Random, 1994, p. 68.

这首诗在这部诗集中具有典型性:它描写了女性超越了性的界线,体会着爱情带来的激情与痛苦。

尽管《浪荡女》没有得到小说那么多的评论,但是也得到了不少赞誉:《浪荡女》获得了1995年山川平原书店联盟诗作奖和区域布克诗歌奖。任何奇卡纳/诺作品在语言的选择上都颇为为难:用英语写作还是用西班牙语?是不是要翻译文中的西班牙语?对希斯内罗丝来说,她的写作某种程度上取决于她是不是能用西班牙语表达一些内容,又能让英语读者理解。谈及"理想的读者"时,她设想出一种世界型读者,她喜欢把非拉丁裔女性引入自己的文化中。然而,她还是认为,真正能发掘她作品中的弦外之音和微妙之处的还是那些与自己有着相似经历的奇卡纳女性。其实,其他那些所谓的"文化贱民"也比那些优越的白人读者更能体会这些微妙的含义。虽然她渴望与局外人分享自己的文化,但在语言使用上,她没有作丝毫的让步。比如,《女喊溪》中题目为《神圣的一晚》(*One Holy Night*)的一篇中,有着关于妇女生产的西语"dar a luz",字面意思是散发光芒。希斯内罗丝意识到这样的表达可能会使读者感到困惑,但是她也知道,没有西语对等语。她决定去信任自己故事的上下文所提供的语义基础,也相信读者凭借丰富的资料能理解这些问题。希斯内罗丝决心把自己的才思用于呈现她毕生的跨文化经历上。

对希斯内罗丝来说,与西班牙语之间的联结才是最重要的。早期的几代移入移民经常试图忘却自己的母语,但现在,很多拉丁裔及其子孙都把自己的第一语言看作与自己的文化、身份至关重要的联结。西班牙语毕竟是他们作品肌理的一部分,也必须是生活的一部分。尽管希斯内罗丝有着明显的语言选择,但我们也应记住,创意写作也受一种复杂的无意识过程所支配。对她来说,这种影响部分源于她周围的人所使用的语言——她每天所能听到的语言。如果生活在墨西哥,那么她就会用西班牙语来写作。

### 11. 柳暗花明:创作生涯的崛起

每个作家的创作之路都是艰辛的,成功之路是一次漫长的追逐。每一次阅读希斯内罗丝的书籍,都让人感慨人生艰辛的同时,对未来的生活又充满期待。这也是读者推荐阅读她的书籍的原因之一。

在《浪荡女》出版的同一年,希斯内罗丝出版了一部儿童读物《头发》

(*Hairs/Pelitos*)，这本书是基于《芒果街上的小屋》中的一部分，目标读者是4～8岁的儿童，泰瑞·班尼斯为基画插画。在笔者看来，这本书是使用阅读疗法进行情绪发展疗愈的首选之作。通过生动的插画和温馨的语言，读者可以感受到家庭里母亲和父亲的慈爱。一年之后，兰登书屋出版了安丽娜·彭提阿托沃斯卡翻译的《芒果街上的小屋》。在这期间，青年读者和西班牙语读者都读到了她的作品。1995年，她得到了人人垂涎的225000美元麦克阿瑟研究基金。

其实，由于卓著的写作成绩，在此之前她曾获过多个荣誉及奖项，如1982和1988年两次获得国家艺术捐赠基金，1988年获得加州大学伯克利分校的杰人讲座基金，1993年由纽约州立大学帕切斯学院授予的荣誉文学博士头衔等。然而，是数目可观的麦克阿瑟研究基金让她能够全身心投入到她所珍视的写作及社区工作中。她不再需要到加州大学伯克利分校或者密歇根大学去从事临时的执教工作。

希斯内罗丝对年轻的拉丁裔美国人的许诺驱使她到圣安东尼奥的瓜达卢佩艺术中心做志愿者。尽管她背负着要成为“无声者的声音”以及西语区生活的见证者的承诺，但是对于她被视作其种族、阶级和性别的代表，以及她作为任意一个个体而说话，这两者她都怀有矛盾的心情。正如彼得·海奇库克，一个极端关注族群问题的研究者所评论的那样，如果有关“代表”的理论所凸显的是一个同一的、未加区分的群体，那么这些理论就能威胁阶级的相关性或其他的身份。在瓜达卢佩艺术中心，希斯内罗丝找到了另外一种呈现工人阶级和拉丁裔声音的多样性的方式以及另外一种赞扬他们成就的方式。除了教授研究生阶段的创意写作，她还组织了其他麦克阿瑟基金获得者（他们把自己叫作麦克阿瑟），如路易斯·埃尔法楼，为社区举行朗诵会、研讨或表演活动。她也与优秀的作家、记者阿尔玛·桂雷米普利托以及劳工组织者、剧团导演、投票权激进分子、艺术家等一起工作。她坚信他们的群体有着一种独特的视角，同那些在贫困地区长大的其他人一样。用《芒果街上的小屋》中同样的声音，她对她的加州大学圣塔芭芭分校的本科生读者说：“你知道一些你的社区中的成长故事。这是那些州里的头面人物永远看不见的。一旦你看到了它们，就不能视而不见。”她的意思是：尽管一个人能取得更高的社会经济地位，但是他永远不能抹去自己先前的贫苦经历和情感。不但如此，这些经历会留于脑中，并通过意想不到的方式证明它们自身的存在。她与自己原有阶级保持联系的状态，确保了她对于贫苦及工人阶级的奇卡纳/诺的描述的准确。

在与年轻作家一起工作的过程中，她鼓励他们广泛阅读，并熟悉其他种类的艺术，因为在很多方面，艺术之间是互相重叠的。她让他们想象一下在餐桌前把自己的创作读给那些让自己可以放松的人听。这种声音似“宽松睡衣般的声音”，是他们得以写作的声音。宽松睡衣的声音是希斯内罗丝创意写作的术语之一。她和她的同行创造了一些这样的术语来讨论他们的作品。例如，为了表述写作中的不连续性，丹尼斯用了一个从弗兰克·康罗伊那里得来的词：hat。而弗兰克·康罗伊则是从自己的导师那里学来的。作者不能向读者说某个人物摘下了帽子，除非这个作者先前已经交代过这个人物戴着帽子。另一个比较典型的术语是用于指代希斯内罗丝的那些简短的、散文诗一般的想法（类似于《芒果街上的小屋》中的小品文）。有时候这些想法应该如何去使用，用在什么地方并不是很明确。所以，丹尼斯想到了他母亲的纽扣盒子，里面放了一些有趣的纽扣，以备使用。那么纽扣盒子（button box）就用于指代一个个片段，这些片段目前还没有使用的位置，但将来很可能会用到。

希斯内罗丝与其他的导师不同，她不会急于把新的作家推向市场去。或许，这有些理想化，希斯内罗丝坚持认为出版是写作中最不重要的一部分，而最重要的是与一个个自我内心的某个部分进行碰撞。例如，与劳德的观点一致，她把创作看作一种冥想的有利形式。希斯内罗丝不可能把写作的商业成分进行强调，因为她所交往的人（如妇女、工人阶级和其他的少数群体）的写作都有着强烈的精神和政治含义。在她看来，“政治的”和“精神的”这两个词很多时候是同义的，如同“马丁·路德·金”与“空头理论家”这两个词同义一样。这样的含义对于希斯内罗丝来说，要比一部文体上完美、熟练、经过仔细推敲的作品要重要，尽管她也意识到了写出技艺精湛的作品对于一个作家的重要性。

### 12.《卡洛米洛》：温馨疗愈之家族的巡礼

写《卡洛米洛》对希斯内罗丝来说是一个巨大的而又可喜的挑战。这部作品花了 9 年的时间才完成。写作期间，她要对墨西哥历史进行广泛的研究，以便让自己足够了解写作的背景。同时，她卷入了一场邻里冲突之中。在得到资金方面的许诺后，她于 1991 年在圣安东尼奥的威廉国王历史区买了一栋房子。为了保护当地建筑的历史味道,这个地区对她的房子可以进行什么程度的修改都作了严格的规定。希斯内罗丝把她的家粉刷成了一种让人联想起墨西哥房子的颜色——小曼长春花紫色——这与圣安东尼奥历史评审管理委员会的意愿相违背。威廉国王历史区的居民分成了两派:一派支持希斯内罗丝,并把紫色的丝带挂在房子和树上;一派则指责希斯内罗丝想通过此事来造势,达到增加书的销售量的效果。1997 年 8 月份,她控诉设计评审委员会,指出在这一地区也有其他颜色鲜艳的房子。她认为委员会被一种要抹去墨西哥人在该城市的历史存在的欲望所驱使。“我们并不存在,我们的民族的视觉见证在哪里?”经过多次协商,文员会和希斯内罗丝都同意采取折中的办法。大约两年之后,鲜艳的紫色在圣安东尼奥的太阳的照射下已经褪色,委员会认为这样的颜色是可以接受的。

《卡洛米洛》于 2002 年出版。这是一部家族传奇/家世小说,是受希斯内罗丝父母、祖父母和她自己的生活启发而写的一部小说,讲的是 20 世纪的墨西哥人怎样去应对剧变以及墨西哥裔美国人怎样适应美国的生活。希斯内罗丝怀着自己对父母的尊敬写了这部小说。在希斯内罗丝看来,她的父亲是一个非常情绪化的人,他“在我心中树立了一尊自尊的石碑,使我在很艰难的时期能够挺过来”。她的父亲拒绝屈从于“蓝领是不体面”的观念。像赞迪提到的那些工人阶级的作家那样,她的父亲对自己的工作充满了骄傲。当希斯内罗丝追问他生活的意义时,他说:“去光荣地劳动,这样的生活就足够了。”当她意识到像她父亲这样的人经常被美国人的记叙所忽视——“我从未在美国文学中看到过一个室内装潢商”——她决定在写作中表现他们的工作。

希斯内罗丝进一步意识到了她的父亲与穿越边境在美国创造新生活的千百万墨西哥男人的相似点。然而,历史却没有记录这些人的经历,而希斯内罗丝则不想让人们忘却这些人的经历。为了能更好地呈现像她父亲一类人的生活,希斯内罗丝觉得有必要把它放入历史的大背景中进行描写。她也想要表达一种具有浓郁的墨西哥特点的爱——一种父女间、母子间的强烈的爱。因此,她也描绘了祖父母的生活,特别是像《卡洛米洛》中祖母一类的生活。问题人物一般的母亲以及作为叙述者的女孩赛丽亚(又叫拉拉)的生活。虽然拉拉在外表上与希斯内罗丝不同,但在情感上却与之相似。故事是从拉拉的视角去观察并讲述的,因为她多次在夏天去父亲的墨西哥老家旅行，并且又一次改线从芝加哥到了圣安东尼奥。美墨边境的存在使得奇卡纳/奇卡诺的移民经历与其他种族不同。许多家庭，比如作者的家庭，以及小说中雷耶斯的家庭，的确是定期穿越边境的。向美国移民，不是一次性的最终决定，而是一种不断协商的过程，类似于跨越不同阶层的过程。虽然《卡洛米洛》是一部小说，但也是生活写作的一种形式。希斯内罗丝吸收了她记忆中的多次家庭旅行，从芝加哥到祖父在墨西哥城的房子，这些旅行包括"在与自己的兄弟坐在如同抽了筋的客货两用车里飞跑的日子"[①]。这部小说渗入了拉拉的感知，但故事的讲述并不是像《芒果街上的小屋》中那样用一种孩子般的声音。希斯内罗丝不想重复自己先前的写作形式，也不想再进行线性的叙述方式，但她一直没有决定这部小说的结构——她有很多片段和情境储备——直到她听到了"无所不知的"批评家的声音。她把这种声音认同为祖母的声音。

尽管拉拉从一个孩子的接受程度和困惑来叙述时间，书中也明显体现出了一些冲突。第一，祖母和母亲之间的冲突在某种程度上是墨西哥人与墨西哥裔美国人之间冲突的缩影。这种冲突体现在墨西哥革命或西班牙语发音的讨论中爆发的互殴事件。另外，母亲和祖母之间的冲突是父亲的上层阶级背景与母亲的工人阶级背景之间的矛盾的反映。这种冲突也体现在祖母与她的印第安洗衣妇之间的矛盾。最后，浅色肌肤和深色肌肤的墨西哥人之间、混血儿与印第安土著之间也有着冲突。考虑到她的父亲作为最受宠爱的儿子时，拉拉想知道父亲的浅色肌肤与这种宠爱有着多大的关系。

因为拉拉只有兄弟，没有姐妹，所以在家中备感孤独，因此，她对待坎德拉利亚——一个有着粉浆奶糖一样颜色的肌肤的女混血——如同朋友一般，拉拉认为这种肤色很漂亮。坎德拉利亚的母亲——一个洗衣妇，需要转乘三辆汽车到祖母那里工作。她的女儿，也就是坎德拉利亚，被孩子们发现，腿上穿着"一块粗糙的布"，这是她们家中自制的"如同擦碟布一样暗淡"的内裤。[②] 拉拉那时候并不知道这个小女孩是自己父亲的私生女。凭借着与一个合乎妻子标准的姑娘结婚，拉拉的父亲——伊诺森西

① Caryn Mirriam-Goldberg, *Sandra Cisneros*, Springfield Enslow, 1998, p. 20.

② Cisneros, Sandra. *Caramelo*, New York: Vintage-Random, 2002, p. 37.

奥・雷耶斯的墨西哥裔美国后代所享有的生活比坎德拉利亚优越得多，机会也比她要多很多。当祖母把这个私生女事件告诉拉拉的母亲之后，拉拉的眼前出现了这个私生混血女孩在阿卡普尔科的激浪中被反复冲撞的意象，拉拉观察着她。“当她扭头匆匆一瞥的时候，我想我明白了那一瞥的含义。我知道，有些事是不言而喻的。这仅仅是一秒钟的工夫。紧接着，大海就会张开大口吞噬一切。”[①]坎德拉利亚并没有被大海吞没，不久她就被送往家乡了。然而，坎德拉利亚却被历史所湮没，与那些无数跟西班牙男人有染的妇女一起，被自己的父亲拒绝，过着自己的生活。(如果对希斯内罗丝想要把这个家庭置于历史大背景之下的意图表示怀疑的话，那么该书最后所附的墨西哥历史编年表就能打消这种怀疑)拉拉在父亲临终时谈及，她的这个同父异母的姐姐永远都不能理解父亲是如何看待另外一个女儿的，也永远不能平复他在自己生活中的缺失，但这一切都不会改变拉拉对父亲的情感。的确，读者可以相信，拉拉对于不完美事实的接受能力，使她逐渐走向成熟。小说中的隔阂意味着历史、文化的隔阂，这种隔阂是我们所承认的关于种族、阶级和性别的交叉中的隔阂。

对于他人的接受，大部分体现在她与已故祖母的对话中。这种超自然的元素使人想到了《女勇士》。当拉拉的父亲临终之时，她与只有自己才能看见的祖母对话。她的祖母，这个曾跑到墨西哥城要嫁给高中时的情人，却因为自己对于天主教不够虔诚而遭到拒绝的女孩警告她，不要发誓追随第一个宣称爱自己的男人，而要等到自己足够成熟并懂得爱情。实质上，祖母是劝诫她不要重蹈自己的覆辙——过早怀孕并嫁给自己的初恋。祖母并没有像传统小说中那样去告诫女主人公，而是敦促拉拉去发展自己。

祖母实际上是处于地狱的边境，无法到达另一边。当她乞求拉拉帮助时，拉拉要求她对父亲的生命进行延续，她同意了。作为交换，拉拉许诺要讲述她的故事，使她能够被理解。尽管祖母对待家中女性的方式以及她的种族主义和阶级偏见令人烦恼，但是除了孩子们把她视为“可怕的”(awful)之外，读者找不到她其他可怕的地方。

在父母结婚 30 周年纪念活动上(由于父亲每况愈下的身体而提早举行)，拉拉幻想着自己家庭与墨西哥家庭中的主要成员一起跳舞的情境，

---

① Cisneros, Sandra. *Caramelo*, New York: Vintage-Random, 2002, p. 78.

其中包括曾祖母雷吉纳、同父异母的姐姐坎德拉利亚、小乖乖祖父(Little Grandfather)、玛利亚·萨伯利亚(Maria Sabria)以及菲德尔·卡斯卓(Fidel Castro),大家一起围成一圈跳康比亚舞。这种生活使得拉拉意识到,自己的家庭生活中有些方面是永远不能完全为人所理解的。另外,人们通常不会表现自己的情感,比如爱、嫉妒或后悔。然而,拉拉却能观察、呈现人们的故事。正如她所猜度的那样,“或许,我的工作就是把纠缠在一起的绳索解开,为那些不能发声的人们编织话语”[①]。与《芒果街上的小屋》不同的是,《卡洛米洛》中叙事者意识到了自己可以是那些无声者的声音,为那些不能解读自己的人解读他们复杂的情感。卡洛米洛披肩(褐色披肩)的意象——这个从祖母那里传到拉拉手中的披肩,与拉拉同父异母的姐姐的肤色一样的披肩,这个小心编织、代表墨西哥文化特色的披肩——是小说双文化、多世代主体的适切表露。它也是女性作家创作的适切意象,不仅有唯美的一面,用爱丽丝·沃克的短篇小说的题目来表达,它也可作为“日常用品”或如赞迪所说的,它终将是有用的。

尽管这部小说不像希斯内罗丝的其他作品那样有明显的对性的描写,但它也描绘了拉拉发现自己性意识的过程,并通过拉拉与男朋友厄内斯托的关系体现出来。希斯内罗丝想在此表示对青少年性心理的接受,因为希斯内罗丝敏锐地意识到,成年人很可能会忽略青少年也有性心理这个事实。正如多萝赛·艾莉森——一个经常在希斯内罗丝写作《卡洛米洛》出现阻碍时鼓励她的作家——所说的那样,希斯内罗丝也接受了人们的性意识,并努力尝试去描绘情欲带来的力量。考虑到女性的性意识在工人阶级文化中,包括奇卡诺文化中,都被视作是非常危险的,这种对性意识的认识就显得尤为重要。

尽管小说明显大量着墨于拉拉父母的生活,但是希斯内罗丝坚持说这并非她的自传,而是她父母以及其他奇卡纳/奇卡诺的经历以及自己的想象的融合。完成此书比预想的要难,因为当时她的父亲被诊断患了癌症,正在缓慢、痛苦地迎接死亡。当她写作的时候,她几乎感到有通过自己的作品使父亲离开人世的能力。尽管如此,希斯内罗丝相信这本书是她所要写的,在她生命的那个时刻,带她走过父亲去世之后的艰难岁月。她感到,直到她父亲离世她才能完成此书。最终,她把哀悼父亲的离去作

① Cisneros, Sandra, *Caramelo*, New York: Vintage-Random, 2002, p. 48.

为成长所必须忍受的痛苦经历。“当即想去寻求精神上的成长，你最好相信它是即将发生在你生活中的某种可怕的痛苦。”[1]在某种意义上，希斯内罗丝是幸运的，因为她的父亲最终看到和理解了她的写作以及她那非传统的生活方式（独自生活和旅行，保持单身）的价值，他为他之前的缺乏理解表示抱歉。

《卡洛米洛》一书也间接地涉及了一些墨西哥人以及墨西哥裔美国人今天所面临的关键性问题。墨西哥人和墨西哥裔美国人对于被征服的经历，不会以科尔特斯对墨西哥的殖民而结束。很多墨西哥人以及墨西哥裔美国人都把美墨战争中美国所赢得的科罗拉多州、新墨西哥州、亚利桑那州和加利福尼亚州视作进一步的征服。墨西哥裔美国人与美洲土著居民都属于一个种族群体，这个群体没有想移民美国，让盎格鲁白人夺走自己的土地。征服的痛苦不仅存留于各个种族人心中，也体现在美墨边境的家庭不断的挣扎和关于移民问题的持续不断的冲突中。被问到怎样看待非法的异乡人的时候，希斯内罗丝说，她会变得情绪化，觉得真的有必要把这本书完成。

有人把《卡洛米洛》与南美的魔幻现实主义者的作品作对比，特别是与加西亚·马尔克斯的《百年孤独》进行比较。在与希斯内罗丝的谈话中，艾略特指出了二者的相似性，但同时也说出了它们明显的不同之处：在魔幻现实主义中，无所不知的叙事者是冰冷的，与情感是割裂的；而拉拉不然，她是富有情感的。希斯内罗丝把自己的作品风格称作是“诗学现实主义”，强调作者要有去创新的责任感，而不是一味地仿照别人的技巧。这种现实主义需要一种类似于诗学的意识的东西。没有冗长的章节，《卡洛米洛》有的只是一个个较短的部分，每部分通常不会超过 12 页。这部小说因此可以被视作由一系列的快照组成。

“功夫不负有心人”，她的创新努力得到了丰厚的奖赏——她的书受到了广泛赞誉。玛格丽特·兰道尔在《女性书评》（*The Woman's Review of Books*）中写道：“《卡洛米洛》是一部小说巨著，极具热望又令人满足；

---

① Sloboda, Nicholas, "A Home in the Heart: Sandra Cisneros's The House on Mango Street," in Harold Bloom (ed.), *Bloom's Modern Critical Interpretations: The House on Mango Street*, New York: Infobase, 2010, pp. 81-96.

强有力又不失优雅,大师的笔法又从未使文法盖过故事的光芒。"[1]《纽约时报》的塞耶斯认为,这本小说"充满生气,深奥微妙",轻易地穿越了文艺作品与通俗小说的界线。艾略特深入分析了记忆是如何干扰行为的,更重要的是,记忆深植于身体之中。如同拉拉所说:"每年我都穿越边境,这是一样的——我的脑子已经忘了,但我的身体还记得。"[2]艾略特的言外之意是把《卡洛米洛》看作一种成长教育小说,小说中的叙事者在小说结尾时已经 16 岁,成年并不是通过从家庭中分离出去实现,而是靠对家庭的理解来实现的。作为作者,希斯内罗丝达到目标并不是靠作者与创作人物的距离,远远站在一旁观察,而是通过同情、通过与小说人物一起承受痛苦来实现。以前对希斯内罗丝的作品曾持批判态度的依兰·斯坦文思也称《卡洛米洛》是一部"显示了成熟性的作品,体现了勇敢、万花筒式的极具热望情绪的特点"[3]。《卡洛米洛》被许多出版物——包括《纽约时报》《洛杉矶时报》《西雅图论坛报》——选为年度值得关注的小说。《卡洛米洛》也获得了英国柑橘文学奖提名。第一部长篇小说备受赞誉,它巩固了希斯内罗丝在美国文坛的地位。2002 年,也就是《卡洛米洛》出版的那一年,希斯内罗丝获得了洛约拉大学授予的人文博士学位。一年后,她获得了德克萨斯艺术奖章。两年之后,她的作品选集 *Vintage Cisneros* 出版。

希斯内罗丝完成这部小说后感受到了巨大的满足。她说她像是刚刚生了 13 只幼崽的狗妈妈。她还与一个女性朋友去圣达菲旅行以示庆祝。

### 13. 感悟人生:如今的桑德拉·希斯内罗丝

年轻时的希斯内罗丝就像是一个坦率的人,一个会去买一辆亮红颜色的皮卡车的人。随着年龄的增长,以及对佛教的信仰,她变得不再那么易怒,对人、对事的理解更加专注——尽管有时候她还是会发怒。作为一名作家,她是矜持的。她捍卫自己的隐私和写作时间。在访问中她曾表示,一个人如果太容易接近,对别人不具威胁性,就会引来过多的访客,这不是件好事。她也表示,她愿意与一些女性作家,如茱莉亚·爱尔维拉以

① Margaret Randall, "Weaving a Spell," *Womens Review of Books*, vol. 20, no. 1 (2002), pp. 1-3.

② Cisneros, Sandra. *Caramelo*, New York: Vintage-Random, 2002, p. 12.

③ Ilan Stavans, "Familia faces," *Nation*, vol. 276, no. 5 (2003), pp. 30-34.

及多萝赛·艾莉森等有更多的接触，但是作家在工作的时候都不愿意彼此打扰。她感到自己与艾莉森有一种亲缘关系，因为她们两个人在很多方面都很相似：她们都在各自的社区工作，都珍视自己作品中的情欲元素，而且两人都有着对于性的力量与创造力的迷恋。另外，二人都写那些死里逃生的幸存者的故事，作为美国人口的一大细分群体，她们不被允许讲述自己的故事。希斯内罗丝又一次像艾丝佩朗莎一样，离开了自己生活的西语区，身心不仅完整无缺，而且得到了极大的丰富。她用自己的经验去表现那些仅能糊口的人的生活。她的角色不是传统人类学家或史学家，她只是去做记录，像佐拉·厄尔斯通一样，用艺术的手法去呈现那些仍然未被讲述的故事。

希斯内罗丝把自己认同为一个边境作家，把英语、西班牙语以及本土墨西哥元素混合在自己的作品之中。她称自己为译者或两栖人类，在两个世界(即美国、墨西哥)之间进行协商。她也在不同的社会阶层之间进行协商。对她来说，这种"翻译"的本质与作品的体裁有关。题材不同所体现的特质也不同：她在散文体中发现了一种颇为含蓄的政治议程，而诗歌体中却没有。因此，散文更适于那些更加公众的、不太具备自传特点的主体，然而政治的或社会的含义永远都不是使用散文体的接口。

令人感兴趣的是，当被多萝赛·艾莉森问及她最怕什么的时候，希斯内罗丝说"生产"；而当艾莉森澄清自己想问的是写作方面她怕什么时，她的回答还是"生产"。对希斯内罗丝来说，搜集故事和题目是一种乐趣。大多数前期的写作对她来说都是乐趣，因为她坚持认为，她所写的一切都是为了快乐。然而，真正难的是创作过程——选择去讲述哪些故事，然后去精心加工它们。希斯内罗丝承认，在写《卡洛米洛》的时候，她很害怕。唯一令她感到安慰的是这不是第一次，她在写《女喊溪》时，也是如此害怕。每次写作她都要面对自己的焦虑、冒充者综合征和随之产生的恐惧，担心会令自己和自己的社区失望。

尽管希斯内罗丝把自己认同为艾莉森一样的工人阶级的女性主义者，她发现与上层阶级的女性主义者交流更加困难，除非他们愿意去了解她的文化。搬到德克萨斯之后，希斯内罗丝对一些白人的愤恨加深了，因为他们漠视奇卡纳/奇卡诺。在圣安东尼奥，她一直在西语区工作，工作的范围是奇卡纳/奇卡诺。她发现，白人根本不会去看或去了解奇卡纳/奇卡诺艺术。她，作为回应，也没有时间去白人社区教她们奇卡纳/奇卡诺艺术。她的许诺是针对自己的社区和她的小型出版项目的(在 20 世纪 80 年代,她是第三世界妇女出版社的顾问委员会成员)。尽管她欣赏大出版社提供给作者的曝光率,但她对于小型出版社的工作更感兴趣,因为它们拥有更多的可能性。除了艾莉森和艾尔维拉以外,她还引用其他工人阶级作家的作品,如汤亭亭。从汤亭亭具有创新性的杂糅作品《女勇士》中,希斯内罗丝找到了非线性写作《芒果街上的小屋》的可能性。

她把《卡洛米洛》看作自己第一部真正的小说,为此她把它与《芒果街上的小屋》进行了对比,她说:"我们是拉丁裔的年轻作家。如果你没有学过怎样去建造一个房间,那么你是不能去建造一套房子的。"[①]

作为一个普通人,希斯内罗丝可以忽而强有力又直言不讳,忽而柔弱又易受伤害。无论在现实中还是在作品中,她的声音都像个孩子。她已经学会用这种孩子般的声音去发挥她讲故事的特长,也可用其发掘故事的素材。30 多岁的时候,她在自助洗衣店中还被认为是个孩子。这种"童音"是她本来非常抵触的,但是后来她发现这恰恰是她的资产。孩子般的声音可以使其他人放下戒心,允许她深入他们的生活。然而,希斯内罗丝的生活绝非同孩子一般,她作为一名心中没有任何阶级和性别差异的独立的女性作家而奋斗挣扎。

20 多岁的时候,她曾试着通过喝酒、狂欢以及旅行等方式效仿那些成功的男性作家,这对于一个墨西哥裔女性来说是个大胆的尝试,因为甚至连墨西哥裔男性都不会选择独居。就像理查德·罗德里戈在他的文章《欲望的成就》中所表示的那样,对于一个学者或作家而言,在一个大的组织严密的拉丁裔家庭中,寻求独处是很困难的。希斯内罗丝被认为是在拒绝自己的性别、文化及家庭。她的父亲不相信她当作家可以谋生,直到她用写作挣得一辆尼桑皮卡。那时,她的父亲才知道,写作原来是件严肃的事情。尽管如此,她的家庭仍然十分支持她。在写作《女喊溪》时,她在兄弟艾尔莱德家中住了一段时间,并且她的父母不断给予她金钱上的帮助。然而,希斯内罗丝的事业及生活方式还是令爱她的人们感到困惑。《女喊溪》花费了她母亲很长的时间去阅读,因为虽然母亲比一些奇卡纳女性的思想要自由,但她还是因为书中许多故事中涉及性而感到尴尬。

---

① Feroza Jussawalla and Reed Way Dasenbrock (eds.), *Interviews with Writers of Post-Colonial World*, Jackson: University Press of Mississippi, 1992, p. 5.

(她父亲只能看懂西班牙语,但即使希斯内罗丝的作品翻译成了西班牙语他也不会去读,他只是不喜欢看书)

目前,希斯内罗丝与一个电影摄制者一起住在圣安东尼奥。他们二人已经交往了一段时间。希斯内罗丝所有的兄弟还在芝加哥地区。希斯内罗丝和男友养了三只狗、三只猫和一只鹦鹉。完成了《卡洛米洛》之后,希斯内罗丝有更多的时间离开圣安东尼奥去其他地方。金钱上的独立使她不用再去学校或社区中心的写作工作坊工作,而是在家里为他们免费服务。写作《卡洛米洛》需要她停止在瓜达卢佩艺术中心的工作,她最终也停止了与麦克阿瑟一起的工作,以便能将更多的时间用在写作工作坊的工作上。这个工作坊在夏天举办,地点是她的家。开始时,她邀请一些她所仰慕的作者;而现在有了一个正式的申请程序,并有了一定的基金支持。参与者必须是作家,而且不仅要写出自己的作品,还要真正致力于创造优秀的作品。每个成员必须为这个群体做些什么,比如做饭、教瑜伽等。希斯内罗丝希望对群体的贡献以及这种批评又支持的氛围能够提升每个人的写作,因为很多正式的创意写作团体不能达到此目的。在马康多工作坊,希斯内罗丝找到了汤亭亭在退伍军人写作坊所找到的东西——一种兼顾了写作、精神性与时间的方式。

有人把现在拉丁裔文学在美国的繁荣与20世纪60年代的犹太裔文学进行比较,因为在那个时期,犹太裔文学也像现在的拉丁裔文学一样,因为表现犹太裔在美国的经历而得到了认可。现在,大众对拉丁裔艺术家——音乐家、画家以及作家——的兴趣也在萌发。他们确定拉丁裔是美国增长速度最快的族裔群体。其中许多人是劳工,很多人是奇卡纳/奇卡诺,他们把自己认同为墨西哥人以及工人阶级。作为奇卡纳作家,希斯内罗丝表达出了美国的墨西哥裔工人阶级经历的多样性。她特别突出了这个群体中被忽视的女性的故事,以及性别不平等的问题。她是一个作家、一个具有幽默感的人,她的故事令人欣喜。在与Elliott的访谈中,希斯内罗丝说,当人们停下手中的活计去听她讲故事,这就证明她在讲述一个好故事。希斯内罗丝在乎的是她的故事能够触动所有的人,而不仅仅是文学界的人。在一次谈话中,艾略特说道,有些人在一种“经济匮乏”的状态中活动。这种“经济状况”下,称赞、爱与成功都是一个人不愿冒险与他人分享的商品。而在“充足经济”状态下,人们共享的商品得到了丰富,而这个正是希斯内罗丝所信奉的。希斯内罗丝引用了多萝赛·艾莉森的

《我所确知的二三事》(*Two or Three Things I Know for Sure*)中的一句话:"在我的世界中,百无禁忌,一切皆有可能。"这句话不但提醒希斯内罗丝她可以多次重新创作《卡洛米洛》,也提醒她写作是为了改变世界。作为自传型的作者,希斯内罗丝敏锐地意识到,自己的作品和生活不断地在演变。她对男人和女人所作出的改变世界的承诺,体现了她向女人主义的改变。

希斯内罗丝同其他工人阶级的作家一样,反复强调理想在一个实用主义的甚至是玩世不恭的社会中的重要性。像金斯通一样,希斯内罗丝是一个种族认同的美国作家,她的作品描绘了工人阶级美国人的身份。她的传记写作是自传形式的,她在一种非线性的前卫写作形式下体现了主人公的内心生活。她的小说在一个与自己的社区不断协商的过程中走向成熟。

### (四)《不择手段》中女性身体建构解读

《不择手段》(*My Wicked Wicked Ways*)为当代墨西哥裔美国著名女作家桑德拉·希斯内罗丝所著,是一部类似于成长教育小说的诗歌集。阅读它就像进行一次思想的洗礼,尤其对于相对缺乏面对社会的勇气的读者来说,这是一本"提高胆量"的佳作。同时,书中每首诗歌都短小精悍又通俗易懂,适合各种阅读水平的读者轻松阅读。

《不择手段》阐释了"邪恶"(wickedness)的进程,展现了邪恶对本族群历史、文化以及家庭结构等各种界限的穿越。①

这本诗集由四部分构成,每一部分都是关于女性人生旅程的一个阶段。第一部分以一个小女孩的声音呈现几个不同墨西哥裔女孩的童年;第二部分侧重表现主人公与自己家庭的关系;第三部分是主人公在欧洲的旅行;第四部分则着重协调存在于主人公自身内部的各种关系。

《不择手段》第一部分是设在芝加哥西语区地景之中,取名为"1200南/2100西"。② 虽然对很多人来说,西语区是一个充满家庭温暖和手足情谊的地方,但它也是一个充满贫困、犯罪、疾病和绝望的地方。西语区

---

① R. Ganz, "Sandra Cisneros: Border Crossings and Beyond," *MELUS*, no. 19 (1994), pp. 19-29.

② Sandra Cisneros, *My Wicked Wicked Ways*, New York: Knopf, 1987, p. 1.

代表了具体化的矛盾情绪：它既是社区的精神中心，又体现了社区居民的伤心绝望。

《守灵》是本诗集中的第一首诗，主题是年幼的主人公为死去的婴儿守灵。在经济条件有限的奇卡诺城市家庭中，孩子的身体变得备受关注。女孩从身体的角度感知到了她和朋友们作为活着的个体的存在，感知到了每个人活着的痛苦：红肿的脚踝、刺破的手指以及死亡给家人带来的痛苦，浪漫也只有在死亡来临的那一刻才得以实现，活着的人只有饱受折磨。对于女孩们而言，家庭的空间就如同一个匣子，赤贫的生活使得在此的生存更加绝望无助。正如彼得·布鲁克斯所说，身体不属于我们的认识所规划的文化的定义。在我们备受视觉冲击的文化当中，任何不基于视觉的感觉都被认为是不准确的意义呈现。

在《药贩子》一诗中，作者把视线从家庭或私人的空间转到了西语区的公共场所。这里的贩子实际上指的是药贩子开的药店。这个题目不可避免地让人联想到毒品贩子，是对主人公生存现实中潜在危险的一种暗示。经济收入的缺乏贯穿于整首诗的叙述之中：带孩子去药店而不是去找持照医生，因为她负担不起昂贵的医疗费。

在被栅栏刺穿了手之后，小主人公必须去看“医生”。她的手已经肿胀感染，“粉红色如海星的肚皮/或如一只刚降生的老鼠”。不论伤口有多疼痛，女孩还是成功地把它转变成了多种意象：手上裂开了一个小口，像“小鱼的嘴巴”；揭开痂的伤口“呈紫粉色”，像一条热带鱼。在药店，当“医生”检查伤口时，手的他者化(otherization)意味尤为明显：“鱼出来/从结子花的袖口中/突然间又缩回，然后再次出来。”[①]

而当手被“医生”近距离检查时，一切的幻想都受到了遏制。孩子的想象与贫困的现实世界的结合使得她弱小的身体既成为了西语区的标志性事物，又是逃离西语区的一种利用手段。孱弱的身体是西语区生活的写照，而孩子的受伤正是为打破西语区与外界的界线而作出的尝试。然而，女孩非但没有逃离困境，而且又再度受困。

《药贩子》和《守灵》都提出了女性作为主体在主体性构建过程中的关键性步骤：揭示自己身体脆弱性，培养内心的坚忍。在希斯内罗丝的诗中，西语区体现了限制各种可能性(如教育、医疗和基本安全)的社会作用

① Sandra Cisneros, *My Wicked Wicked Ways*, New York: Knopf, 1987, p. 18.

力。这种作用力包括种族化、性别化和阶级化了的女性身体:《守灵》把字面及比喻意义上的死亡联系在一起,《药贩子》则记述了西语区扼杀梦想的能力。

《不择手段》的第二部分描述了主人翁的家庭生活和家族历史,强调她要与这二者分离,以获得肉体和精神上的独立的愿望和需求。这部分以汤婷婷的一句名言作引语:"坏女孩不都像男孩吗?"诗歌告诉读者,身为家中七个孩子中唯一的女孩,她需要"保持好名声"①,不要变"坏",不要"放肆",也不要叛逆或乱交异性。总之,她被期望待在家中。② 汤婷婷的话暗示了一种认识——坏女孩就是跨越了所谓得体女性的界线,在外界中扮演着各种角色,并期待着自身的成功与自由。另外,以汤婷婷的话作引语,把随着主人公从孩提迈入成年的不断变化的身体状况给予前景化。青春期的身体和最初的性欲望,是对各种界限——父亲的、文化的和传统的公然挑战。

当主人公宣布自己的身体内充满了"邪恶",通过自己直截了当的声明——"一个不幸的命运是我得/成为一个男性为主导的家庭中的女人"③,使父亲对她生活所规划的蓝图被沉默(be silenced)时,身体作为反叛的角色开始出现。在这两首诗中,主人公表达了对没有直接言明的存在于奇卡诺文化和自身家庭中的父权制的反抗。在这种父权文化中,女性在身体上的越界将受到惩罚。而女孩将自己的身体担当"男孩"的角色,正是忽视掌控整个社会和家庭的性别习俗的表现。

该部分中有多首诗描述脱离家庭环境、像男孩一样的"坏女孩"。"在沿街的乡巴佬酒吧"中,女孩介绍了一个名叫帕特的女性朋友,她能一口气喝下一瓶 Pabst 酒。而这种大胆的行为使得酒吧男招待"跑过来/说女士不要/再这么做了"。女性特质是男权制设定的重要规范之一,酒吧男招待便是这种规范的实施者。而作为女性的主人公,却陶醉于自己的邪恶之中:"我/是她/你故事中的/声名狼藉的/那个。"④去物质性并不是应对来自家庭、文化和性别习俗的责难的好的回答。因此,在《不择手段》的第三部分中,通过在欧洲的旅行,主人公充满自我感知的身体给予了自己

---

① Sandra Cisneros, *My Wicked Wicked Ways*, New York: Knopf, 1987, p. 25.

② Sandra Cisneros, *My Wicked Wicked Ways*, New York: Knopf, 1987, pp. 36-37.

③ Sandra Cisneros, *My Wicked Wicked Ways*, New York: Knopf, 1987, p. 37.

④ Sandra Cisneros, *My Wicked Wicked Ways*, New York: Knopf, 1987, pp. 28-29.

力量和尊严。

第三部分是用《三个玛利亚》中的句子作引语："有时我觉得像是在流放；一个感觉到自己并没有按照所被要求的那样来生活的女人……因此要找到其他路径，找寻其他'国度'。"[①]这次旅行使主人公得以逃离西语区及自身家庭的性别限制，并预感到自身改变的不可避免。

在该部分的第一首诗《从法国南部写给约娜的信》中，对传统女性特质的拒绝和对男性化特征的拥护表现得尤为明显：主人公享受着身体暴露于黑暗之中的快乐。裸露身体是男性化的体现，是主人公内心深处渴望获得男性自由的自我意识的爆发觉醒。黑暗提供了舒适与自由，因为"它像皮肤一样包裹着（身体）"，黑暗能够抹去她女性身体的轮廓，重新裹上一种能够呈现独立与自由的身体轮廓，而这种新的轮廓，是与男子汉气概相连的。

其他越界的暗示包括非一夫一妻制的性取向以及接近死亡的行为。如在《12 月 24 号 巴黎——圣母院》中，主人公把死亡与浪漫结合在一起，她思绪的高潮呈现于对手腕的描写中——手腕是生、死与欲望的结合体："我又一次走到了大街上。/手腕充满了生命力。/心又一次开始乞讨。"[②]死亡是过去身体的消亡，而涅槃之后获得的将是自我建构的权利与自我意识的永生。

女性的身体消失在作为面具的关于性的言语以及性意象之中。在《给花边商人的明信片——老市集，昂蒂布》一诗中，主人公记述了与一个记不得名字的男人的午后调情。但是她的记忆却侧重于身体的非性欲的感知："浓浓的茶""黏黏的香水""一支雪茄/来自波斯"。[③] 这种联觉意象在其他诗歌中也多有体现：旅行的异国情调被诗歌的名字以及她对所有有着他者意象的事物所强调。如波斯雪茄、丹吉尔照片以及诗歌中的法语。[④] 女孩远离诗集第一部分里描述的芝加哥西语区，身处一个开放的他者空间，这使得她可以发生一段段的感情纠葛并不断勇往直前而毫无眷恋。这首诗连同该部分的其他诗歌一起，展现了女孩沉浸在自己世界

① Sandra Cisneros, *My Wicked Wicked Ways*, New York: Knopf, 1987, p. 41.

② Sandra Cisneros, *My Wicked Wicked Ways*, New York: Knopf, 1987, p. 46.

③ Sandra Cisneros, *My Wicked Wicked Ways*, New York: Knopf, 1987, p. 48.

④ G. Gutiérrez y Muhs, "Sandra Cisneros and Her Trade of the Free Word," *Rocky Mountain Review*, vol. 60, no. 2 (2006), pp. 23-26.

旅行者的身份之中，不受任何时空的限制，所剩的只是自己的身体和意识。

到了第四部分《罗德里格诗集》，主人公最终通过对自己身体的发掘和显露，展示了自我实现和自我权利赋予，使身体以完整的形式得以展现。此部分所有的诗歌都运用多元的图解手法来构建墨西哥裔族群的文化身份。通过一串串的名词和国籍以强调爆发性的声音和对自身的主体控制，这种策略在《通过诠释》一诗中达到了极致。

《通过诠释》中的每一个诗节都把主人公身体的一部分与一个不同的地点相连：在她的体内"有一点马达加斯加"，而她的对话者的注意力忽视了"亚马逊"。假设有了充足的肉体上的辽阔，她就无须再多旅行；她发现自己已经掌握了世界地理并将其融入自己的身体。她走遍世界拓展自己的身体，这种移动方式赋予其自身强大的空间力量。这一部分中对第三世界的召唤可被理解为一种异国情调。通过把土地与身体连接，整合空间与身体，使得她变化多样的地理空间中没有文化"他者"(the other)创建。

《不择手段》记述了主人公从女孩到成人，从芝加哥到全世界的成长经历，通过身体的拓展在自由的地理空间中完成了自我身份的探索。身体并不是脱离历史环境孤立存在的，而是文化的产物。它与种族、文化和性相连，更重要的是与空间结合。女孩在以旅行为手段的空间转移中，进入了成年期，完成了以表征自己的力量和能力为目的的身体构建。主人公力求构建一种富有权利的、性解放的、独立自主的女性身份，而这种理想的身份特征通过文本中空间移动一步步被追踪探索，呼之欲出。从开始在芝加哥的一个受限制西语区的小女孩到第四部分的身处繁杂世界在爱与失中挣扎的年轻女子，诗集体现了族裔女性作为一种不被社会所重视的群体破除自卑和思想桎梏，从狭小地域到具有无限可能性的全球空间的跨越。在此过程中，主人公的身份随着主体与自身环境的不断协调而构建起来。

### (五)角色解读：女性"叛国者"？——充满神秘色彩的"玛琳切"

角色伊始：从历史到神话

我的民族称我作玛琳辛

西班牙人称我作唐娜·玛利亚

我以玛琳切之名被众人熟知

而玛琳切则成为叛国者的代名词

——卡门·塔菲拉《玛琳切》

在墨西哥和墨西哥裔美国人的文化里，有一个神秘的女性占有着举足轻重的地位。她就是——“Malinal”（玛琳诺）、“Malintzín”（玛琳辛）、“Malinche”（玛琳切）、“Marina”（玛丽娜）、“Ce-Malinalli”（玛丽娜依）、“doña Marina”（唐娜·玛丽娜），诸多称谓，指代的却是同一个人，即著名的玛琳切（Malinche）。虽然都是同一人，但是对她地位的描述很多都是矛盾的。她是 Malinali（此词语不同地方拼写不同）——一个奴隶，Malintzín——一个公主，Doña Marina——一个被教化的人，也是 La Malinche——一个叛国者。她的纳瓦特名字（Náhuatl name）Ce-Malinalli 是出生时的名字。作为一批皈依天主教的女人，la Malinche——叛国者。作为首先皈依天主教的土著女人之一，西班牙征服者给她一个教名——玛丽娜。在很多时候，玛丽娜依被印第安人称作“玛琳辛”（Malintzin），被西班牙人称作“唐娜·玛丽娜”（Doña Marina），都暗指了她在不同群体中的地位。而 Malinche 是她在历史上被使用最频繁的称呼。对这一称呼的来源有着多种理论：一种看似可信的解释是因为土著发音不区分“l”和“r”，所以 Marina 便成了 Malina。再在词后加一个表示指示的词素-ztin，就可能被西班牙人进行了进一步的歪曲，因为他们把那瓦特语的“tz”发作“ch”，继而产生了著名的称呼玛琳切（Malinche）。除了把玛丽娜称作玛琳切，卡斯特罗（Díaz del Castillo）认为，印第安人以前称西班牙征服者科尔特斯（Cortéz）为玛丽娜的船长，为了把这个称呼简短化，人们把他称作 Malinche。一个名字同时被用于指代一个女土著奴隶和一个男白人征服者显示了玛丽娜在西班牙征服时期极具影响力的地位。[①]

关于玛丽娜各种名字的使用，卡斯特罗有着详细的历史记录。卡斯特罗对唐娜·玛丽娜的技能提供了最为详尽的描述。在他闻名于世著作的《征服新西班牙信史》（*Histoira Verdadera de la Nueva España*）中记

① Bernal Díaz del Castillo, *The True History of the Conquest of New Spain*, trans by Janet Burke and Ted Humphrey, Indianapolis: Hackett, 2012, pp. 11-13.

叙了自己作为1915年间事件目睹者之一所看到的一切。她的报告和征服者与西班牙皇室之间的信件往来及一些手抄本都是信息的首要来源。对于玛琳切的描述明显受到作者的文化背景和政治动机的影响。西班牙人的描述强调她对西班牙帝国的忠诚,而本土的记录要么把她描述成为依赖科尔特斯,要么把她和科尔特斯置于同等的地位。由于卡斯特罗在玛琳切故事的转变和神话化过程中的巨大作用,尽管有时他的描述缺乏证据,但是对他的版本进行研讨是值得的。

作为编年史记录者,卡斯特罗称呼她为唐娜·玛丽娜,把她描述成一个出色的人、一位"伟大的女士"(grandama),认为她出身于一个叫作特内帕尔(Tenépal)的贵族家庭。据他的记载,玛丽娜伊(Malinalli)在1502年生于一个叫培那拉的村庄的大酋长家庭,那个村庄在尤卡坦岛的北端。父亲死后,母亲改嫁给另一个酋长,生下一子。为了剥夺她作为继承人的地位,母亲宣布了她的死亡,而且把她卖身为奴隶。在被送给希卡兰戈村的印第安人后,他们又把她给了塔巴斯科人。塔巴斯科人将她献给了科尔特斯,从此他在西班牙征服的过程中,成为了科尔特斯的忠诚的通译。[①] 作为编年记者,他强调她出色的语言技巧、在征服中的重要地位和她的善良本性,因为她甚至原谅了母亲对自己无情的抛弃。据他而言,玛丽娜伊没有遗憾,她对科尔特斯绝对忠诚,是一个虔诚的基督徒。[②]

尽管卡斯特罗一再强调他是一系列事件的目睹者,但显然这只是对事实的客观重构。关于玛丽娜伊的生平和她为何突然消失,仍旧仅有很少的现存证据。事实上,玛丽娜伊第一次被提及的时间是1915年4月,当时她和其他一些女奴被当作礼物进献给科尔特斯,或者可能是部落为了用她们换取其他的东西。对于玛丽娜伊的穿着的描述——绣花罩衫——暗示了她的土著根源。然而对于其贵族血统及确切的出生日期却没有具体的证据。另外,历史资料显示,她受洗礼并被命名为玛丽娜,与科尔特斯发生了性关系,并生下一子马丁·科尔特斯。基于她的奴隶身份,可以想象她与科尔特斯不对称的关系。然而西班牙官方资料则证实了她与胡安·哈拉米罗(Juan Xaramillo/Jaramillo)的婚姻关系以及她作

① Bernal Díaz del Castillo, *The True History of the Conquest of New Spain*, trans by Janet Burke and Ted Humphrey, Indianapolis: Hackett, 2012, p. 74.

② Bernal Díaz del Castillo, *The True History of the Conquest of New Spain*, trans by Janet Burke and Ted Humphrey, Indianapolis: Hackett, 2012, p. 75.

为通译的地位，并把她称作“lengua”——西班牙语中的通译。很多记载都说她一开始在阿圭拉(Jerónima de Aguilar)身旁工作，阿圭拉把西班牙语译成玛雅语，而玛丽娜伊把玛雅语译成西班牙语。在对征服者的语言进行快速习得以后，据说她后来成了唯一的通译。然而，现在一些学者都质疑玛丽娜的翻译质量。原因很明显，因为她来自于和征服者完全不同的文化背景。

很多不确定性导致了对玛琳切的不同诠释，以致在通俗文化和文学中不断产生对她的新的分析解释。特别是文学作品对她的收纳，对不同的玛琳切形象的塑造产生了决定性的影响，并把她从一个历史人物转变成了一个文学符号，可以抛开真正的事实对其进行开放性的诠释。对玛琳切新的理解把她看作一个懂得适应各种新环境的人物/象征，能知道在各种新形势下需要什么。通过否定了所有的超验性，产生了对“意义”局部化的分析方法，有多少个地域就有多少种意义。玛琳切作为一个象征，她的异质性是连续的，因为这个连续性是与她作为实体的存在相连而不是被作为一个事物看待。结果，产生了对玛琳切不断变化的阐释。在征服期间，玛丽娜被用积极的笔墨突出地描绘成一个公主、一个皈依的印第安人或一个通译，尽可能地证明她的巨大影响力以及与科尔特斯的亲密关系。卡斯特罗的记载几乎把她与圣母的地位相媲美，凸显玛丽娜的善良本性。直到19世纪拉美独立运动以及20世纪60年代的奇卡诺运动时期，她才被社会频繁地贬低，因为外国的影响被越来越多地抨击。然而，一般而言，20世纪的诠释及其多样性，经历了从通译、女战士、新墨西哥种族的母亲，到墨西哥夏娃似的受害者、苟合之徒、一个纵欲的物体或叛国者，出卖了自己国家、人民的人。

### (六)天性罪恶的女性“叛国者”的历史——读帕兹《孤独的迷宫》有感

父权社会构建了邪恶的玛琳切形象，因为她导致了本族的毁灭，帮助西班牙人征服墨西哥。不仅仅是身体，她的阴道也接纳了外来者，她的舌头吞食了征服者的语言。她的行为被描述成是对墨西哥的背叛，体现了女人性本恶和对外国人的开放。即使不是每个女人都直接听说过她，但是几乎每一个奇卡纳都生活在玛琳切的阴影之下。对玛琳切的责难强调了好/坏女人的二元对立，是对奇卡纳的有力控制。

那些罪恶的负面形象在语言中被映射出来。即使是现在"malinchista"也是墨西哥地区西班牙语的口语词汇。《孤独的迷宫》的作者帕兹把"malinchista"描绘成愿意与外国人发生性关系，喜欢"对外倾向，墨西哥对外开放"。[①] 因此，那些企图把自己从父权统治中解脱的性别角色，渴望超越母亲和妻子的角色，想要脱离性而生活，接受盎格鲁文化或甚至与盎格鲁白人发生性行为，都经常被称作玛琳切或 malinchistas——背叛了自己文化的人。

尽管本研究的重心不是墨西哥人对玛琳切的接受，但是很有必要提及墨西哥诺贝尔奖得主帕兹。他的《孤独的迷宫》里的举足轻重的一章名为《玛琳切之子》，揭示了玛琳切——屈服者的象征与苟合者"Chingada"之间的联系，而这也大大影响着女人的生活。即使他不是第一个对玛琳切作出尖刻评论的人，他的论著也大大影响了广大的墨西哥人及奇卡纳/奇卡诺文本，引起了对玛琳切故事的大量的重写。

在墨西哥身份的文学追求中，有对玛琳切的作为和不作为所产生的自身身份的自卑。同时帕兹把女人总体定义为体现"生殖能力及死亡"[②]，她们的二元性使她们极具危险性和威胁性。他用一个流行的口语"chingar"来表述男人和女人的特点，把墨西哥人分为 chingadas 和 chingones。这个暴力的动词不仅用于墨西哥，也用于南美及西班牙，引发略微不同的联想。总之，用这个词影射侵犯、性、强奸和失败。根据帕兹所述，chingar 是一个具有很强烈的男性特征的词，因为它赋予男性以权利。"……chingar 一词的意思是对别人施以暴力。它是一个男性的、主动的、残暴的动词……挑起行为实施者的刺激性的、恶意的满足感……是主动的、攻击性的、自我满足的。"[③]而 La Chingada 则由于自身的被动、开放和对自己不加控制而不情愿地接受了这种攻击，她们是被动的、非主动的，也是开放的。

由于奇卡纳的被动性而给她们以诽谤和重伤，对于墨西哥人来说，期

---

① Octavio Paz, *The Labyrinth of Solitude*, trans by Lysander Kemp, London: Penguin, 2005, p. 95.

② Octavio Paz, *The Labyrinth of Solitude*, trans by Lysander Kemp, London: Penguin, 2005, p. 73.

③ Octavio Paz, *The Labyrinth of Solitude*, trans by Lysander Kemp, London: Penguin, 2005, p. 85.

盼好女人为被动的，服从自己的丈夫、父亲和兄弟的想法，实际上是一种悖论。她们被期待着追随所谓的行为榜样——即被动的瓜达卢佩圣母，而 La Chingada 则代表着消极的行为榜样，她们的被动性是可鄙的，“她们的被动性是卑鄙下流的”[①]。帕兹把 La Chingada 与 La Malinche 联系在一起，玛琳切是“坏女人”的首要例子，她的女性的“弱点”导致了阿兹特克帝国的毁灭。因此，男性要执行他们的权力：控制、压迫以及洞察女人以防止毁灭。[②]

帕兹对玛琳切的描述把她降级为一个被动的、性欲发泄的对象，是科尔特斯的情人，或用更加贬损的说法——他的妓女。她的被动性和对一个外邦男人的无法控制的欲望常常被用来解释她的背叛。从表面来看，一个红颜祸水应该被人们驱逐。玛琳切只是众多背叛者中的一例。她的象征性的女儿——奇卡纳们，也被看作无耻的被动者，是有着强烈贪欲的女人。她们如果得不到控制，将会引起民族的毁灭。这些描述很可能产生奇卡纳的自卑情结，以及对女性的性压抑和对奇卡纳的母亲的否定。奇卡纳不但不应拒绝她们的母亲，相反，她们应该接受她们作为玛琳切女儿的身份，并意识到玛琳切的故事对自己的现实生活产生了巨大的影响。

## （七）历史的重新书写——女性主义者的反抗

历史称我作 Chingada
但是 Chingada 不是我。
不被欺骗，不被强暴，不是背叛者
因为没有背叛我自己

——塔菲拉《玛琳切》

负面的父权式的解释显然是玛琳切遗产的一部分。奇卡纳不应忽视与玛琳切(La Malinche)有关的耻辱，而应该对其进行批判的分析。边境身份帮助她们进入多种现实，从一系列能指(signifier)[③]中进行选择。后

① Octavio Paz, *The Labyrinth of Solitude*, trans by Lysander Kemp, London: Penguin, 2005, p. 94.

② Octavio Paz, *The Labyrinth of Solitude*, trans by Lysander Kemp, London: Penguin, 2005, p. 85.

③ 在语言学中，把语言符号所表示的具体事物或抽象概念称为“能指”。

结构主义、女性主义和后殖民主义理论的重读，赋予玛琳切以权利，认为她是一个跨边界者和跨文化者。在20世纪70年代，很多奇卡纳作家转向了自己的本土历史，用玛琳切作为一个范式似的/典型的形象，揭露种族、阶级和性别的密不可分。为了提高人们对种族主义和性别主义的强烈联系的意识，迫使他们意识到压迫不仅来自外部也来自内部自身的文化。奇卡纳面临三重压迫，体现了她们在盎格鲁、墨西哥男性以及白人女性时的"他者"身份。借助玛琳切的帮助，通过对其他原型人物的重读，奇卡纳可能把她们自身诠释成独立存在体，创造一个独立于父权文化之外的空间。

戴尔·卡斯特罗(Adelaida R. Del Castillo)是第一批解构男权文化下的玛琳切形象的奇卡纳批评家之一。她不断发掘新视角解读这位备受屈辱的女性，她抨击了父权社会把玛琳切看作待罪的羔羊，把她贬低成一个性欲化的个体。即便是戴尔·卡斯特罗的重写历史缺乏具体的证据，但是她对玛琳切历史的神话重读表明了自己的观点，而且引发了很多对玛琳切的新的解读。戴尔·卡斯特罗把玛琳切描绘成一个完全奉献的人，先把自己奉献给了阿兹特克的神 Quetzalcoatl，即羽蛇神，后奉献给了基督教神，与戴尔·卡斯特罗描述玛琳切是一个基督教信徒一致。

由此，她推论，玛琳切帮助西班牙征服者的初始动机是自己的精神信仰，而不是无法控制的肉欲，反驳了对于玛琳切是由性欲所驱使的弱女人的书写。

另外，戴尔·卡斯特罗通过强调墨西哥人口的多样性来巩固自己的论点。玛琳切不是对自己民族的背叛，而是反抗压迫人们的阿兹特克人，通过强调玛琳切的信仰以及当时的阿兹特克帝国内部民族间的不平等，戴尔·卡斯特罗试图用一种客观的观点进行批评，把玛琳切诠释称为一个幸存者，这种更加具有同情心理的观点不是为了缓和当时西班牙征服者作出的一系列恐怖事件，而是使她摆脱连续不断的中伤。

此外，与戴尔·卡斯特罗一样，安札杜瓦也把玛琳切看作被背叛者而不是背叛他人者或叛国者，因为不是她[玛琳切/奇卡纳]出卖了她的民族，而是他们出卖了她。与许多历史学家和批评家一样，戴尔·卡斯特罗认为，玛琳切被自己的母亲卖掉成为奴隶，所以是被母亲出卖的。再者，奇卡纳/奇卡诺人把阿兹特克帝国的毁灭完全归咎于玛琳切，给她扣上了叛国罪(treason)的帽子。那些否认玛琳切以及自己文化历史和身份的奇卡纳被视为对自己的母性原型的不忠。玛琳切形成了极其重要的文化背景,是拥有智慧的女人由于不服从父权制的规范而被社会所诽谤中伤的首要例子。

受到戴尔·卡斯特罗新诠释的影响,20世纪的奇卡纳女性主义作家意识到,为使自己从受憎恶的女人归类中摆脱出来,她们需要从为自己的本土"母亲"辩护开始。意识到了玛琳切和奇卡纳之间密不可分的联系,对玛琳切的一系列描述——妓女、叛国者——使得后者形成了一种负面的自我定位。很多女性作家没有谴责玛琳切,而是运用玛琳辛——翻译者和玛琳辛——生育者的观点作为一种有力的工具为玛琳切以及奇卡纳的地位进行辩护。

尽管多方材料对玛琳切的女性身体特征有着大量的情色描写式的贬低,奇卡纳女性主义者却利用她们的声音,成功地对玛琳切的整个身体和心灵进行辩护。她被一次次地描述为一个天赋异禀的人,有着出色的语言天赋和政治技能,在两种完全分立的文化之间进行沟通调停。她的身体被视作文化遭遇的象征,形成了一个多种文化相遇的十字路口。她的身体和声音为女混血"mestiza"创造了一架桥梁。因为玛琳切扮演着文化媒介的身份,她并不是单单重复科尔特斯所述,而是把他的话语改编以适应土著对谈者的需要。对一个奴隶的身份而言,她的强大能量和影响重复体现了出来,因为女奴通常被视为没有权利的客体,是不能具有话语权的(power to speaker)。奇卡纳作家关注这些方面,(重新)声张玛琳切的声音使她能为自己说话,以她的角度讲述她的故事。她的女性后代们效仿她们的(象征性的)母亲,需要在对玛琳切不同的解读中进行调停。只有当她们找到对她们来说她意味着什么,并把这个母亲形象放在当代进行诠释,才能使玛琳切作为一个行为典范帮助奇卡纳用于表达自己的身份。

### (八)人性的展示舞台——解读《福赛特世家》中的人本主义元素

《福赛特世家》是人性体验训练和社会发展阅读的绝佳选材。它是约翰·高尔斯华绥的得意之作。1932年,他因为优秀的叙述技巧在《福赛特世家》中发挥得淋漓尽致而荣获诺贝尔文学奖。姑且抛开它的政治批判不论,这部小说讲述的是如同一个万花筒一样颇具多变性的多角恋故事。其中不乏浪漫的爱情故事，但都描写得含蓄清淡；相反，对于现实之中的爱情经历、背叛与欲望，却描绘得惟妙惟肖。在高尔斯华绥的作品中，充分体现了爱情是现实生活的一部分，而不是超越人间烟火之上和之外的神圣抑或高尚的空头支票。男女关系和经济基础一样，都是正常男女感情的一部分，违背伦理道德的爱情是任何一种文化所不能容忍的。这部经典之作即便是在现如今看来，也可成为正处在迷茫时期的青年男女的情感背书。

在此书中，苏密斯所扮演的是一个典型的福赛特资本家形象。他把一切都视为财产，包括自己朝夕相处的妻子。我们所认识的高尔斯华绥是一个在一定程度上揭露资本家的丑恶灵魂，但并不触及资本主义制度的小说家。本人认为他的这部作品的成功之处在于他把一向以冷酷、嗜财如命的资本家形象写得有血有肉，是对以后出现的人本主义的社会批判哲学的一个很好的体现。

老佐里恩是其中的典型代表。《有产者》在开场时展现给我们的是一个完完全全的资本家的画面。人人都以财产为荣，老佐里恩亦是如此。在老佐里恩上歌剧院一节中这样描写到：

> 这是一间昏暗的小小的书房……屋里摆着桃花心木的家具，上面布满了雕刻，靠垫和坐垫是一色的深绿丝绒。老佐里恩时不时提起这套家具："说不定什么时候准能卖上个好价钱。"
>
> 想起人死后还能在自己置买的物品上赚它一笔，的确是件令人高兴的事。[①]

他们是有产者，他们只是有产者。人性对他们来讲只是财产的附属品。在福赛特家族的眼中，一切都是财产，兄弟间所剩的也是财富的攀比、争夺。在这一点上，福赛特人是相通的。在老佐里恩眼中，他的兄弟詹姆斯是个令人厌恶的家伙。他甚至"想起自己从詹姆斯手中抢到那座房子，他感到十分惬意"，而同时令他不安的是，"自己出价是不是太高了"?[②] 这样的描写把人际关系的冷漠表现到了极致。从开卷看，作者似乎直抒胸臆，把家族间的恩怨、嫉妒与利益以近乎完美的叙述技巧充分地

① [英]约翰·高尔斯华绥：《福赛特世家》，韩芬译，吉林大学出版社 2000 年版，第 2 页。
② [英]约翰·高尔斯华绥：《福赛特世家》，韩夯译，吉林大学出版社 2000 年版，第 4 页。

表达出来。

而全书的中心人物——苏密斯,更是福赛特家族的典型代表。他把福赛特的家族传统很好地继承并发扬光大。在他眼中,自己最亲密的人生伴侣也只不过是财产的一部分。在书中他是这样出场的:“苏密斯和居住在这座伟大的伦敦城中千百个与他同属一个阶级、一个年代的开明人物一样……努力使自己的房子赶时髦。”①

他生活在这个差不多“十全十美的环境中”:男人追求的是某种投资,是为了自己的发展而经营,他所遵循的只有商业竞争的规律。他一定要达到尽善尽美,穿着考究,发型时髦。而在这一切的财产中,最令他满意的,当属伊莲。作为一件摆设,她的价值实现只是通过享尽清福和身材曼妙。

从开场的这两个主要人物看来,高尔斯华绥对福赛特一家的态度,甚至我们可以说,他对资本主义的态度是批判的。(事实上在他的很多作品特别是早期作品中这种批判是存在的,而且尤为明显)这与马尔库塞的批判现代资本主义的思想基本一致。

马尔库塞认为,资本主义的“消费控制”把人变为“单维人”,把不属于人的本性的物质需求和享受无限度的刺激结合起来,把“虚假的需求”当作无限制的需求而永无止境地追逐。福赛特一家对财产的追逐一刻也没有懈怠过。甚至到了第四代,他们成长的重要标志之一也是“花了一些钱”。

福赛特这一家族为什么会支离破碎?而他们最终的结局又如何?每个人都是富有的,而每个人又都是贫穷的。即便光环萦绕,他们也都有不足以对外人道的痛苦。

佐里恩富有、精明、善于算计,而作者在给予他财富的时候,也把孤独、疾病毫不留情地一并给予了这个即将离开人世的老头儿。在第一卷第七章有这样的描述:

> 老佐里恩孤身一人上哪儿去?总不成一个人跑到国外去,在海上航行他的肝可受不了,他又不喜欢住旅馆。罗杰到一处温泉疗养地去了,而他这种年纪的人不干这种事,这些时髦的地方全是骗人。
>
> 他用这些规矩捆住了自己,结果精神上一天比一天寂寞。脸上

① [英]约翰·高尔斯华绥:《福赛特世家》,韩芬译,吉林大学出版社2000年版,第24页。

的皱纹深了，平时那么坚强平静的脸，现在被忧郁占据着。[1]

像这样一个年迈体衰的老人，为何如此孤寂？儿子出走多年，居住在离家不远的地方，却从未去探望过。如此的一次私访，我们可以推测出多年来他并不是无忧无虑地尽情享受上层人士的生活，他是压抑的，是寂寞的。这种压抑寂寞积攒到最后势必要爆发。作者在这一点上又为老佐里恩这一形象描绘出了惊人的一笔。

“夏天的停留总未免太短太短了。”以引用莎士比亚的这句话为开端，高尔斯华绥为老佐里恩垂暮之年精心设计的恋情开始了，只是始终不变的还是女主角——伊莲。伊莲似乎成为全书“爱欲”的象征，在此时，她所发挥的作用是让老资本家（老佐里恩）身上作为本能的“爱欲”一股脑儿地发泄出来。而对“爱欲”的压抑也正是人本主义论者所反复批判的。或许我们可以这样认为：老佐里恩已经大限将至，他的“爱欲”的爆发无损资本家压抑的本性。而恰恰是这一次爆发把资本主义对人这种本性的压抑很好地揭露出来。美是人人都想要追的。在人将要离开人世的时候，即使是一个富有的、嗜财如命的资本家，也意识到金钱在美的面前显得那么苍白无力。

“如果在年轻的时候遇见你，我也许很可能做一个荒唐鬼。”老人的话语中包藏着他对爱情的渴望，他最终认识到了爱情的魔力。而老人自己也承认，在他心中，已经有了远远超出福赛特主义的地方。一个福赛特绝对不允许爱美而忘掉理智，而此时的老佐里恩却在心里产生了一种激荡。每一个震动都从他这具越来越薄的壳子里把人本主义中描述的资本主义对人本性的压抑在生命的终点释放了出来。这也许是对人性最好的展示。

下面对书中的核心人物苏密斯·福赛特进行分析。

开卷第五章中，作者向我们简单描述了他的近乎完美的福赛特式的生活。我们明白，他是财产的占有者。但这近乎完美的生活中，也有令其头疼之事。对一向被他视为财产的妻子，他毫无办法。此时的他感到困惑。他始终相信人生都是一样的结局，丈夫总会讨得妻子的欢心。可以这样说，在感情这一点上，他像新生儿一样单纯得一无所知。他要在她面前始终显示主人的身份。但我们可以看出，在金钱的背后，他一直在为自

---

① ［英］约翰·高尔斯华绥：《福赛特世家》，韩芬译，吉林大学出版社2000年版，第67页。

己的这段婚姻努力着，尽管他自己都不知道自己在这么做。先是建造房子，尽管结果促成了妻子的不光彩的婚外恋。而恋人的死促使了夫妻关系进一步恶化。他是痛苦的，他是寂寞的，他是矛盾的。让我们来看下面一段描写：

> 苏密斯心里想："痛苦啊，我这种痛苦何时了？……"
>
> 只要他能够顺从这种念头："跟她离婚——赶她出去！她已经忘记你了。忘掉她吧！"
>
> 只要他能够顺从这样的思想："放她走吧！她已经痛苦得够了！"
>
> 只要他能顺从这样的欲望："使她做你的奴隶——她是听你摆布的！"
>
> 甚至只要他能够顺从这种突如其来的领悟："这一切算得了什么呢！"
>
> 只要他能够有这么一分钟忘掉自己，忘掉自己的行动有什么关系，忘掉他不管怎样做都得有所牺牲。……[①]

作为一个财产的占有者，他不会舍得割让任何属于自己的东西。他之所以会想到放弃，是因为他痛苦，他为他的妻子痛苦，为自己的感情痛苦。他想压制自己的"爱欲"，想摆脱这种"爱欲"，但他欲罢不能。

后来故事的发展更说明了这一点。当他找到了一个理想的结婚对象——安妮特时，他原本以为自己的理想生活已经拉开序幕了。他对自己说只要自己和安妮特。这种想法是理智的，只有这么做他才能称得上是典型的福赛特人，并且他需要一个孩子来继承财产。故事发展到这里，就连读者也觉得他这么做是最理智的。因为我们在批评他的财产观时也会对他的遭遇和处境抱有一丝丝的同情。而这时的苏密斯却令我们失望了，这时他却在想："我已经到手了……可是我真的要她吗？"他明白她（安妮特）有风度，长得美，可是"他的脑子却溜到另外一个地方——灯光半明半暗，银色的墙壁，椴木钢琴，一个女人靠钢琴站着——这个女人的肩是他渴望知道的，而那双深褐色的眼睛是他渴望晓得的……正如一个艺术家总在追求那不可实现的，而且感到饥渴的东西一样，苏密斯这当儿心里也涌起一阵由于旧情从来没有得到满足而引起的饥渴"。于是他以收回

---

① ［英］约翰·高尔斯华绥：《福赛特世家》，韩芬译，吉林大学出版社 2000 年版，第 232 页。

财产这个借口抹去心底的热望，堂而皇之地去试探伊莲。理智的理由是对自己的交代，他一方面觉得这是在收回财产，而且自己已经愈来愈认识到自己一生中这一时期的重要性；他觉得非得采取行动不可。他还有一个冷静而理智的想法，那就是要留后代就要趁现在，要成家立业也要趁现在，否则只好死了这条心。然而在这种“虚假的需求”（也就是人本主义者所批判的“消费控制”）背后，更是有着受压抑的本性在驱使着他：“可是，与此同时，他对这个曾经热烈追求过的妻子，自从上次见面后，还暗含着一种欲望。”①

他多么渴望让妻子回头，看他千方百计的借口就一目了然。此时他又在想，让伊莲回来是最好的办法。他甚至决定原谅妻子的婚外恋情，希望用自己的行动来充分证明自己的既往不咎，尽自己的一切力量去博取她的欢心。然而，令人悲哀的是，资本家或者说福赛特的头脑，使他无法去正确理解自己的感情，他无法理解没有金钱的爱情为什么能够存在。也就是说，资本主义的消费观虽没抹杀他的“爱欲”，但也把他推入了无法改变的境地。就像他无法理解伊莲为什么会为波西尼这样的人着魔，他也无法正确解决自己的这份痴迷。他只是也只能做到把它归结为女人的神秘，但他所做的一切，对于一个处于这个时代、这个处境的资本家来说，已经是他所能达到的极致。

作者把苏密斯作为一个资本家所能拥有的财富都给予了他，把作为一个感性的人所能拥有的爱的潜能也毫不保留地给予了他。而他最后还是理智如初，娶了安妮特，失去了自己的挚爱伊莲。这种结局，在我看来，是作者意图的表达，是必然的。一个脱离了当时时代背景的读者，或许会对苏密斯这个渴望爱情，努力争取，费尽心机，到头来竹篮打水一场空的下场产生强烈的同情。实际上，这正是高尔斯华绥的精心设计之处。像他这样的资本家，已经被社会异化，无论爱的本性多么强烈，它最终还是会被现实所折服。

在通篇的人物当中，我们可以看出这两个人物是最令人关注的，是塑造得最成功的。伊莲作为贯穿始终的人物，只是一个人本质之中的“爱欲”本性的代表。几次两情相悦的爱情在这一宏大的主题面前只是零星点缀，锦上添花。老佐里恩证明了资本家是压抑的，这种压抑与年龄无

---

① ［英］约翰·高尔斯华绥：《福赛特世家》，韩芬译，吉林大学出版社 2000 年版，第 258 页。

关,只与资本家这一身份有关。而书中的核心人物苏密斯则揭示了核心主题。这种压抑,对于一个资本家来说,是无法解脱的。福赛特终究只能是福赛特。

### (九)《双城记》解读:西德尼·卡尔顿性格的成因及其结局的必然性

《双城记》是狄更斯众多作品中的一部。它以法国大革命为历史背景,演绎了一个荡气回肠的爱情故事。把它当作历史小说来解读,它是成功的,有其独到之处;把它作为爱情小说来解读,它是浪漫的,凄凉之中透着美丽。小说中的人物大都性格单一,尤其是在描写群众革命分子的时候,作者笔下的革命分子态度是极端的。与其他人物不同,小说中的主人公西德尼·卡尔顿的形象是丰满的。无论是从人物的性格、人物的经历,还是人物的结局,都出自作者的精心推敲。本书通过运用现代精神分析理论对西德尼人物性格的形成过程和成因的分析,能够论证此人命运发展的合理性,并以此来证明其结局(死亡)的必然性。

在小说中,西德尼·卡尔顿第一次出现是作为被告(查尔斯·达内)的证人出庭:“卡尔顿先生一副满不在乎的神气,几乎有点无礼。”

他没有绅士派头。在被告对他表示感激之时,他对被告的感激没有任何回应。取而代之的是,他理智地对这场审判的可能结果进行了分析:“这是最明智的希望,也是最可能的后果,不过,我认为陪审团退席会对你有利。”

由此可见,西德尼对法律程序至少是略知一二,这对以后他在法律方面才华的展现做了巧妙的铺垫。在现代人眼中,在处事方面,他在审判结束之时对莫奈特小姐的关心问候以及他觉察到的查尔斯·达内对莫奈特小姐的情意,而后对其情况向查尔斯作了交代,都表现出他是一个面面俱到的人。所以他一出场,便显现出了耀眼的光芒。但是,在达尔内获释对他表示感谢的时候,他却又表现得态度刻薄,甚至不可理喻。这一点可以证明西德尼内心的复杂,他并不同于狄更斯笔下的扁平人物,不同于本部小说中其他的人物,他的性格不是单一的。以下为西德尼和查尔斯在酒吧中的对话:

> “我认为你一直在喝酒,卡尔顿先生。”

"认为？你知道我是一直在喝酒。"

"既然我非回答不可，我的回答是：知道。"

"那你也必须明白我为什么喝酒。我是个绝望了的苦力，先生。我不关心世上任何人，也没有任何人关心我。"[①]

从以上的引文中可以明显看出他内心的复杂矛盾。他是压抑的，"绝望"道出了他痛苦的心声。在此，可以从心理学的角度去解读这个人物的内心世界。

本书中所运用的理论依据是弗洛伊德的心理防御机制。简单地说，心理防御机制所指的是自我的一种防卫功能，在很多时候，愿望与现实之间经常会有矛盾的冲突，这时人就会感到痛苦和焦虑。此理论的一些分支理论将在文中被引证。

从以上的对话可以看出，西德尼对现实充满绝望，痛苦万分。在书中，狄更斯也描述道："那是个很有才华、感情深厚的人，却无法施展自己的才能，用那才华和情感为自己获取幸福。"[②]

在此情况下，从心理分析角度来看，身处痛苦和绝望中时，人物的性格势必会发生很大的转变，甚至出现病态心理。而在小说中，随着故事的发展，他的心理问题也愈来愈明显。

比如，在现实的问题上，当查尔斯问及他的前途时，他的回答模棱两可，愈发显示出他的矛盾心理："也许可以，达尔内先生，也许不行。不过，别因为你那张清醒的面孔而得意。你还不知道会出现什么后果呢，晚安！"

在以后的一章中，狄更斯着重向我们展露了西德尼在法律界惊人的天赋（回应了前文的铺垫）。然而如此才华横溢的人，他却是消沉的，他宁愿做一只"豺狗"，却永远成不了"狮子"。作者并没有告知读者太多有关他的信息，他也许有过远大的抱负，也许有悲惨的过去，但有一点可以肯定，他的志向并不在于他所从事的法律"勾当"。他鄙视自己，他"内心有种废弃的力量"，周围确是"一片沙漠"。在他的眼前也常有"荣耀的壮志"、自我克制以及坚毅顽强所组成的海市蜃楼。在这种压抑的状态下，他势必会出现一系列的心理反应。这些反应看似矛盾，实质上是有根可

① ［英］查尔斯·狄更斯：《双城记》，张玲译，上海译文出版社 2003 年版，第 85 页。

② ［英］查尔斯·狄更斯：《双城记》，张玲译，上海译文出版社 2003 年版，第 93 页。

循的。例如：

> 这个奇怪的家伙单独留了下来。他拿起一支蜡烛，走到墙上的镜子面前，细细地打量镜子里的自己。
>
> “你特别喜欢这个人么？”他对着自己的影子喃喃地说，“你凭什么要特别喜欢一个长得像你的人？你知道你自己并不爱他啊，滚蛋吧！你让自己发生了多大的变化！好一个理由，居然让你喜欢上了一个人，只不过他让你看到了你追求不到的东西，看到了你可能变成的样子！你若跟他交换地位，你能像他一样受到那双蓝眼睛的青睐么？能像他一样得到那一张激动的脸儿的同情么？算了，说穿了吧，你恨他！”①

以上是达尔内和西德尼在酒吧碰面后，西德尼的内心独白。而在以后的章节中，一个令人费解的现象出现了：我们可以清楚地看到西德尼对达尔内表示了好感，并希望与其做朋友。

> “达尔内先生”，卡尔顿说，“我希望我们能成为朋友。”
>
> “我们已经是朋友了，我希望。”
>
> “作为一种客套，你这说法倒是不错，不过，我指的并非礼貌上的说法。实际上我希望做的并不是那种意义上的朋友。”
>
> 查尔斯·达尔内自然要问他那是什么意思——同时很快活，也很亲切。
>
> “我以生命发誓，”卡尔顿微笑说，“我觉得在自己心里懂得那意思要比传达到你的心里容易。不过，我愿意试一试。你记得我有一回酒后失态么？”
>
> “我记得有一回你逼我承认说你喝醉了酒。”
>
> “我也记得。酒醒之后那内疚总压在我心里，使我久久难忘。我希望有一天——在我的生命全部结束的时候——能做一番交代！别紧张，我并没有说教的打算。”②

是否在此时他已经为自己的命运做了安排？或许他已经作出了在迫

① [英]查尔斯·狄更斯：《双城记》，张玲译，上海译文出版社2003年版，第92页。

② [英]查尔斯·狄更斯：《双城记》，张玲译，上海译文出版社2003年版，第235页。

不得已的情况下牺牲自己的决定。接着下面的对话：

> "啊！"卡尔顿随意挥了挥手，好像要把那紧张挥走。"在我刚才说起的那次酒醉时，那一次（你知道那是我很多次中的一次）我在喜欢或是不喜欢你的问题上表现得很恶劣。我希望你把那件事忘掉。"
>
> "我早就把它忘掉了。"
>
> "又玩形式了不是！达尔内先生，要永远遗忘在我可不是那么容易的，并不像你所说的那么轻松。我没有忘记，轻描淡写的回答也不能帮助我忘记。"
>
> "若是我那回答太轻描淡写，"达尔内回答，"我求你原谅。一件无足轻重的事我只能忘掉，可你却为它那么难过，这叫我非常意外。我以正直人的信念向你保证，我确实早就把那事忘光了。天啦，那样的事有什么值得计较的！你那天帮了我那么大的忙，难道不是我最不能忘记的大事么？"
>
> "至于那个大忙，"卡尔顿说，"既然你说得那么郑重其事，我倒不能不向你发誓，那只不过是一种手法，为了耸人听闻而已。至于那对你会起什么作用，我当时并没放在心上。注意！我说的是在那时，指的是过去。"
>
> "你是在贬低你对我的恩德，"达尔内回答，"不过我不愿跟你这样的贬低进行争辩。"……
>
> "我还从来不知道你那'绝不会'呢。"
>
> "可是我知道，你得相信我。好了！如果你能容忍这样一个没出息的、名声不好的人偶然来坐坐，我倒希望你给我一点特权，让我不时来走动走动。我希望能被当作一件没有用的（若不是因为我对我俩外形的相似的发现，我倒想加一句话：不能为厅堂增色的）家具，因为多年使用，所以受到容忍，虽然并不受到注意。我怀疑自己说不定会辜负你的允诺。我怀疑我在一年之内会不会使用这种特权四次（那可能性我估计还不到百分之一）。但我敢说，只要你允许了我，我就心满意足了。"①

这一段看似平常的对话隐含了许多有价值的信息。对话的大意是西

---

① ［英］查尔斯·狄更斯：《双城记》，张玲译，上海译文出版社 2003 年版，第 236～237 页。

德尼对查尔斯表达了他做朋友的诚意。那么在此之前他为什么要否认自己喜欢查尔斯呢？这仅仅是性格上的难以用理性思维去解释的矛盾吗？在精神分析文论中，我们可以找到答案。在自我防御机制中，如果面对自己不想或不能接受的现实，就会以保护自我的形式出现。这种心理通常表现为短期内有意或无意地拒绝承认那些令自己不愉快的现实。在此，也许可以这样认为：西德尼在一开始对于自己对查尔斯产生的好感表示厌恶和不接受。而当一个人的某种观念不能被超我所接受时，就被潜抑到无意识中去，这是一种不自觉的主动抑制。由此可以得出，以前的西德尼一直在抑制自己的感受。达尔内所说的"那么难过"，一语道破了西德尼内心的痛苦挣扎。而在查尔斯眼中的大事，在西德尼的心目中，与其精神上所受的折磨相比，不值得一提。

从以上的引文还可以看出，他是有意识地回避对查尔斯的喜爱的。同样的现象在他身上还表现在他对斯特莱佛要向曼内特小姐求婚的问题的态度上。

> 西德尼·卡尔顿迅速地喝着酒——望着他的朋友大口大口地喝着。
>
> "现在你全知道了，西德尼，"斯特莱佛先生说，"我不在乎财产，她是个迷人的姑娘，我已下定了决心要让自己快乐。总之，我认为我有条件让自己快乐。她嫁给我就是嫁给一个殷实富裕的人、一个迅速上升的人、一个颇有声望的人：这对她是一种好运，而她又是配得上好运的。你大吃一惊了么？"
>
> 卡尔顿仍然喝着五味酒，回答道，"我为什么要大吃一惊？"
>
> "你赞成么？"
>
> 卡尔顿仍然喝着五味酒，回答道，"我为什么要不赞成？"①

显然他对自己的感情也是回避的。他从没有想过在感情问题上为自己争取幸福。在后来的日子里，他慢慢接受了这两个事实，这为以后小说的发展起到了至关重要的作用。

在书中有一段感人肺腑的独白：

> 我的最后请求是这样的——提出它之后，我就让你摆脱一个我

① ［英］查尔斯·狄更斯：《双城记》，张玲译，上海译文出版社2003年版，第98页。

深知跟你毫无共鸣的、无法沟通的客人。我虽知道说也无用，但也知道我的话出自灵魂。我愿为你和为你所爱的人做任何事。若是我的事业条件较优，有作出牺牲的机会或能力，我愿抓住一切机会为你和你所爱的人作出任何牺牲。在你心平气和时请记住：我说这话时是热情的、真挚的。你将建立起新的关系，那日子已经不远。那关系将会更加温情而有力地把你跟你所装点经营的家联结在一起——一个永远为你增光、令你幸福的最亲密的关系。啊，曼内特小姐，在一个跟他幸福的父亲长相一样的小生命抬起头来望着你的脸时，在你看到你自己光彩照人的美貌重新出现在你的脚下时，请不时地想起有这么一个人，他为了让你所爱的人留在你的身边是不惜牺牲他的生命的。①

也许可以说，他最终勇于面对自己的感情（无论是友情还是爱情），但这并不意味着他可以彻底从中解脱出来。他打算为别人作出任何牺牲，而且他也做到了。我们说他是伟大的，是忘我的。如果说这仅仅是为了爱情，那么这也是肤浅的解释。把《双城记》当成爱情小说来解读，那么他的行为仅仅是爱情的发泄，是一时感情冲动所至而已。可是，如果从精神分析的角度来解读，可以这样说，他的牺牲甚至死亡，都是必然的。

西德尼是无法得到他所爱的曼内特小姐的，而他的身份处境也不允许他成为和查尔斯一样受社会欢迎的人。他的内心是痛苦的，他无疑想摆脱这种痛苦。而他也想实现自己的愿望。在自我防御机制中，当自己的愿望无法通过自己来实现的时候，人们就会将自己的愿望通过他人来实现。可以说，西德尼选择了这么做，既能逃避自我的责任，又能免除自身的痛苦。他死得那么义无反顾，有其感人的一面，就是大家所看到的，他是为了自己的情敌而死。可是，他为什么会为查尔斯死，这里面有着多重的原因。

首先，爱情是最显而易见的因素。避免让自己所爱的人受伤，这是人之常情。但这一点毫无新意，只能证明狄更斯所描写的是一个痴情汉而已。而在此背后，有没有更深刻的原因？

西德尼在整部小说中是一个始终郁郁寡欢、英雄无用武之地的人物形象，他也是有血有肉的人，有自己的愿望，有自己的生活方式。在最后，

① [英]查尔斯·狄更斯：《双城记》，张玲译，上海译文出版社 2003 年，第 131～132 页。

他更是积极地营救查尔斯,他的聪明才智得到了尽情的发挥。这也是一种心理上的满足。他知道他所做的一切,是为了救查尔斯,而救查尔斯的目的,除了爱情之外,也是自我愿望实现的需要。他对查尔斯所拥有的一切是羡慕的。从以上的引文中可以看到,他对查尔斯是多么喜爱有加,他也向查尔斯表露过自己会为其牺牲的可能性。虽然狄更斯对西德尼的身世背景没有详尽的描述,但我们可以看出,他是被现实所迫,没有机会实现自己的理想,没有机会追求自己的爱情。而这一切查尔斯都可以做到,查尔斯拥有自己所爱的人,拥有一份被社会所认可的职业,查尔斯的生活正是西德尼所向往的。如果可以让查尔斯活下去,他的理想就能得以实现。查尔斯是他理想的影子。他将自己的梦想投射在查尔斯身上,把自己的死亡看作重生。所以他并不畏惧,没有遗憾。

综上所述,西德尼·卡尔顿并不单单是一个为情所困以致最后为爱献身的多情种,狄更斯在刻画这个人物时给他注入了新鲜的血液,他是一个内心复杂、精神困惑的落魄才子。自始至终,他都在自我的精神世界里挣扎,想寻求一个令自己解脱的途径,让自己的人生价值尽可能得以实现。他的每一步行动都不是偶然的,他的精神病变也许是真正导致他自我牺牲的根源,爱情只是导致这一悲剧结局的表面因素。

## (十)是敌是友——浅谈文学与语言学在研究过程中的冲突与联系

### 1. 文学语言中的偏离现象

乔姆斯基在他的语言学理论中提出过一个句子地位的问题。如:Colorless green idea sleep furiously. 在这里,我们得到了一个字符串,从语法角度来说它是“可以接受的”;但同时又很难被认为是一次有意义的语言运用,因为它没有实现英语作为交际语言这一个基本特征,并且也很难找到一个恰当的语境去使用它。

文学研究者们对于一个偏离日常使用方法的句子的反应可能会不尽相同。以上句子的语言形式离我们所学习的、认可的,甚至崇尚的语言形式并不遥远。再比如以下的陈述形式:

Her fist of a face died clenched on a round pain.

或者:

No, I'll not, carrion comfort, despair, not feast on thee.

在以上两句中,语法结构是正常的,但几乎所有的功能词都没有以我们所熟悉的方式出现。

### 2. 文学语言中的歧义现象

乔姆斯基以及他的追随者们也对语言陈述中的歧义现象给予了很大关注。早期的IC分析法(Immediate Constituent)不能给句子以清晰的释义:

The police were ordered to stop drinking after midnight.

这个句子有四种可能的释义,但只有一种可以引导改述的深层分析。在日常使用中,我们把语言的这种不确定性视为是不受欢迎的,因而极力避免此类现象的发生。

有这样一种语篇存在:在这些语篇中运用的一些评价性词汇(如clever, interesting, brilliant 等)在不同语境中的含义会有所不同,甚至大相径庭,从而引发了产生歧义的可能性。我们把汤姆斯、霍普金斯和济慈规划到"文学"领域,当我们在讨论这些前人留给我们的带有歧义的文本作品时,可以认为这种歧义的产生是合乎情理的。但是值得注意的是,我们的这种"宽容"不能拓展到他们的其他形式的文本中,例如信函、评论性文章等等。

### 3. 文学作品的界定

什么是文学? 在我们阅读关于此类话题的语言文本的时候,会找到一个(或许不止一个)答案。但是,有一点是肯定的:当我们探讨文学的范畴时,没有人会把烹调书、电话簿、行政法案或旅游指南包括在内,虽然它们也是书面的,也是语言研究者感兴趣的东西。

一个文体是否为文学作品的区分总是不很清晰。没有一个完美无缺的测试来界定所有的文本是不是文学作品,也不可能划定一条明确的界线——一端是毫无争议的文学作品,另一端是不能被称为文学的文本组成的一个更为庞大的语料库。所以,总会有这样一个区域存在,评论家们对其间的文本是否是"文学"不置可否。对于一个社会的文学形成来说,有两个特点是显而易见的:

一是作家所使用的语篇框架结构。他会利用一种方法(或形式),围绕着一个话题，来组织想要表达的内容。而且他所使用的方式已被其他作家用过，并且已被评论家们视为是体裁(genre)的一种。如班扬(John Bunyan)的《天路历程》(*The Pilgrim's Progress*)倾向于散文寓言(prose allegory)，而弥尔顿(John Milton)则选择了史诗(epic verse)这一形式来完成他的旷世奇作《失乐园》(*Paradise Lost*)。

当我们谈论文学的另一特点时，不得不引入一个名词：想象(imagination)。意义并不局限于幻想出来的东西，甚至可以说它不受塑造的人物和故事的情节这些并非“真实”存在的东西的限制。语篇融入了想象的话语，使文中词语的涵义超出了日常使用的意义范畴，因而能够传达所指意义(referential meaning)。一部文学作品中，包含一些实实在在的信息，也可能有一些可将其所指含义进一步阐释成平实散文的意味深长的内容存在。然而一经阐释，将会比原文“少了些什么”，它必定会“失去”一些可能是无法言明的东西。失去了它，文章就变得平淡乏味。

文学，不同于它所属的语言群体的所谓“正常的”或“日常的”语言使用范畴。相比之下，文学语言的使用者会更加精心地去挑选、使用语言，这也是一般语言使用者所不能也不愿去尝试的。

**4. 关于语言学的研究范畴**

与文学不同，对“语言学是什么”这个问题我们可以用几个字概括。简单地说，语言学的研究就是把语言看作一种值得观察研究的人类行为现象，从整体上和针对某种语言(如汉语、英语、法语等)进行研究。很显然，文学是利用语言学研究的一般材料创作出的东西，并在某种程度上与之有关联，它与语言学的这种关联是其他的艺术形式(如音乐、绘画)达不到的。语言学对所有形式的语言使用都感兴趣，而且不论是何种形式的使用，语法的或实际中的应用，都受一种潜在“规则”的支配。在整个语言体系中，文学只是占据了一块小小的领域，并且已被证实这还是一块非同寻常的领域。

**5. 语言研究与文学创作的冲突**

对语言学家是否应该避开文学语言创造的问题的讨论在现代语言学中十分盛行。费迪南·索绪尔(Ferdinand de Saussure)坚持日常话语使用的首要地位，对书面语言则很少关注。他的得意门生，被我们称作“文体学(stylistics)"系统研究创始人的查尔斯·贝利(Charles Bally),同样也没有给予文学以足够的重视。

里奥纳多·布卢姆菲尔德(Leonard Bloomfield)虽以一个学者的角度去看待文学的文化价值,但并没有给文学研究以像他给语言学研究一样高的评价:文学偏离一般的标准太远,与(新生语言学家竭力想要抛于脑后的)经典的结合使其伤风败俗。

文学语言为语言学研究提供了一种语料库资源。正如我们所看到的,文学语言在某些方面的确偏离了语言学家所关注的"正统"领域。文学语言几乎都是书面的、关于过去的;它呈现了自己独有的特征,这些特征在其他语言表现领域是找不到的。更值得我们关注的一点是:文学是人类的杰作,正是运用这种语言技巧,世世代代的生活画面才能永存下来。

文学家也要讲究合作原则。姑且不论近年来许多语言学、文学造诣颇深的作家创作的优秀评论性文章,文学界人士仍旧还是普遍不赞成语言学对文学的切入。他们认为语言学"科学味道过于浓厚":它的数学图表和晦涩难懂的术语、它的依据实验观察的理论发展观、它对"好"与"坏"等评价性词汇的拒绝使用,所有这一切,使传统的文学家不得不敬而远之。

### 6. 密不可分的语言学与文学

正是由于有这样那样的争论性极强的问题的存在,文学批评才能够永久地持续下去。

这并不意味着所有的批评方法都要不失时机地新旧更替。无论进行何种研究,都不能改变文学的真谛。从某种程度上看,恰恰是文学批评不合理地利用了文学材料。对文学研究的态度应是适当关注,而不是过于专注其中。Frank Palmer 的观点恰当地说明了这一点。

他认为,从来就没有哪位语言学家试图从语言学角度去研究文学的艺术价值,因为这样做甚至比单凭仔细研究乐谱来界定音乐的欣赏价值还要荒谬。然而,与日常使用的话语一样,文学也是语言的一种形式,所以即使有些人认为对诗歌进行语言分析是一种亵渎,文学总还是语言学研究的一个课题。

**7. 结语**

因此，我们应当坚信，不论是文学还是语言学，当双方的研究涉及对方的领域时，总是不无裨益。选择这样的研究态度对双方来说都是有帮助的。但是有一点需要铭记在心：语言学发展到今天，已经成为一门自主学科，但并不是说它的所有分支都是同源的。它包含很多学派、理论和方法论。可以这样说，没有哪一个语言学家会精通其中的每一个领域。我们可以这样设想：不论是哪一种研究方法，只要对文学文本的研究有帮助，那么它就应当被毫无偏见地应用到文学研究中去。我相信，这个方法将适用于任何一门语言以及它所辖的文学作品。

最后要说的一点是，文学的最终产物——文本，总是值得我们从语言的角度去研究的。从文学的定义来看，文学是语言使用的艺术，但每个文本的创作可能源于各种不同的动因。它可以是突发历史事件引发的创作，也可能源于一次情感经历，或者是出于一股发自内心的针砭时弊、改革社会的强烈欲望。文学作品的胚胎也是种类繁多：它可以是一首脍炙人口的韵律诗，也可以是一连串的声音符号；可以是一些不经加工就无法作语言分析的字符配置，也可以是一种视觉意象。不论源于何种形式，当它成为一部“文学作品”的一刹那，就与语言学以及语言研究结下了不解之缘。

# 结 语

威廉·尼克尔森说过:“我们读书,然后知道自己并不孤单。”简·奥斯汀也表示:“没有什么能比阅读更能愉悦身心!”在科技高度发展、竞争日趋激烈的当代社会中,人人压力倍增。在高压环境中生存的人们将不可避免地面临各种阻碍、变更、挑战、性格冲突以及失望、沮丧。当受到来自各方面的过分的精神困扰时,人们就会在思想上感到迷失,无法从自身的生活、工作中得到有用的经验,看到有利的价值。正如海文赫斯特所阐述的那样,人的成长、发展是个极其复杂的过程。在这个过程中,我们将会面临各项需要完成的任务。例如,与周围的人建立比较成熟的关系;实现具有自己性别特征的社会角色;成年人需要达到情感独立;准备适应能够为自己提供经济来源的职业生涯;有社会责任感并且愿意为社会服务等等。①

阅读通常是一种个人行为。弥尔顿说,书籍并不是没有生命的东西,它包藏着一种生命的潜力,与作者同样地活跃。不仅如此,它还像一个宝瓶,把作者生机勃勃的智慧中最纯净的精华保存起来。透过阅读,作者的经验和感知在文本(或其他媒介)中与读者的感知交融。尽管如此,在课堂环境中分享一本书,或以小组形式阅读同一本书,也有着不容小觑的价值。这种行为可以启发读者对阅读材料进行更为深刻的品味和理解,也可以使每位读者对阅读材料的回应更为细腻和精确。

阅读疗法能够帮助在情感和发展上有一定困难的人群,也能够帮助

---

① Jacuelyn W. Stephens, *A Practive Guide in the Use of Implementation of Bibliotherapy*, New York: Great Neck, 1981, p. 10.

他们处理个人遭遇的社会问题。正如都德所说，书籍是最好的朋友。当生活中遇到任何困难的时候，你都可以向它求助，它永远不会背弃你。阅读疗法用途很广，效果可观，应当受到重视，并且作为一种课堂管理的有效手段在课堂教学和学校教育中得到发展。从情感角度来看，心理压力甚至是心理创伤，都是目前人们，特别是学生，面临的极为严重的心理障碍。教育者可以通过课堂手段，借用阅读材料，控制、改善学生面临的心理问题，最终帮助他们解决个人和社会问题。通过阅读的形式使他们不仅拥有了良好的知识装备，也使他们在将来走向社会之后能更好地适应社会，应对迎面而来的各种挑战。特别是对学生来说，诸如来自同辈的压力、过高的自我期待、来自于家庭的过高期待、人际关系处理不当等原因将会使他们遭受不同程度的情感困扰。这些情感困扰包括伤心、沮丧、迷离、困惑、悲痛、胆怯、孤独、忧虑、自责、自哀、憎恶、妒忌等。因此，及时疏导内心的不良情绪是适当缓解精神、心理压力的必要和有效措施。医疗机构和心理咨询机构可以提供专业指导，然而，对于较轻程度的情感问题的处理可以采取自助形式。对学校教育来说，引导教育也是一个重要的教育目标。如果有社会发展和情感问题的人群不能被及时引导，其身心会受到不同程度的危害，更有甚者可能会危害社会。

如何解决诸如此类的问题？阅读疗法已经成为一种广为人知并得到了广泛认可的可以减缓甚至解决人们情感和社会发展问题的方法。阅读不仅可以提高读者的阅读水平和阅读技巧，更能够促进个人的社会适应和社会发展。读者可以利用文本（特别是文学作品）取得有用的人生经验，为自己的问题找到解决方法，增长认知能力、社会经验和人生智慧，至少避免心理问题的进一步发展。因此，学校教学实践中，应当把阅读与性格塑造和社会发展教育融会贯通。

无论作为一种“艺术”来看，还是作为一门“科学”来讲，阅读都是极其重要的。如果专业和业余的阅读疗法实施者能够在将来提供更好的阅读推荐和指导，对读者进行详尽地研究，充分利用自己的人格魅力（如想象力和幽默感）为读者服务，读者将受益无穷。

# 附录:高校学生阅读感悟

## 一、《平凡的世界》

作者　路遥

推荐者1　性别:男　年龄:24岁　专业:化学工程

人活着要有坚定的信念、对梦想的执着、面对困难和敢于拼搏的勇气。人活着这个世界上,不可能总是一帆风顺。如同书中的人物孙玉厚不去参加儿子孙少安的砖窑"点火"仪式,他说生怕大红后出问题最后丢了全家人的脸。穷怕了的孙少安是要继续坚持还是平平淡淡继续如是的生活?平平凡凡的一家,经历着世上几乎每家都会经历的坎坷,形式虽有所不同,但困难总会出现。

最发人深思的一句话当属孙少安所说的"梦想还是要有的,万一实现了呢?"他继续搞承包、办工厂,甚至整个双水村的日子都红火起来;而孙少平走出了农村,如愿做了城里的工人,过上了拿薪水的日子。而这一切的一切,无不是经历了各式各样的变故、各式各样的阻力后才实现的。过去穷不代表以后穷,穷的病根也会铲除。倘若两个孩子当初听了孙玉厚的劝告,"穷的命根本摆脱不掉",继续在黄土高原本本分分认命耕种,估计仍旧会过着领公分的日子了。

成功的路上总有阻碍,作为父母一辈在思想上和子女会有所差距,但对于自己的未来要有信心,坚定自我,方得始终。

推荐者2　性别:女　年龄:23岁　专业:化学工程

《平凡的世界》的故事情节非常吸引人。主人公对待生活的态度也很打动人。孙少安那种在艰苦环境下不屈不挠、奋力抗争、努力追求自己想要的生活的精神,以及为人朴实憨厚、真诚待人的性格特点给我以深深的启发。

推荐者 3　性别:女　年龄:23 岁　专业:化学工程

大千世界,芸芸众生,各有所求。在当今的世界上,不同社会中的人们大都在为着名与利而奋斗,或者迷失了自我,或者忽视了人身上某些宝贵的品质。这本书用简朴的形象唤醒了我对人性的认知。平凡其实也是一种别样的精彩。

推荐者 4　性别:女　年龄:24 岁　专业:化学工程

这本书是震撼心灵的生活写照,能引起读者的强烈共鸣。很多话语令人印象深刻,如:"既不懈地追求生活,又不敢奢望生活过多的酬报和宠爱,理智而清醒地面对现实。这也许是所有从农村走出来的知识阶层所共有的一种心态。"

推荐者 5　性别:女　年龄:22 岁　专业:化学工程

《平凡的世界》全书背景宏大广阔,书中矛盾纠葛复杂,刻画了社会各阶层中众多普通人的形象,展示了普通人在大时代历史进程中所走过的艰难曲折的道路。虽然一言难尽,但是不可否认的是,此书对我的影响和触动很大。

推荐者 6　性别:女　年龄:22 岁　专业:化学工程

虽然这本书已经读过好长时间了,但对我来说依然印象深刻。书中的每一个人物都有着不同的生活方式和处世方式。主人公在贫困生活中的挣扎和对美好感情的追求对我产生了很深的激励作用。书中人物年轻时和年长后的变化也反映出世事的无常,对读者也有警醒的作用。当然,生命的脆弱,或是人生在世的种种身不由己,让人感到种种的无奈。但是最后,孙少平的一生给我带来的最大感想就是:人生需要不断地奋斗和追求。

推荐者 7　性别:男　年龄:25 岁　专业:生物工程

这本书我前后读过两遍,也看了改编成的电视剧。它带给我最大的感受就是:人们理解什么是苦难和平凡。作者成功地描绘了一个平凡的世界,以及在这个世界中一群平凡的人们的生活。只有认真对待生活,才能得到生活最真诚的回报。每个人都有一条属于自己的生活道路;每个人的生活和每次的人生选择都很艰难。但是,既然作出了选择,就要义无反顾地走下去,无怨无悔地付出。生活岂能尽如人意,但求无愧于心。

推荐者8 性别:女 年龄:23岁 专业:生物工程

这本书带给我最大的感触就是主人公孙少安、孙少平那种顽强、坚韧地应对艰苦生活的精神,以及他们永远不向生活低头的态度。人们经常说,一个人不可以改变自己的出身,但是我们可以改变自己以及自己的生活方式。

尤其是孙少安,他是一个有担当,讲义气,充满正能量的人。在面对亲情、爱情、友情的艰难选择时,他毅然作出委屈自己、成就他人的决定。我十分欣赏,也很钦佩这类人。

## 二、《钢铁是怎样炼成的》

作者 [前苏联]尼古拉·奥斯特洛夫斯基

推荐者1 性别:男 年龄:21岁 专业:工业工程

这本书是我高中时候接触的。迄今为止,每读一次,对我而言都是一种精神洗礼。我为主人公坚强乐观的意志所折服,这使我变得更加坚韧。它是督促我前进的动力。

推荐者2 性别:女 年龄:25岁 专业:生物工程

喜欢这本书主要是因为保尔·柯察金的人生经历能够给我鼓励,让我觉得人生的命运主要还是掌握在自己手中的。主人公保尔的品质很值得我去学习,让我由心底尊敬和崇拜他,并给我以力量。

## 三、Robinson Crusoe《鲁滨逊漂流记》

作者 [英]Daniel Defoe

推荐者1 性别:男 年龄:25岁 专业:工业工程

本人的英文阅读能力并不是太好,刚翻开这本英文书籍的时候,确实有种手足无措的感觉。阅读的过程虽然磕磕碰碰,但最终还是坚持了下来,对于故事的情节有了了解,与读汉语译本的书籍是一种完全不同的体验。读完后有着深深的满足感,不仅对书中这个对生活充满激情,在荒岛上毅然活得精彩纷呈并用自己的文明征服野蛮人的主人公鲁滨逊深深赞叹,也使我的英语学习能力有了很大的改观。这本书提醒我,要乐观坚持,有始有终,这是我前进道路上的指明灯。

推荐者 2　性别:男　年龄:26 岁　专业:化学工程

主人公从小便具有探险的欲望。在来自父母、社会和自己内心的压力下,去冒险的欲望反而变得更加强烈。即使在遭遇几次海难侥幸存活,没过多久他又会期待下一次的冒险。在被困荒岛之后,他也并没有消极悲观,反而是利用所有能利用的东西在荒岛生活数十年。主人公这种勇于探险、在逆境中保持乐观、平稳的心态以及在任何时候都不放弃希望的精神值得学习。

## 四、《水浒传》

作者　施耐庵

推荐者性别:男　年龄:24 岁　专业:工业工程

作为一名山东人,耳濡目染,从小就对梁山好汉充满了好奇与敬畏。尤其对作为男孩子的我来讲,这种英雄主义形象有着致命的吸引力。书中好汉上梁山、劫富济贫的善举吸引着我,至今还经常翻阅。这部经典伴随了我的成长,带给我梦想与欢乐,是我生活中不可缺少的精神食粮。

## 五、Steve Jobs: A Biography(《史蒂夫·乔布斯传》)

作者　Walter Isaacson

推荐者性别:男　年龄:23 岁　专业:工业工程

从内容来看,本书以乔布斯的生平为线索,作者直率地表达了对为乔布斯写传记从开始的不情愿到后来的主动去写的心理变化,并把乔布斯坎坷的人生经历描述得很清晰:被父母遗弃,虽从小就有很强的创造性却同时也很狂妄自大,在苹果公司成立后甚至一意孤行,最终被排挤出了公司;屡屡受挫磨钝了他的棱角,等再次进入苹果公司的时候,他已经不再是那个心高气傲的乔布斯了。书中的人物心理刻画得细腻复杂,是一部不可多得的理智处世之书。英文原著看起来舒服地道,简单的词汇却有着灵活的运用,为文本增色不少。

### 六、《你的孤独,虽败犹荣》

作者 刘同

推荐者性别:女 年龄:22 岁 专业:化学工程

本书围绕年轻人具有共鸣的话题——孤独展开创作。用 33 个真实动人的故事讲述了形式各异但都能触动内心的孤独。我们要直面孤独,享受孤独,不要害怕、彷徨。这本书给现在压力过大的年轻人以精神力量。

### 七、《活着》

作者 余华

推荐者 1 性别:男 年龄:24 岁 专业:工业工程

此书讲述了在社会变革背景下,徐福贵一家的苦难故事。这本书使我们了解了活着是一件多么不易又值得珍惜的事情,我们要努力地活着,了解生命的厚重,肩负起自己该有的责任。

推荐者 2 性别:男 年龄:23 岁 专业:电子与通信工程

无论生活有多艰难,我们都要活着,也都得过着。没有什么比活着更艰难,也没有什么比活着更美好。

推荐者 3 性别:女 年龄:23 岁 专业:生物工程

余华是我非常喜欢的一位作家。他的书我看过很多,除了《活着》,像《在细雨中呐喊》《许三观卖血记》和《兄弟》,都让我印象深刻。而《活着》作为原型被多次搬上荧幕。其中,令我感触最深的便是作者对徐福贵的一生的描写,让我感受到了生活的真实,同时也感觉到了活着的痛苦。但是,痛苦之后,便是我对人生的思考。在很长一段时间内,这本书所带给我的力量是不可言喻的。人生,注定充满曲折坎坷,而我只有直面苦难和挑战,才能实现活着的意义和追求。

## 八、《白夜行》

作者 [日]东野圭吾

推荐者性别:男 年龄:23 岁 专业:化学工程

《白夜行》中复杂的人物关系、缜密的逻辑和合理的故事构思深深地吸引了我。故事从开头到结束十余年的跨度,似有似无的结尾给我留下了极大的思考空间,这也是这本书的魅力所在。读的过程充满了刺激,使人兴奋,给我带来了极大的心灵震撼。

## 九、《撒哈拉的故事》

作者 三毛

推荐者性别:女 年龄:23 岁 专业:化学工程

书里面那个坚强无畏、勇敢追求自己想要的生活的三毛一直激励着我勇敢地面对生活中的逆境,并诗意地栖居。

## 十、《飘》(《乱世佳人》)

作者 [美]玛格丽特·米切尔

推荐者1 性别:女 年龄:23 岁 专业:化学工程

本书给我带来最大的感悟是唯有信念可以作为一个人的支撑。把希望留给明天,珍惜当下,不要执着于“得不到才是最好的”这种感受。抓住机遇,不要让幸福从指尖溜走。

推荐者2 性别:女 年龄:23 岁 专业:化学工程

这是一部令我印象最为深刻的小说。起先看的是电影《乱世佳人》,我被震撼了。由于很欣赏主人公斯嘉丽——一个勇敢而又不被世俗传统约束的女性,就从书店将书买了回来。我喜欢在深夜看书,夜深人静,能给我带来更多的思考。书中斯嘉丽从一个无忧无虑的庄园公主到经历战争后一无所有,所有人生变故都没能让她气馁。她勇敢向生活挑战、抗争,她的人格魅力令人折服。当然,她也有不如意的选择。例如,她的爱情、婚姻很失败。到最后她才明白,自己得不到的那份爱情并不是自己真正想要的。后来在瑞特离开后她才明白,原来自己所爱的一直都在身边。这本小说令我明白了生活中都有不如意的事情。每当我遇到困难就会想到斯嘉丽,一个无所畏惧的女性,为我带来勇气和希望。

推荐者 3　性别:女　年龄 24 岁　专业:生物工程

《飘》中的主人公斯嘉丽虽人性却不乏勇气;她的吃苦耐劳、对事情的执着信念,都是值得借鉴学习的特征,更加激励着我去做自己想要做的事情。

## 十一、《安徒生童话》

作者　[丹麦]汉·克·安徒生

推荐者 1　性别:男　年龄:24 岁　专业:化学工程

虽然距离第一次看这本童话已经有好长一段时间,但是不得不说,这本书于我有着无可替代的启蒙意义。它让我明白对生活要充满希望,内心向善,坚持心底的向往就能拥有美好的生活。对于已经成年的我来说,它亦是精神低迷时的疗伤良药。

推荐者 2　性别:男　年龄:24 岁　专业:生物工程

这是我接触到的第一部童年读物。还记得那是一次考试成绩好,父母作为奖励特地买给我的。当时看到里面的童话故事觉得特别有趣,尤其是《丑小鸭》《拇指姑娘》和《皇帝的新装》,是宝贵的快乐的童年回忆,每每回想起来我都会变得心情愉快。

## 十二、《追风筝的人》

作者　[阿富汗]卡勒德·胡赛尼(Khaled Hosseini)

推荐者性别:男　年龄:23 岁　专业:化学工程

这本书记载的是一段心路历程。我为书中不同阶级的两个男孩之间的友情所深深打动。特别是主人公在认识到自己的错误以及事后的心理变化,他对有人的“赎罪”、寻求心灵的救赎对我来说是一次情感的洗礼。

## 十三、《三国演义》

作者 罗贯中

推荐者性别:男 年龄:22 岁 专业:化学工程

这部经典巨著展现出一幅波澜壮阔的史诗画卷,对战争、谋略、智慧以及人性描绘得淋漓尽致。阅读此书,会给人带来人生的启迪。同样,阅读之后,我们会更加懂得珍惜和平生活的美好和来之不易。

## 十四、《狼图腾》

作者 姜戎

推荐者 1 性别:男 年龄:22 岁 专业:化学工程

这本书带给我最大的触动就是草原狼或者蒙古狼的智慧,以及始终保持自己本性、维护狼本身的尊严的孤傲。主人公从一开始的掏狼窝、养狼崽的好奇,到最后尊重狼的习性和维护狼的尊严的做法,告诉我们每一个物种都需要也应该得到人类的尊重;作为高等动物的我们更要尊重自然、保护自然。这本书引发了我对人性的思考,使我在对狼群等生灵产生由衷的敬意之时,也对人性的贪婪更加厌恶,这时刻警醒着我。

推荐者 2 性别:女 年龄:23 岁 专业:电子与通信工程

第一次看《狼图腾》这本书,觉得颇为震撼。首先,是作者在生命问题上的感悟。人与狼之间那种微妙的关系,那种生在草原、死后躯体归回草原的情怀,是对死亡的无所畏惧和对死后一切的从容处之。正如我曾经看过的一本名为《死亡之脸》的书,让人参透生命的进程,以一个客观的角度理性地看待一个人的生老病死,如同一个四季的循环。

再者,这本书让我们感受到自控力的重要性。书中有一个令人印象深刻的场景:在极其寒冷的雪地里,如果把匕首涂满鲜血,一层一层地包裹,直到冻成冰棍一样。狼作为一种嗅觉极其机敏的动物,在闻到血腥味之后,会用舌头去舔舐包裹着鲜血的匕首,当危险靠近时,它也毫不知情,因为鲜血的诱惑和寒冷的舌尖已经麻痹了它的判断力,甚至就算吸食了自己的血也毫无察觉。

最后的震撼就是一种要感谢对手的心态。草原上的人们对于狼的态度既害怕、忌惮，又充满敬畏。他们痛恨狼让他们的生活充满危机，遭受到不小的经济损失，又认真地学习狼的智慧、团队意识、服从意识。他们更是敬畏狼，甚至把它们奉为自己的祖先。生活中的竞争对手在某种意义上不就是草原上的狼吗？

## 十五、《萤窗小语》《萤窗随笔》

作者 刘墉

推荐者性别：男 年龄：24 岁 专业：化学工程

刘墉先生的人生经历比较坎坷，但其积极奋进的人生态度以及因环境而塑造出的品格令人折服，其在工作之余整理出来的两部随笔教给人们如何温馨地处世，如何积极地励志。

## 十六、《无比美妙的痛苦》

作者 ［美］约翰·格林（John Green）

推荐者性别：女 年龄：23 岁 专业：化学工程

这本书是我在遭遇书荒时的一次意外收获。它当时躺在书店尚未被摆上书架的一堆书中。被我发现时，我就被它明朗的封面所吸引，由此便开始了与它的故事。书中讲述的故事是个悲剧，但作者却将悲剧中的主人翁赋予了乐观的性格。两个身患绝症的少年，虽然身体正遭受着巨大的痛苦，却仍旧保有西方青年特有的随性、活泼。当看到女主人公拖着令她行为不便的氧气瓶却仍然坚持穿着最美丽的长裙和鞋子与男主人公相会的时候，我逐渐意识到没有什么能阻挡一个人去追求美好的东西。无论我们曾经或正在遭受什么，任何人都不必感到自卑或消沉；要活出令自己满意的样子，将每一刻都过得美妙才是人生之根本所在。

## 十七、《中国上下五千年》

作者 李津

推荐者性别:女 年龄:23 岁 专业:化学工程

一开始对历史不是很感兴趣,后经朋友推荐读了此书,竟发现受益匪浅。研究历史很有趣,虽然了解得不够细致,但希望自己做个知史、懂史的人。

## 十八、《龙族》

作者 江南

推荐者性别:女 年龄:22 岁 专业:工业工程

从高中开始读此系列,因此它承载了我的许多回忆,为我打开了一扇通往新世界的大门。如作者所言:“每个人心中都有一个死小孩。”无论是倔强、孤独,或是“中二”(意指青春期少年特有的狂妄、自以为是等个性),都会用一腔热血为曾经拥有的美好勇往直前。这是一部讲出了我内心所想的热血超现实小说。

## 十九、《挪威的森林》

作者 [日]村上春树

推荐者性别:女 年龄:23 岁 专业:化学工程

作者用平实的语言描述了他生活中的困惑,给人的感觉如同在听一个朋友讲述自己的故事一样,让我们在小说中找到自己、反省自己。

## 二十、《红楼梦》

作者 曹雪芹

推荐者 1 性别:女 年龄:22 岁 专业:化学工程

读《红楼梦》这本书,感慨是很多的。然而印象最深刻的当属古代那等级森严的封建制度。每个人一出生就被划为三六九等,皇家和位高权重的官职都可以世袭;荣华富贵几乎全靠命运的安排。贾家有世袭的富贵，但在元春回家探亲时，贾家上下包括祖母、父母全都要行跪拜礼。晴雯也是对贾宝玉痴心一片，奈何心比天高却因出身低贱，命比纸薄，最后落了个含恨而终的悲惨结局。秦可卿在府中的地位颇高，能力也很出众，辈分虽低却赢得全府上下的尊重。有红学家也因此推测秦可卿之所以可以得此殊荣，是因为出生皇家：秦可卿的原型是康熙帝的废太子的女儿，真实身份是大清的公主。而贾宝玉和林黛玉的爱情结局颇令人惋惜，但他们对古代仕途的厌弃和对自由追求的精神确是可歌可泣的。然而，在那个生不逢时的年代，在那个没有婚姻自由只有父母之命的时代，他们注定是没有结果的。所以这一切都可以归咎于封建制度。在感慨那个悲剧时代的同时，不禁也庆幸自己生活在一个可以自由追求自己向往的生活的现代社会。

推荐者 2　性别：女　年龄：21 岁　专业：生物工程

其实，一开始我并没有直接读《红楼梦》原著，而是看到了电视上 1987 年版的《红楼梦》。那时的我上初中，跟家人一起看电视。一开始觉得太难懂，里面人物的关系也太复杂，并没有给我留下深刻的印象。直到后来读到了原著，我才慢慢明白了其中的人物关系，也渐渐被它所吸引。

《红楼梦》一直为人所称赞的两个方面：一是作者的文采以及其中所运用的隐语；二是宝黛钗的爱情。宝黛的爱情贯穿全文，当我读到最后，读到黛玉在潇湘馆孤独而死，宝玉蒙在鼓里与宝钗成亲，最后宝钗孤身一人时，我脑海中一直有个想法：如果当时宝玉或宝钗反抗，宝玉与黛玉成亲，那么可能最后黛玉就不会死，宝玉也不会出家，也就不会有三个人的悲剧了吧。这可能也正是作者的意图所在。对传统桎梏的反抗是值得我们深思的。

## 二十一、《少年维特之烦恼》

作者　[德]歌德

推荐者性别：男　年龄：23 岁　专业：化学工程

在自己感觉压力重重的时候读了这么一本书，不想却豁然开朗。少年维特的烦恼着实不少。和他相比，我的烦恼似乎并没有想象得那么多、那么大。读着读着,我好像竟没有什么烦恼了。这本以烦恼为主题的书最后使我欢乐了许多。

## 二十二、《乖,摸摸头》

作者 大冰

推荐者性别:男 年龄:22 岁 专业:化学工程

这本书讲述作者十余年的人生经历,真实的创造素材令人有着无法控制的感动。作者相信这个世界上总有人会过着你想要的生活。真实的故事、真挚的情感,读后令我倍感温暖。

## 二十三、《明朝那些事儿》

作者 当年明月

推荐者 1 性别:男 年龄:23 岁 专业:电子与通信工程

本书以一种欢快、乐观的态度回顾了明朝的历史。与正史不同,《明朝那些事儿》没有那么严肃与沉重。然而,它在带给我欢乐的同时,却也能让我对明朝的历史有更深的了解。不同角度的叙述,使我甚至对一些史事产生了不同以往的见解。在作者笔下,明朝后期的昏君们仿佛也不过是想追求自己梦想的普通人罢了,就连所谓的奸佞之至的魏忠贤也没有那么面目可憎了。虽然明末崇祯皇帝励精图治也无法挽回亡国之运的悲凉结局着实令人惋惜,但朝代的更迭在作者看来,也是大势所趋,并非对人民不利。本书给我不小的启发,教给我要以宽容、积极的态度看待历史,看待人和事。

推荐者 2 性别:男 年龄:26 岁 专业:分子遗传学

书中出现的历史人物众多,讲述了许多真实又有意思的事件,在轻松的心情中让我了解了一些王权争斗的事实真相。读史实类的作品也能使我焦躁的心情平静下来。

## 二十四、《简·爱》

作者　[英]夏洛蒂·勃朗特

推荐者性别:男 年龄　专业:电子与通信工程

当今社会,人们大都疯狂地为了金钱和地位而放弃爱情,在贫与富之间毫不犹豫地选择后者,在爱与不爱之间选择不爱;很少有人会像简·爱这样,为了爱情,为了不屈的人格而放弃所有,并且义无反顾。《简·爱》所展现给我们的正是一种返璞归真,是一种追求全心付出的爱情,还有作为一个人应该有的尊严。这本小说犹如一杯冰水,净化每一个人的心灵。

它所带给读者的爱情启迪是弥足珍贵的:在追求爱情的道路上,一定要坚定自己的信念,不要因为金钱、名利或其他原因而草草决定或轻易放弃,要坚持寻找真爱。在一些无法逾越的思想冲突面前可以果断放弃;当然,也应该珍惜自己和他人的付出而不能轻率作出令人后悔、无法挽回的行为。要坚持自己的信念,不要因为他人的影响而轻易改变自己的决定,幸福的生活是靠自己去经营的。我们要为了理性和幸福的生活而勇往直前。

## 二十五、《谁动了我的奶酪》

作者　[美]斯宾塞·约翰逊

推荐者性别:女　年龄:22岁　专业:电子与通信工程

这是在小学时看过的一本书,讲述了两只小老鼠——嗅嗅、匆匆和两个小矮人——哼哼、唧唧在有一天面对奶酪突然消失时的反应,用以折射在当今社会中的不同人在面对突如其来的变化时所作出的不同反应。嗅嗅和匆匆随变化而动,当奶酪变小时立刻开始寻找新的奶酪;而两个小矮人面对如此的变化却犹豫不决,先是烦恼之前的奶酪为何消失;唧唧经过激烈的思想斗争后终于开始寻找更好的奶酪,而哼哼却仍在郁郁寡欢,怨天尤人。就在哼哼抱怨的同时,其他的各位已经重新寻找到了新的奶酪。这本书对我有很深的影响,它提醒我们:在当今的社会,变化总是在发生,与其沉迷于过去的美好,不如准备好时刻遇见变化,并尽快适应变化,要随变化而变化且去享受变化才不会被淘汰,同时发现新的美好!

## 二十六、《做最好的自己》

作者　李开复

推荐者性别:女　年龄:23 岁　专业:电子与通信工程

作者在书中用实例阐述了“成功同心圆”的理念。看了这本书,我从中得到了不小的激励,并获得了积极向上的力量。这本书的名字很普通,但是如何真正做到最好的自己还是发人深省的。在阅读的时候,我时常会把自己融入其中,拿自己去对比,不经意间会得到一次次心灵的洗礼,也是很好的自我反省过程。

## 二十七、《小王子》

作者　[法]托万·德·圣·埃克苏佩里

推荐者性别:女　年龄:22 岁　专业:电子与通信工程

这本书在我难过或伤心的时候给了我很多的安慰。读的过程中总能使自己很放松,忘掉很多不开心的事情,心情也会变得很平静。虽然里面有些话看起来很幼稚,但也正因为如此,它的童真能给我很多别的书给不了的乐趣和慰藉。

## 二十八、《哈利·波特》系列

作者　[英]J. K. 罗琳

推荐者性别:女　年龄:24 岁　专业:电子与通信工程

这个系列的作品之所以能够风靡世界,我认为一方面的原因是它在阅读的时候总能令读者进入一个新奇的魔法世界。在阅读的过程中,我的脑海里会出现各种各样的画面,有种身处魔法世界的神奇体验。对我个人而言,它提供给我从另一个角度看周围环境的经历,我一向喜欢新奇的事物,所以看起来很有感觉,深受故事的人物、情节所感染。

## 二十九、《鲁迅选集》

作者　鲁迅

推荐者性别:男　年龄:25 岁　专业:工学工程

鲁迅的文章旨在揭示社会状态、揭示历史真实,并用于自我反思。通过书中人物所体现的社会百态也能引发现实中的读者进行自我思考。

## 三十、《野性的呼唤》

作者　[美]杰克·伦敦

推荐者性别:女　年龄:23 岁　专业:光学工程

这本书的主人公是美国南方一条优雅高贵的狗。这条狗在经历了被拐卖、虐待、做苦力等一系列磨难后,感应到了大自然的呼唤。为了响应这种呼唤、释放自己心中的野性,这条狗——巴克走到了森林中,与狼群生活中在一起,成为森林之王。

刚开始读这本书的时候,自己非常可怜巴克。它已经受到了南方文明的教化,但被拐卖到了北方后,却遭到了北方人残忍的虐待。巴克从一开始的反抗到最后的隐忍,给了人们很多的智慧启迪。当经历令我们十分痛苦的事情的时候,我们理所当然地选择反抗。可是有时候,反抗之后,这些痛苦困难不减反增。其实,这时候我们最需要的不是盲目地反抗,而是理智地默默隐忍并等待机会,一击即中,一次成功。

## 三十一、《汤姆叔叔的小屋》

作者　[美]哈里特·比彻·斯托(斯托夫人)

推荐者性别:女年龄:23 岁　专业:电子与通信工程

这本书对塑造我们的世界观、人生观和价值观有很大的帮助。我读完此书之后,在赞叹作者文本如此之好之余,对美国的南北战争有了更深的理解。我忍不住去搜集更多关于南北战争的资料,并对人的成长有了更深刻的理解。

## 三十二、《我和我的父亲季羡林》

作者 季承

推荐者性别:女 年龄:23 岁 专业:光学工程

季羡林先生是一位文学大师、国学大师,但这本书更多的是介绍他的经历、生活。有功有过的履历,使我们感到他是个活生生的人,而不是一个让人望而却步的高高在上的学者和文学大儒。这种写作手法让我感觉和他走近了一步。

这本书不仅让我更加认识了季羡林先生,理解他的作品创作背景,更是给予我更多的动力,相信一个人的成功并不是只有大师的天分使然,而是每个人都需要艰苦的努力。平凡的人在经过艰辛之后也完全可能获得自己的成就。

## 三十三、《穆斯林的葬礼》

作者 霍达

推荐者 1 性别:女 年龄:22 岁 专业:电子与通信工程

本书讲述了一家几代人与玉结缘,并涉及他们的亲情、爱情经历和家庭悲剧的故事。书中详细地描写了穆斯林的风俗以及有关玉的知识,大大拓宽了我的知识层面,比如慈禧的翡翠白菜的由来等都是从中得知。在两个时间、年代间穿梭的叙述方式也十分有趣。最后是有关这个家庭的故事的感触:人生与命运,传统与自由相互碰撞,令人唏嘘感叹。

推荐者 2 性别:女 年龄 23 岁 专业:生物工程

本书以独特的视角、真挚的情感、丰厚的容量、深刻的内涵以及冷峻的文笔,深情地回望了中国穆斯林漫长而艰难的足迹,揭示了他们在华夏文化与伊斯兰文化的撞击和融合中体验到的心路历程。作者用艰辛的文笔描述了两代人的辛酸历史。

这本书给予读者最多的是情感的体验。面对被隐瞒的真相,面对未知的前途,面对年轻的不能融合的心灵,面对与不一样的性格和命运的朋友,我们的反应、我们的选择和我们所承受的情感将会如何？我跟随着书中一个个的人物,回味着生活中自己的感受,从而被吸引、被感动;不仅仅是为书中人物的生活，也为自己的生活。

此外，我从这本书中也感受到了人的自然命运。每个人都一样，因为他的家庭环境、受教育程度以及生命历程的不同，导致了命运实体表现不一；然而，这也终究都是偶然和必然相结合的产物。

## 三十四、《摆渡人》

作者　[英]克莱儿·麦克福尔

推荐者性别：女　年龄：23 岁　专业：生物工程

每个人都有属于自己的灵魂摆渡人，就是我们自己的勇气和无畏的精神。当我们的这一切受到束缚或禁锢的时候，不要害怕，要尝试着去努力打破这些束缚，之后我们就会发现，自己将会成就一个更好的自己。在我看来迪伦的灵魂摆渡人崔斯坦，未尝不是另一个迪伦。最后，两个人一起返回生界的圆满结局，便是两个人合为一个化身的勇气。

## 三十五、《丰乳肥臀》

作者　莫言

推荐者性别：女　年龄：24 岁　专业：生物工程

这是我最近在看的一本书。最开始读它是因为它是诺贝尔文学奖获得者莫言的代表作，但是真正开始读之后，才发现自己不知不觉被书的内容所深深吸引。这本小说讲述的是一个母亲与其九个子女的故事，热情地讴歌了母亲的伟大、无私：她承载了所有的苦难，尽管儿女们一次次地背叛，但是，只要他们有任何需要，母亲都义不容辞、毫无怨言地挺身而出。而且，这一幅生命的流程图，还弥漫着历史与战争的硝烟。尽管这本书颇具争议，但我认为，对于当今叛逆的 90 后来讲，它有着引人深思的启示作用，让我们学着去感受母爱、感恩母爱、回报母爱！

## 三十六、《盗墓笔记》

作者　南派三叔

推荐者 1　性别：女　年龄：23 岁　专业：生物工程

这是一部网络小说，当然最后也被出版。我看了两遍，却觉得有些内容自己仍然没有看透,因为它写得很有深度。

《盗墓笔记》讲述三位主人公——吴邪、王胖子和小哥之间的兄弟情谊以及那种对事实真相追踪的决心和毅力。这本书无论在人物塑造还是逻辑关系上都非常吸引我,尤其是其中的事情发展脉络和叙述手法——时而插叙,时而倒叙,让人脑子不敢放松,不知不觉深陷其中。本书最具特色之处当属进入墓室之中时对恐怖场景的描写。我看了三遍,每每都会觉得寒毛耸立。作者并不是直接描写,反而将更多的笔墨放在主人公对恐惧的反应,从而达到了最好的效果。

最值得一提的是,作者说,最恐怖的不是死人,而是人心。这样的思想让我对很多事有了新的思考。

推荐者 2 性别:男 年龄:24 岁 专业:生物工程

这本以盗墓为题材的小说深深地吸引了我。它获得了百万读者的追捧,蜚声不断,是爱好此类小说的读者的最佳选择之一。它与《鬼吹灯》共同开启了中国通俗小说界的“盗墓时代”。

## 三十七、《三个火枪手》

作者 [法]大仲马

推荐者性别:男 年龄:22 岁 专业:生物工程

八年前读了《三个火枪手》,至今印象深刻。刚开始读的时候,我就被故事主人公在 17 世纪的欧洲大陆的有趣冒险所吸引。这个时期的欧洲骑士众多,他们坚强、善于冒险,并有着一对一决斗和公平竞争的勇气和决心。他们也勇敢地反抗红衣主教黎塞留的统治。在宏大的历史背景下,在有趣的故事情节和人物对话中,我感受到了阅读带来的欢乐。

## 三十八、《就说你和他们一样》

作者 [尼日利亚]乌文阿克潘

推荐者性别:男 年龄 23 岁 专业:生物工程

这是我看过的第一本叙述非洲战乱之下难民生存故事的书。对于熟悉卢旺达种族内战的人来说,这个事件已经让人十分震撼,而这本书又以一个小女孩的视角来展现这个悲剧事件。书中的种种细节描写相当具有冲击性：例如，小女孩一家人为了果腹，不得不去吃万能胶。而他们为了不让身体的本能反应把万能胶吐出来，他们在使用之前通常都会先打开胶桶盖子，用鼻子嗅一会儿胶的气味，让身体先适应，然后再吸食。这种事情于我们来说是难以想象的，也许我们永远也无法体会到卢旺达人身处那种环境的痛苦。但是，对于处于内战之中的他们来说，有万能胶吃，有平安的日子过，依然是一种幸福。全书第一部分以家庭为背景展开，主要描写家庭琐事和这个家庭所处的环境，对各种人物进行了细致的刻画，也为日后一些人物行为的反转做了巧妙的铺垫。第二部分则达到全书的高潮。一夜之间，卢旺达种族屠杀开始，胡图族和图西族人开始了互相杀戮。而书中的小女孩的家人既有胡图族人，也有图西族人。女孩的母亲为了保护她，告诫她无论谁问她是什么族人，都说和他们一样，以此获得生的权利。在死亡面前，人们只求卑微地活着。那种对生的渴望，也许只有每一个经历过生死的人才会懂得。我们有时候会觉得生活太痛苦，那是因为我们离死亡太远。其实活着本身就是一种幸福。阅读别人的苦难，我们就要从中学会去珍惜幸福，让自己更好地活着。

## 三十九、《老人与海》

作者　[美]海明威

推荐者性别：女　年龄：24岁　专业：生物工程

《老人与海》是一个悲剧的故事，却让我看到了一个英雄人物。这个老人尽管在80多天里没有捕到鱼，但是在我眼中，他依然是一个成功者。这是因为，在面对无比恶劣的天气环境，在无人帮助的大海中，在一次又一次将被鲨鱼带走的危险下，他毅然用尽一切手段进行反击，不屈不挠地与之斗争。同时，本书也反映了当时劳动人民生活的艰辛与无助。老人是一个正义的使者，而鲨鱼在我看来，象征着一切具有破坏性力量。故事最终的结局是正义终究会战胜黑暗。同时，《老人与海》也反映了人们对美好生活的向往与追求。

老人“人不是为失败而生的，一个人可以毁灭，但不能被打败”的信念一直激励着我，即使这本小说已经看过了很多年，但感想犹在，力量犹在。

## 四十、《七月与安生》

作者　安妮宝贝

推荐者性别:女　年龄:23岁　专业:生物工程

这是安妮宝贝的一部作品,围绕七月和安生的友情以及七月、安生和家明的三角恋展开。它不属于所谓的名著或经典作品,也不是那种晦涩难懂的文章。但是,当我读完之后,心里有一种坦然、平静的感觉。七月和安生可以说代表了一个人的两面:一个平静美好,一个不受约束。其实,每个人都是这样的混合体,只是两面的比重不同从而表现出的性格特点不同罢了。我感觉,家明只是七月和安生两个人类似爱情的友情生活中的过客而已。这是因为,家明的出现让原本无话不谈的姐妹之间产生隔阂。然而,事情来来往往、反反复复之间,最后又只剩下了七月和安生。这个过程让她们两人更懂得彼此。书中有一句话:“我恨过你,但我也只有你。”这更加体现了两人那种深入骨髓的感情。

## 四十一、《三体Ⅱ·黑暗森林》

作者　刘慈欣

推荐者性别:男　年龄:20岁　专业:生物工程

我喜欢读书,却没有读很多书,这让我很懊悔。我可能不是太会思考,但我乐于把自己置身于一本书所构建的环境中,甚至有时候给自己一个特定的角色身份。最近我在阅读《三体Ⅱ·黑暗森林》。从我个人来说,这是本很棒的长篇小说。当你阅读人类与三体人的对决时,你会很容易体会到人类对战争胜利的过分自信,以及在荣誉争夺时的丑陋和愚蠢,还有当他们被“秒杀”后的精神崩溃。那种自己仿佛置身宇宙,经过激烈的思想斗争,摒弃原有道德陈规、建立新的道德认知的过程让我着迷。

## 四十二、《阿弥陀佛么么哒》

作者　大冰

推荐者性别:男　年龄:23岁　专业:生物工程

在此书中,并没有精彩的剧情,也没有给读者去灌输心灵鸡汤式的疗法。但是,它却饱含了孤军奋战的历程,勇敢奋斗的过程,还有浪漫的爱情……

仅仅12个故事,透露出12种善意。在这迷茫与露骨的当代社会中,它能给处于不同岗位上的人们一些希望。

## 四十三、作者:《神秘岛》

作者 [法]凡尔纳

推荐者性别:男 年龄:23岁 专业:生物工程

这本书讲述了一队探险者出海寻金,却不幸迷失在一座荒岛上的故事。在无人荒岛上,队友们通过分工与合作来管理自己的生活。他们搭建房屋、寻找食物,还遇到了各种各样神奇的现象。队友们之间的信任、猜疑、暗算,甚至杀害,让人震撼。从结构上来讲,这本书衔接紧密,是我喜欢的类型。

读了《神秘岛》之后,我觉得自己在思想上有很大的触动。我对陌生事物的好奇心比以前更加强烈;也觉得自己应该像小说中的人物那样独立思考,并且应有与队友团结共进的精神。在现实生活中做任何事情都应该有这种勇于探索的精神以及在团队合作中主动寻找帮助,共同进步的意识。

## 四十四、《文化苦旅》

作者 余秋雨

推荐者性别:女 年龄:23岁 专业:生物工程

这本书我已经读过两三年了,虽然书中许多内容、细节已经忘记,但仍记忆犹新的是当年阅读时自己曾泪流满面。可能是由于自己深深爱着自己的祖国吧,所以当看到书中提到中国的文化正在一点点消逝在这个高速运转、一切都要"快、快、快"的时代,我倍感心痛。在这个快节奏的社会中生活,渐渐地,越来越少的人会静下来思考,也越来越少有人去关注那些几乎不会为自己带来任何物质回报的、正在消逝的宝贵的东西。看过之后,我更加珍惜自己民族的传统文化,也希望有更多的人去关注并珍惜我们源远流长的中华文明。

## 四十五、《瓦尔登湖》

作者　[美]亨利·大卫·梭罗

推荐者性别:女　年龄:21 岁　专业:生物工程

我认为这是一本可以让人心情平静的书。每次当我感到浮躁、不安或焦急的时候,阅读《瓦尔登湖》,心会变得慢慢平静。我个人认为这本书适合当睡前读物,使我们享受一种静谧,沉淀一天的生活。

## 四十六、《慢慢来,一切都来得及》

作者　meiya

推荐者性别:女　年龄:23 岁　专业:生物工程

这本书的作者 meiya 是一位网络红人。也许,她的作品并不像林徽因那样具有影响力、那样温文尔雅,也不像奥斯特洛夫斯基的作品那样给人一种灾难式的振奋。然而,读她写的东西时,总能感到满满的正能量。作者本身就是一位 80 后的作家,有自己的工作,有自己的爱好,也有自己的各种不足,比如拖延症。她会通过自己的经历告诉你:作为一个新时代的女性,没有什么是不可以一个人去做的,也没有什么坎是过不去的;除了生与死不能选择,所有的事情都可以自己选择。选择是一种高尚的生活态度,用一种积极乐观的、充实的方式活出自我在现代是极为重要的。

每当我迷茫之时或心情低落之时,我总会把它拿出来读一读。书中的文字那么浅显易懂,却又句句发人深省。每次读过之后,我都会慢慢地从情绪的低谷中走出来。如果你是一个正在迷茫、正在抱怨这个世界的人,那就来读一读这本《慢慢来,一切都来得及》吧。我相信,你会有所收获。

## 四十七、《天才在左,疯子在右》

作者　高铭

推荐者性别:女　年龄:23 岁　专业:化学工程

天才和疯子只有一线之隔,这本书对事物的观点、看法新颖,站在不同的角度看待问题,似乎为我们打开了一个全新的世界。

# 主要参考文献


## 一、中文著作及论文

陈嘉:《英国文学作品选读》,商务印书馆 2001 年版。

钱基博:《中国文学史》,上海古籍出版社 2015 年版。

邱鸿钟编著:《阅读心理治疗(4):挖掘你的快乐之泉》,暨南大学出版社 2014 年版。

王波:《阅读疗法》,海洋出版社 2014 年版。

张莉:《奇卡诺自我身份探究肇始》,《山东商业职业技术学院学报》2011 年第 5 期。

张莉:《是敌是友——浅谈文学与语言学在研究过程中的冲突与联系》,《大学英语(学术版)》2006 年第 2 期。

张莉等:《奇卡纳女性的空间诉求——评桑德拉·希斯内罗丝〈芒果街上的小屋〉》,《艺术百家》2012 年第 5 期。

## 二、英文著作

Lydia R Aguirre, "The meaning of the Chicano Movement," in Margaret M. Mangold (ed.), *La Causa Chicana: The Movement for Justice*, New York: Family Association of America, 1972, pp. 1-5.

Rudolfo Anaya, *Bless Me, Ultima*, New York: Warner Books, 1994.

Alfred Adler, *The Education of Children*, Chicago: Allen and Unwin, 1930.

Gloria Anzaldúa, *Orderlands/La Frontera: The New Mestiza*, San Francisco: Aunt Lute, 2007.

W. J. Bennett, *The Book of Virtue: A Treasury of Great Moral Stories*, New York: Simon and Shuster, 1993.

F. M. Berry, "Contemperary Bibliotherapy: Systematizing the Field," in R. J. Rubin (ed.), *Bibliotherapy Sourcebook*. Phoenix: The Oryx Press, pp. 185-190.

Ella Berthoud and Susan Elderkin, *The Novel Cure: An A to Z of Litrary Remidies*, Edinburgh: Canonage Books, 2017.

Alice I. Bryan, "Can There Be a Sience of Bibliotherapy?" *Library Journal*, no. 64 (1939), pp. 61-65.

Patricia Jean Cianciolo, "Children's Literature Can Affect Coping Behavior," *Personnel and Guidance Journal*, no. 42 (1965), pp. 897-903.

G. K. Carey, *The Red Pony*, *Chrysanthemums and Flight*, New York: Cliff Notes, 1978.

Sandra Cisneros, *Hairs = Pelitos*, Trans by Liliana Valenzuela, New York: Knopf-Random, 1994.

Sandra Cisneros, *My Wicked Wicked Ways*, New York: Alfred A. Knopf, 1987.

Minitte Condon, "Library Therapy," *Hospital Progress*, no. 27 (1946), pp. 14-16.

Susanne McL. Connel, "Bibliotherapy for Libraries," *Wilson Library Bulletin*, no. 25 (1950), p. 75.

Claudia E. Cornett and Charles F. Cornett, *Bibliotherapy: The Right Book at the Right Time*, Bloomington: Phi Delta Kappa Educational Foundation, 1979.

Samuel McChord Crothers, "A Literary Clinic," *Atlantic Monthly*, no. 118(1916), pp. 291-301.

Carlota Cárdenas de Dwyer, *Chicano Voices*, Boston: The New American Mifflin, 1975.

Sadie Peterson Delaney, "The library—A Factor in Vererans' Bureau Hospitals," *United States Veterans Bureau Medical Buttetin*, no. 6 (1930), pp. 331-333.

C. Dinkmeyer, W. Pew, and D. Dingkmeyer, Jr. *Aderian Counsling and Psychotherapy*, Monterey CA: Brooks, 1979.

Isabel Du Bois, "Books as a Solace for the Sick," *Hygiea*, no. 10 (1932), pp. 55-58.

Linda A. Eastman, "Here We Are!" *Modern Hospital*, no. 18 (1922), pp. 359-360.

Pearl G. Elliot, "Bibliotherapy: Patients in Hospital and Sanitarium Situations," *Illinois Libraries*, no. 41 (1959), pp. 477-482.

Emma T. Foreman, "Carefully Chosen Books Have Therapeautic Value," *Modern Hospital*, no. 41(1933), pp. 69-70.

Ernesto Galarza, *Barrio Boy*, Indiana: University of Notre Dame Press, 1991.

Norman Hillson, "Curing Through Reading," *Wilson Library Bulletin*, no. 25 (1950), pp. 316-317.

Margaret M. Kinney, "Bibliograpy and the Librarian," *Special Libraries*, no. 37 (1946), pp. 175-180.

G. Gutiérrez y Muhs, "Sandra Cisneros and Her Trade of the Free Word," *Rocky Mountain Review*, vol. 60, no. 2 (2006), pp. 23-26.

Elizabeth Green and S. I. Schwab, "The Therapeutic Use of a Hospital Library," *The Hospital Social Service*, no. 1 (1919), pp. 147-157.

T. L. Harris and R. E. Hodges (eds.), *The Literacy Dictionary: The Vocabulary of Reading and Writing*, *Newark*, DE: International Reading Association, 1995.

Robert J. Havinghurst, *Developmental Tasks and Education*, NY: Longman, 1972.

L. Hendrickson, "The Right Book for the Child in Distress," *School Library Journal*, vol. 34, no. 8 (1988), p. 40.

David R. Henley, "Facilitating the Development of Object Relations Through the Use of Clay in Art Therapy," *American Journal of Art Therapy*, vol. 29, no. 3 (1991), pp. 69-76.

T. P. Herbert, "Meeting the Affective Needs of Bright Boys Through Biblitherapy," *Roeper Reviw*, no. 13 (1991), pp. 207-212.

T. P. Herbert and R. Kent, "Nurturing Social and Emotional Development in Gifted Teenagers Through Young Adult Literature," *Paper Review*, vol. 22, no. 3 (2000), pp. 167-171.

Paul Hernadi (ed.), *What is Literature*? Bloomington: Indiana University Press, 1978.

E. D. Hirsch Jr. , "*What is Literature*?" in Paul Hernadi (ed.), *What is Literature*? Bloomington: Indiana University Press, 1978, pp. 24-34.

M. Husburger, *Teaching Reading Methods*: *How Do Preservice Teachers Understand the Experience of Learning to Read*? Chicago: Annual Meeting of the American Educational Reaserach Association, 1985.

M. Hynes-Berry and A. McCarthy Hynes. *Bibliotherapy the Interactive Process*: *A Handbood*. *Boulder*, CO: Westview, 1986.

Sarah J. Jack and Kevin R. Ronan, "Bibliotherapy: Practice and Research," *School Psychology International*, vol. 29, no. 20 (2008), pp. 161-182.

Josephine A. Jackson, "The Therapheutic Value of Books," *Modern Hospital*, no. 25 (1925), pp. 50-51.

Arthure T. Jersild, *When Teachers Face Themselves*, New York: Teachers College Press, 1995.

Marilyn N. Malloy Jackson, *Bibliotherapy Revisited*: *Issues in Classroom Management*. *Developing Teachers' Awareness and Techniques to Help Children Cope Effectively with Stressful Situations*, Mangilao, Guam: M-m-mauleg, 2006.

Arthur T. Jersild, *When Teachers Face Themselves*, NY: Teachers College Press, 1955.

Kethleen Jones, *Hospital Libraries*, Chicago: American Library Association, 1939.

McArdle and R. Byrt, "Fiction, Poetry, and Mental Health: Expressive and Therapeutic," *Journal of Psychiatric and Mental Heralth Nursing*, no. 8 (2001), pp. 517-24.

Walton B. McDaniel, "Bibliotherapy: Some Historical and Contemporary Aspects," *ALA Bulletin*, no. 50 (1956), pp. 584-589.

George MacFadden, "'Literature': A Many-Sided Process," in Paul Hernadi (ed.), *What is Literature?* Bloomington: Indiana University Press, 1978, pp. 49-61.

Adeline M. Macrum, "Hospital Libraries for Patients," *Library Journal*, no. 58 (1933), pp. 78-81.

D. Manning and B. Manning, "Bibliotherapy for Children of Alcoholics," *Journal of Reading*, no. 27 (1984), pp. 720-25.

Elieanor Mascarino and Delmar Goode, PReading as a Psychological Aid in the Hypoglycemic Treatment of Schizophrenia," *Medical Bulletin of the Veterans Administration*, no. 17 (1940), pp. 61-65.

William C. Menninger, "Bibliotherapy," *Bulletin of the Menninger Clinic*, no. 1 (1939), pp. 263-274.

Cynthia M. Morawski, "A Role for Bibliotherapy in Teacher Education," *Reading Horizons*, no. 37 (1997), pp. 243-59.

R. S. Morrow and Margaret M. Kinney, "The Attitudes of Patients Regarding the Efficacy of Reading Popular Psychiatric and Psychological Articles and Books," *Mental Hygine*, no. 43 (1959), pp. 87-92.

Harold A. Moses and Joseph S. Zaccaria, "Bibliotherapy in an Educational Context: Rationale and Principles," in R. J. Rubin (ed.), *Bibliotherapy Sourcebook*. Phoenix: Oryx Press, 1969, pp. 230-239.

G. Gutiérrez y Muhs, "Sandra Cisneros and Her Trade of the Free Word," *Rocky Mountain Review*, vol. 60, no. 2 (2006), pp. 23-26.

Scott O'Dell, *Child of Fire*, New York: Dell Publishing, 1974.

Dan T. Ouzts, "The Emergence of Bibliotherapy as a Discipline," *Reading Horizons*, no. 31(1991), pp. 199-206.

John T. Pardeck, "Bibliotherapy: An Innovative Approach for Helping Children," *Early Child Development and Care*, no. 110(1995), pp. 83-88.

John T. Pardeck, *Using Books in Clinical Social Work Practice: A Guide to Bibliotherapy*, Binghamton, NY: Haworth, 1998.

John T. Pardeck and Jean A. Pardeck, "Using Literature to Help Adolescents Cope with Problems," *Adolescence*, vol. 29, no. 114

(1994), p. 421.

Dale E. Pehrsson and P. McMillen. "A Bibliotherapy Evaluation Tool: Grounding Counselors in the Therapeutic Use of Literature," *The Arts in Psychotherapy*, no. 32 (2005), pp. 47-59.

Elizabeth Pomeroy, "Biliotherapy: A Sdudy in Results of Hospital Library Service," *Medical Bulletin of the Veterans Administration*, no. 13 (1937), pp. 360-634.

S. Roberts and P. Crawford, "Real Life Calls for Real Books: Literature to Help Children Cope with Streesors," *Young Children*, vol. 63, no. 5 (2008), pp. 12-17.

G. S. Robinson, "Institution Libraries of Iowa," Modern Hospital *Modern Hospital*, no. 6(1916), pp. 131-32.

Rhea Joyce. Rubin, *Using Bibliotherapy: A Guide to Theory and Practice*, Phoenix, AZ: Oryx, 1978.

D. H. Russell and C. Shrodes, "Contributions of research in Bibliotherapy to the Language-Arts Programs," in R. J. Rubin (ed.), *Bibliotherapy Sourcebook*, Phoenix, AZ: Oryx, 1978, pp. 211-229.

William S. Sadler, *Modern Psychiatry*, St. Louis: The C. V. Mosby Company, 1945, pp. 780-89.

Caroline Shrodes, "Implications for Psychotherapy," in Rhea Joyce Rubin (ed.), *Bibliotherapy Sourcebook*, Phoenix, AZ: Oryx, 1949, pp. 96-122.

G. D. Spache, "Using Books to Help Solve Children's Problems," in R. J. Robin (ed.), *Bibliotherapy Sourcebook*, Phoenix, AZ: Oryx, pp. 240-250.

D. Sridhar and S. Vaughn, "Bibliotherapy for All: Enhancing Reading Comprehension, Self-Concept, and Behaviors," *Teaching Exceptional Children*, vol. 79, no. 2 (2002), pp. 74-80.

L. S. Stamps, "Biliotherapy: How Books Can Help Students Cope with Concerns and Conflicts," *Delta Kappa Gamma Bulliten*, vol. 70, no. 1 (2003), pp. 25-29.

Jacuelyn W. Stephens, *A Practive Guide in the Use of Implementation of Bibliotherapy*, New York: Great Neck, 1981.

Ruth M. Tews, "Case Histories of Patients' Reading," *Library Journal*, no. 69 (1944), pp. 484-487.

Gerald B. Webb, "The Prescription of Literature," Transactions of the Association of American Physicians, no. 45 (1930), pp. 13-30.

# 后 记

从筹划撰稿到成书已近三年。在此过程中，我有幸结识了许多善良又优秀的专业人士并得到了他们的热心帮助。

首先，我要感谢山东大学外国语学院苏永刚教授的提携和指导。本书能够顺利成稿，苏教授的拨冗相助功不可没。

感谢山东大学外国语学院马文教授、山东大学护理学院厉萍教授、美国纽约州立大学布法罗分院中国学研究中心主任张杰教授，能够向三位专家学习是我的荣幸，也令我获益良多。

感谢临沂市第二人民医院的张佃富医生、杨波医生、张洪叶医生和陈成欣护士、刘冰护士为本书提供的宝贵临床经验和数据参考。感谢为本书提供阅读感悟的同学们和提供画稿的李小瑜小朋友。

最后，对为本书提供无私帮助的各位同僚及友人，在此一并表示感谢。

张 莉

2018 年 7 月

**图书在版编目(CIP)数据**

文学的疗愈作用/张莉著．—济南：山东大学出版社，2018.9

ISBN 978-7-5607-6211-1

Ⅰ．①文…　Ⅱ．①张…　Ⅲ．①文学研究　Ⅳ．①I0

中国版本图书馆 CIP 数据核字(2018)第 241336 号

责任编辑：傅　侃
封面设计：张　荔

---

出版发行：山东大学出版社
社　址　山东省济南市山大南路 20 号
邮　编　250100
电　话　市场部(0531)88364466
经　销：新华书店
印　刷：泰安金彩印务有限公司
规　格：720 毫米×1000 毫米　1/16
11.25 印张　203 千字
版　次：2018 年 9 月第 1 版
印　次：2018 年 9 月第 1 次印刷
定　价：28.00 元

---